ROBERTO COTRONEO

OTRANTO

Roman

Aus dem Italienischen von
Burkhart Kroeber

Insel Verlag

Titel der Originalausgabe:
Otranto

Erste Auflage 1998

Satz und Druck: Friedrich Pustet, Regensburg
Printed in Germany

Für Federica,
für ihre Farben

πᾶν γὰρ τὸ φανερούμενον φῶς ἐστιν
denn alles, was offenbar wird, ist Licht

Paulus, Eph. 5,14

I

Ich hätte gesagt, daß ich jene Mittagsstunde inzwischen kannte, in der die Dämonen beschließen, sich zu zeigen. Wenn die Strahlen der Sonne fast wie ein Funkenregen aus dem Zenit fallen und der Himmel ringsum mit Blau gesättigt ist, wie man ihn nur in Otranto sehen kann, überall anderswo scheint er dagegen verblaßt. Und unter diesem tiefblauen Himmel, unter dieser die Schatten tiefschwarz machenden Sonne, hätte ich gesagt, konnte man durch die gewundenen Straßen gehen, über Stufen und Steigungen, zwischen mächtigen Mauern und uneinnehmbaren Toren. Eine Stadt, erbaut in der Angst, daß die Türken wiederkommen und wieder Köpfe abschlagen. Es ist, als ließe diese Rosette an der Fassade – sechzehn Strahlen mit spätgotischen Durchbrechungen vor einer Kathedrale, die mir mehr als einmal unbegreiflich erschien – zu dieser Stunde einen Vorhang aus Schatten niedergehen, um ihn zu einem Kreis zu runden, einem dunklen Fleck im Kontrast zu den weißen Steinen, die den Betrachter blenden. Ich hätte gesagt, daß dieser tiefblaue Himmel trotz dieser gleißenden Sonne dem Horizont manchmal eine schlierig verwaschene Konsistenz gab. Und das Meer, das diese Stadt aus Mauern umgibt, macht sich in diesen Straßen und auf diesem kleinen Platz mit einem gedämpften Rauschen bemerkbar, dem fernen Echo der Wellen, die sich an den Bastionen brechen. Wobei man nicht meinen würde, daß die Wellen sich auch in einem Moment wie diesem brechen können: wenn kein Lufthauch sich regt. Homer erzählt, daß Odysseus vor einem günstigen Wind segelte, doch auf einmal legte sich dieser Wind wie durch Zauberhand, als ob ein Gott die Wellen einschläferte, und da begegnete er den Sirenen.

Es war Mittag. Auch jetzt ist es Mittag. Ein Mittag im August. Und ich suche ein Phantom, das mich zurückbringt, zurück an einen Ort, wo ich noch nie gewesen bin, um mir eine unmögliche Erleichterung zu bringen. Ich hätte gesagt, zu dieser Stunde unterbricht die Sonne ihren Lauf und bleibt stehen, um den Tänzen der Satyrn und ihrer Schwestern zuzusehen. Das hätte ich gesagt. Denn Mittag ist die reglose Stunde, und ich fühle mich wie gefangen und festgenagelt von diesem Hagel aus Licht, von diesen senkrecht einfallenden Strahlen, die alles zu erdrücken scheinen, und meine Schultern brennen wie Wunden. Nichts regt sich auf diesem kleinen, augustheißen Platz, als wären wir beide allein: ich und die Kathedrale von Otranto. Die mir Schutz gewährt vor diesen Hitzespeeren, die ein Gott des Lichts gesandt hat. Jawohl, das hätte ich gesagt: Wundern Sie sich nicht, meine Herren: Wo alles hell und klar zu sein scheint, verbirgt sich das Rätsel. Doch ich suche weiter drüben, wo ich mehr als einmal geglaubt hatte, einen Mittagsdämon zu sehen in dieser Stadt voller Gespenster, die nächtlich sein wollen und es nicht sind.

Sicher hätte ich das gesagt, wenn sie mir in die Augen gesehen hätten, nur einmal wenigstens, für einen kurzen Moment, ein momentanes Aufglimmen meiner Pupillen, die so verwirrt sind durch dieses Licht, das einem alle Stabilität nimmt. Wenn sie mir in die Augen gesehen hätten, in diese hellen, wasserklaren Augen, die zwischen den dunklen Augen der Leute von hier noch fremder erscheinen, als kämen sie aus einem sehr fernen Ort, wie die Kapitelle der Krypta. Aber sie haben mir nicht in die Augen gesehen. Dabei hätten sicherlich viele von ihnen so gerne gewußt, was meine Augen sahen, wenn es Mittag wurde, und was ich in den Mosaiksteinen des Priesters Pantaleone zu entziffern vermochte.

Meine Haut ist dunkler geworden in diesen Jahren. Anfangs wurde sie rot und verbrannte, jetzt nicht mehr. Ich ertrage diese Sonne besser, als ich gedacht hätte, sie hat mein Gesicht und meinen Körper verändert. Außerdem wird ihre Hitze gemildert durch einen Wind, der durch die steinernen Korridore dieser Stadt heult, als wär's ein verrückter Wettlauf ohne Ende und Ziel. Im Winter ist Otranto verlassen, alles zerdehnt sich, verliert seine Dimensionen; ich habe hier ganze Winter damit verbracht, Gespräche mit nur wenigen Leuten zu führen, Gesichter zu befragen, mir die Träume in Erinnerung zu rufen, die mich nachts überfielen und im Halbschlaf einen Sinn anzunehmen schienen, aber dann verflogen, sobald die Sonne über den Dächern der weißen Häuser aufstieg. Ich hätte es gesagt, wenn sie mich gefragt hätten. Ich hätte es ohne Emphase gesagt, um sie nicht in Verlegenheit zu bringen, ruhig und langsam, als wär's ein altes Klagelied in *grecanico*, dem einst hier im Salento gesprochenen Griechisch: *Vasilicò platìfidda, me ta saranta fidda. Saranta s'agapìsane 'vo irta ce s'epira.* – O breitblättriger König mit den vierzig Blättern. Vierzig liebten dich, ich kam und nahm dich …

Und ich versetzte mich in ferne Zeiten zurück, gleichsam um die Wachtürme neu zu beleben, die sich längs der Küste wiederholen wie ein fades Argument der Angst. Gut für wachsame dunkle Augen, die nach feindlichen Schiffen Ausschau halten, nach dem fernen Aufblitzen von Krummsäbeln, in denen die Sonne sich spiegelt. Ich hätte gesagt: Seht, hier ist jemand vorbeigegangen und hat etwas erzählt, und im Mosaik steht geschrieben: *Rex Arturus*. Sicher hätte ich das gesagt. Aber jetzt, da ich fast die Mauern streife, wie um den Wind einzufangen und ihn zu brechen, indem ich mit meinem Leib einen Schutzschild bilde, wobei ich leicht und langsam gehe, als wäre ich eine andere Gradiva in diesem Pompeji voll scheinbarem Leben, jetzt, da ich hier bin, um nur vor mir selbst Zeugnis abzulegen, weiß ich nicht mehr, wieviel das nützen kann und wie richtig es ist, die einzige wahre Zeugin eines Ortes zu sein und einer Zeit, die keine Zeit hat. Oft habe ich auf dieses Meer hinausgesehen, von der Höhe der Bastionen herab, als fürchtete ich, die Farbe meiner Iris zu verlieren, die schon verblaßt war von der Anstrengung, die Mosaiksteinchen zu lesen. Und so starrte ich dann auf den blauesten Punkt am Horizont mit einer Intensität, die mir beinahe weh tat und die meine Gesichtsmuskeln noch lange verkrampft sein ließ, als könnte ich die strahlenkranzförmigen Fasern meiner Iris mit Farbe und Leben sättigen. Und eines Tages glaubte ich schließlich – so groß ist die Kraft der Suggestion –, daß die Zeichnung der Iris in gewisser Weise die der Rosette meiner Kathedrale nachbildete.

Ich hätte gesagt (sicher hätte ich das gesagt): Was wißt ihr denn schon davon, ihr Männer in weißen Kitteln, was wißt ihr, die ihr eure Namen vergessen habt, weshalb man sie euch mit ein paar Buchstaben auf die Brusttasche gestickt hat? Ja, was wißt ihr davon schon, ihr, die ihr nicht einmal fragt? Dies alles hätte ich euch gesagt. Aber ich hätte auf ein kühleres Licht gewartet, auf ein Licht am Morgen, wenn der Himmel noch nicht aufgehört hat, sich den Kräften des Mittags entgegenzustellen. Ihr habt mich nur angelächelt und mir die Wange getätschelt. Und es gab nicht einmal einen verständnisvollen Blick zwischen euch, allenfalls Respekt. In euren Handbüchern steht nichts über Dämonen und gleißende Lichter, sie verstehen nichts von Leuten, die mit einem Mal eine unbekannte Sprache sprechen können, wissend, daß sie sie gleich wieder vergessen werden. An jenem Tag wiederholte ich immerfort: *Ilieme, na mi pai, mino na di posson en'oria tuti pu agapò*. Und wußte selber nicht, was das heißt. Und ihr fragtet: Wo hast du denn Griechisch gelernt? Und ich antwortete: Weiß nicht. Und jemand murmelte (zum soundsovielten Mal): Sie ist verwirrt. Und ich forderte eure Vernunft heraus, eure Medizinervernunft, indem ich ohnmächtig wurde und dabei ein Gebet sprach. Ein Gebet, dessen Sprache ich nicht verstand, aber das ich auf einmal sprechen konnte. So etwas ist mir noch nie im Leben passiert.

Ilieme, na mi pai, mino na di posson en'oria tuti pu agapò. Eure Vernunft nennt das alles: Geistesgestörtheit. Nichts als Ohnmachtsanfälle, Zittern und sinnlose Sätze. Ich habe euch angesehen, euch alle, und kein Wort wäre aus meinem Mund gekommen; denn ihr suchtet bei mir nach einem Sinn, und ich sah euch an, daß ihr weit entfernt und letzten Endes entschlossen wart, nicht dazusein.

Als ich nach Otranto kam, glaubte ich zu wissen, was ein Schatten ist. Mein Vater hatte mich malen gelehrt, als ich noch ein kleines Mädchen war. Er lebte davon, die Bilder im Amsterdamer Rijksmuseum zu kopieren. Er kopierte Frans Hals, Johannes Vermeer und vor allem Rembrandt. In unserem kleinen Wohnzimmer hing seine am besten gelungene Kopie der *Nachtwache*. Die Touristen sagten, seine Bilder seien nicht von den Originalen zu unterscheiden. Er lächelte darüber und zeigte mir, wo die Unterschiede lagen, wo der Pinsel anders geführt worden war und wo die Farbe nicht genau stimmte, jenes winzige bißchen, das ihm genügte, um sicher zu sein. Eines Tages brachte er mir ein Bild, das nicht im Rijksmuseum hängt, sondern in London, in der National Gallery. Ein kleinformatiges Bild mit einem riesigen Schatten, der einen hohen Raum füllt, in welchem ein Mann, nur angedeutet, lesend an einem Tisch zu sitzen scheint. Ich betrachtete stundenlang dieses Bild, das mein Vater gemalt hatte, und träumte davon, mich in dem Licht, das jenen Schatten erzeugte, zu verlieren. Viele Jahre später erfuhr ich, daß es sich um ein Werk aus der Rembrandt-Nachfolge handelte, aber damals sah ich darin nur, was zu sehen war: das Licht, den Kontrast, das hohe Fenster und den Mann im Hintergrund, der zu lesen scheint. Bis zu jenem Augenblick hatte ich von leichten Schatten mit unscharfen Rändern gelebt. Im Norden sind die Schatten leichte Ausfaserungen des Lichts, das nicht überall hingelangt und daher dort, wo es an Kraft verliert, graue Stellen läßt, die jedoch immer noch leuchten. Im Norden ist das Licht eine Vermittlung, ein Kompromiß der Sensibilität; hier hingegen gleicht es dem Licht, das jener Rembrandt-Nachfolger gemalt hat. Wenige Tage nach meiner Ankunft in dieser Stadt habe ich einmal, als ich durch die Porta Alfonsina ging, plötzlich eine scharf gezogene Linie bemerkt: diesseits Blindheit, totale Blendung durch das Gleißen der Sonne, jenseits mit einem Schlag, als wäre der Raum ein Attribut der Zeit, Dunkelheit, tiefstes Schwarz. Und dazwischen ich, bemüht, auf der Mitte zu bleiben, um zu begreifen, was man da empfindet.

Kaum war ich in Otranto angekommen, hatte ich meinen Vater wieder vor mir gesehen: alt und sanft, leicht und leise und von einer raumgreifenden Sensibilität. Ich sah ihn zu Hause, in unserem Haus mit den Pastellfarben und den kleinen Fenstern, wie er mir seine Kopie jenes Bildes aus der Rembrandt-Nachfolge zeigte. Er zeigte sie mir mit Stolz, als hoffte er, daß ich – damals noch ein kleines Mädchen mit hellen und klaren Augen, die unfähig waren, sich auf ein Objekt der Begierde zu heften – eines Tages jene Kraft der Notwendigkeit und des Willens kennenlernen würde, die einen befähigt, die Erde in Licht und Schatten zu teilen, anhand von Linien, die durch die Welt gehen und das Maß dafür geben, wie gewaltsam die Welt manchmal sein kann.

Hätte ich ihnen gesagt, daß mein Vater mir jenes Bild gebracht hatte? Wenn es mir möglich gewesen wäre, hätte ich es gesagt, in meiner Sprache. Ja, ich hätte gefragt: Papa, wo hast du das abkopiert? Wie ich damals immer fragte. Und im selben Moment wäre ich wieder ein kleines Mädchen geworden. Hätte sich meine Stimme geändert, wäre sie wieder brüchig, dünn und schrill geworden?

Die Fenster des Ortes, in den ich aufgenommen worden bin, brüsten sich mit soliden Eisengittern, aber nur aus alter Gewohnheit. Und sie werfen ein schräges Netz auf den unregelmäßigen Plattenboden. Auch der Schatten der Gitterstäbe läßt keine unscharfen Ränder, er ist präzise wie die Klinge eines Skalpells. Nein, beschloß ich, ich würde ihnen nicht sagen, was sie seit langem wissen mußten, seit jeher, und erschöpft schlief ich ein. Ich schlief unter einem schützenden Dach ein, gewiß, aber in der Mittagsstunde, in der es am gefährlichsten ist, sich dem Schlaf zu überlassen. Ich hätte es nicht gewollt, ich hatte mir schon gedacht, daß es gefährlich ist einzuschlafen, wenn die Stunde kommt, die den Erscheinungen Vorschub leistet. In Schlaf zu sinken, wenn man des Schattens beraubt ist, also der Seele. Ich hab's gesagt, ich hab's gesagt: Ihr könnt alle nicht richtig sehen, ihr meint, die Welt sei ein Garten mit beruhigenden Geometrien. Ihr habt mich ungerührt und dennoch voller Unruhe angesehen. Ihr habt meine Gedanken nach einer von euch gewählten Ordnung sortiert, die mich kaum interessierte. Und doch war ich sicher, daß eure Rechnungen am Ende nicht aufgehen würden, daß eure Ordnung euch wenig nutzen würde, daß es in euren Schemata aus lauter guten Vorsätzen keinen Platz für mich gab. Ich sah in eure müden und verfügbaren Augen und hätte euch sagen wollen, daß alles ganz unnütz war. Hätten nicht auch ein paar freundliche Worte genügt, mich einschlafen zu lassen? Wußtet ihr, was es bedeutet, in der Mittagsstunde zu schlafen? Wenn sich auf den Feldern nichts zu bewegen scheint und die Trockenmauern dünne Linien zeichnen und seit Urzeiten dazustehen scheinen? Es ist, als könnte die Mittagsstunde alle Formen des Lebens auslöschen, als käme der Wind wie ein Wunder daher, ein von den Göttern geschickter Lebenshauch – die Stunde, in der die Zikaden, unsichtbar, einen Lärm hervorrufen, der sich plötzlich im Nichts verliert. Ich sagte euch, daß der Mittag die Stunde ist, die den Lebenden erlaubt, in die jenseitige Welt zu gelangen. Ihr setztet ein kompetentes Lächeln auf, indes die Nadel eurer Spritze die gelbliche Flüssigkeit einsog. Ich zitierte Eustathios von Thessaloniki, und ihr machtet lächelnd die Schachtel wieder zu, die das Medikament mit dem griechischen Namen enthielt, dessen Bedeutung ihr nicht verstandet.

Aber ihr wart freundlich und kompetent. Die Injektion, die mir Schlaf bringen sollte, war nicht schmerzhaft, im Gegenteil, sie war angenehm warm. Die Dämonen, von denen man überfallen wird, wenn man es wagt, in der Mittagsstunde zu schlafen, würden machtlos sein angesichts dieser Unfähigkeit, mich meinen Henkern zu widersetzen. Sie würden meine flehenden Blicke belauern, meine flehenden und sogar glücklichen Blicke, denn ich wollte mich für eine lange, vielleicht sehr lange Zeit verlieren, um in jenem künstlichen Schlaf, der von den Göttern bekämpft wird, meine Gedanken zu ordnen, mein Leben zu ordnen, angefangen mit jenem riesigen Schatten auf dem Bild in der National Gallery und dem zufriedenen, ja überraschten Gesicht meines Vaters, als er sah, wie schön die Kopie geworden war. Schöner als das Original. So dachte ich, als ich das Original dann später in London sah, wobei ich nicht sagen kann, daß es mich völlig kalt ließ, aber es war für mich nur die Kopie eines Gemäldes, das ich gut kannte, weil ich es jahrelang betrachtet hatte. Ich fand auch die Machart unvollkommen, weniger leuchtend.

Suggestion der Kindesliebe? Dasselbe passierte mir dann auch beim Mosaik des Priesters Pantaleone, viele Jahre später. Ich fand es schwächer, als ich es mir immer vorgestellt hatte, und die Steinchen kamen mir brüchiger vor, auch zu weit voneinander entfernt. Mir schien, als offenbarte dieser grandiose Fußboden eine Krankheit der Zeit, die nicht allein durch eine sorgsame Restaurierung zu heilen war. Dann aber verlor ich mich (genauso war's, ich verlor mich, es gibt Dinge, gegen die man sich nicht wehren kann, sie löschen den Willen aus wie durch einen Zauber), ich verlor mich, als wäre ich trunken von Licht und Wind. Und ich wanderte durch diese Gassen, stieg diese Stufen hinauf, lehnte mich an die Mauern und Türme, als hätte ich die Macht, alles auszulöschen und zurückzukehren in eine Zeit, die nicht einmal ich hätte datieren können. Und das gedämpfte Rauschen der fernen Wellen glich einer jener verklungenen Litaneien, denen ich nie richtig zugehört hatte und die ich trotzdem eines Tages plötzlich hersagen konnte.

Geboren bin ich in Koog aan de Zaan. Zehn Kilometer nördlich von Amsterdam. Hundert Meter von meinem Geburtshaus steht das schönste Windmühlenmuseum der Welt. In Holland ist der Wind fleißig: Er hilft beim Produzieren, treibt Mühlen an, mahlt und setzt Energie frei. In Otranto ist der Wind sinnlich: Er zerstreut die Gedanken wie auseinanderstiebende Blätter. Ich bin geboren an einem Ort, wo die Sonne oft bleich oder abwesend ist; nun bin ich in einen Ort geraten, wo das Zirpen der Zikaden abwechselnd mit der Stille herrscht. Ich bin aufgewachsen zwischen Windmühlen und einer Landschaft von intensivstem Grün; nun schaue ich auf diese Ebene, wo die Erde rot ist und Olivenbäume mit verdrehten Stämmen wachsen. Der Name in meinem Ausweis klingt banal: Helene. Mein Vater gab ihn mir, ohne sich dabei viel zu denken. Mein Vater hätte mich lieber Veluwe genannt, nach dem Namen einer rauhen Gegend, in der er gerne gelebt hätte. Aber Veluwe heißt im Niederländischen »unfruchtbares Land«, und das wäre kein gutes Omen gewesen. Gestern Nacht habe ich geträumt, daß mein Vater mich in die Arme nahm und sagte: Geh hinaus in die Welt und komm erst wieder, wenn du gelernt hast, das Licht zu erkennen, das den Schatten Leben gibt.

Der blonde Arzt, der nettere, der mit der kleinen Narbe über der Braue, hielt mir die Hand und massierte mir mit dem Daumen den Rücken. Er sprach leise, mit einem starken südapulischen Akzent, der leicht mit dem Sizilianischen verwechselt werden kann. Man kennt mich hier, sie wissen, wer ich bin, es kann nicht sein, daß ich den Verstand verloren habe. Es war nur ein Sonnenstich, in Otranto ist es heiß im August. Nur ein Sonnenstich. Mehr nicht? Und was hätte es gekostet, mich vor der Hitze des südlichen Lichts zu schützen? Der blonde Arzt meint, ich hätte einen Kollaps gehabt und einen Schock erlitten. Er bittet mich, auf dem schmalen schmutzigweißen Bett liegenzubleiben, umgeben von Blecheimern, in denen alles landet: Spritzen, Pflaster, Tupfer. Irgendwo in der Ferne hört man ein Baby schreien. Der blonde Arzt versichert mir, es sei nur eine Antitetanusspritze. Man könnte meinen, ich sei von einem Hund gebissen worden.

Ich sehe das Mosaik wieder vor mir – mit zu vielen Hunden und anderen Vierbeinern, menschenköpfigen Löwen, Minotauren, Dromedaren, geflügelten Drachen, Eseln; mit Sphingen, die beißen und grinsen und bellen und mit ihrem stummen Gebrüll die Kathedrale erfüllen. Der blonde Arzt sagt, es sei nur eine Antitetanusspritze. Und kaum hat das Baby aufgehört zu schreien, haben meine Tiere drohend zu brüllen begonnen, als wollten sie die Mosaiksteine fressen, aus denen sie zusammengesetzt sind, sie zerkauen, zermahlen und damit eine Arbeit zerstören, die mich viel Mühe gekostet hat. Eines Nachts habe ich auch geträumt, daß die Mosaiksteine alle durcheinandergerieten, so daß man die Zeichnung nicht mehr erkannte. Der blonde Arzt weiß nichts von diesen Träumen, aber er hat ein hübsches Lächeln, und er kennt mich gut. Alle kennen mich in der Stadt, ich bin seit Jahren hier, obwohl es in Otranto nicht schwer ist, sich unsichtbar zu machen und sich einzubilden, auf den Bastionen zu wandeln, als wäre man ein Gespenst.

Der ältere Arzt hat mich nur kurz schlafen lassen. An jenem Spätnachmittag schien die Sonne stechend durchs Fenster, und es war, als entzündete sie das Weiß seines Kittels. Ich sah ihn an, während er eine Geste wie die anderen vollführte und fast ohne mich anzusehen wiederholte, ich könnte gehen. Alle fanden, es ginge mir inzwischen viel besser. Ich war wieder wie sie geworden: ruhig und vernünftig, und ich fing auch wieder an zu scherzen und zu lächeln, wenn sie mich fragten: »Frau Doktor, wann wird das Mosaik wieder fürs Publikum zugänglich sein?« Oder wenn sie sagten: »Kein Wunder, ihr aus dem Norden seid nicht gewöhnt an diese Sonne …«

Hätte ich hinzugefügt: Aber ihr seid imstande, euch in jener Mittagsstunde zu verlieren, in der die Dämonen beschließen, sich zu zeigen?

(Während sie nach etwas sucht, von dem sie noch nicht weiß, daß sie es schon kennt, wandle ich erneut auf jenen Bastionen, hoch über dem Meer. Gleich am ersten Tag, als ich die Fremde in die Stadt kommen sah, hatte ich sie wiedererkannt. Ihr Haar war dasselbe, es hatte etwas, etwas wie einen Farbton, den nur die Sonne hell zu tönen vermochte.

Während ich die Fremde ansah, dachte ich daran, wie sie damals aussah, damals an jenem Tage, als ich mich für einen Augenblick umdrehte, einen winzigen Augenblick nur, um sie anzusehen. Wenige Tage, bevor die Wut der Türken sie mir fortnahm.

Ich drehte mich um, bevor ich die Stadt verließ. Und sie, aufrecht, ohne mich zu beachten, legte den Kopf zurück in einer Bewegung, die mich zögern ließ. Legte den Kopf zurück, so daß ihr Haar auf die Schultern fiel, und schloß die Augen. Sie dachte nicht mehr an mich. Meine Nacht war vorüber.

Wer weiß, warum ich mich umgedreht hatte. Sicher hat sie mir nicht nachgesehen. Ich sah den Himmel sich verfärben, als könnte sein Azurblau verblassen, und starrte aufs Meer. Alles war still, dachte ich. Das vollkommene Schweigen. Abgesehen vom leisen Rascheln ihrer Haare.

Die Wellen des Meeres schienen wie ausgelöscht, verschluckt von einem Gott, der auf ihr Brüllen wartete. Um jenes unmögliche Schweigen zu brechen.)

II

Der Kurator betrachtete aufmerksam mein leichtes Leinenkleid. »Wir haben Sie schon erwartet. Kommen Sie, ich zeige Ihnen etwas.« Ich dachte, er meinte das Mosaik, und lächelte, aber er führte mich zur Kapelle der Märtyrer und wies auf eine lateinische Inschrift. Sie lautete: *Hoc lapide cives sua guttura turcis truncanda ob Christi deposuere fidem. A. D. MCDLXXX.* Ich lächelte immer noch. Er fragte mich: »Können Sie Latein?« Ich übersetzte: »Anno Domini 1480 legten die Bürger ihre Hälse auf diesen Stein, um sich für ihren Glauben an Christus von den Türken köpfen zu lassen.« Sie legten ihre Hälse auf den Stein, um sich köpfen zu lassen. Wie Opfertiere. Keine Grausamkeit ist zu spüren, nur Schicksalsergebenheit; keine Schreie ertönen, kein Gebrüll, keine Verzweiflung, das Ganze scheint sich mit einer sakralen Gefaßtheit abzuspielen. Otranto war von den Türken eingenommen worden, und um nicht dem christlichen Glauben entsagen zu müssen, ließen die Einwohner sich enthaupten, alle: achthundert Märtyrer. Ihre Leichen blieben über ein Jahr in der Sonne liegen, ohne zu verwesen, ein großes Wunder, bis die Türken durch Alfons von Aragon, den Herzog von Kalabrien, vertrieben wurden. Erst da bekamen die Märtyrer ihr Begräbnis, und ihre Gebeine wurden in die Kathedrale verbracht.

Sie legten ihre Köpfe hin, um sich abschlachten zu lassen.

Größtmögliches Opfer. Aber vor allem mittägliches Opfer. Jedenfalls für den ersten von ihnen, der mittags getötet wurde. Vielleicht ist aber die ganze Geschichte von der opferbereiten Gefaßtheit oder gefaßten Opferbereitschaft nicht wahr. Es heißt nämlich, daß die Türken, als sie die Stadt erstürmten, jene Schreie ausstießen, mit denen die Kraniche sich ins warme Nilwasser stürzen, womit sie die durch den überraschenden Angriff und den Anblick des Blutes bereits verängstigten Christen derart in Schrecken versetzten, daß die Ärmsten schon fast gestorben waren, bevor sie gefangengenommen wurden.

Der Kurator zeigte mir auch den Stein, auf dem die Enthauptung stattgefunden hatte, und er tat es mit Freude, ja fast mit Stolz. Jeder, der nach Otranto kommt, wer es auch sein mag, wird als erstes darüber in Kenntnis gesetzt, daß Otranto eine Märtyrerstadt ist und daß seine Märtyrer auf entsetzliche Weise umgebracht worden sind. Für Christus, mit Christus, in Christus. Und in der Kathedrale scheint es, als würden die Gebeine jener achthundert Hingemetzelten in ihren hohen Reliquienschreinen geradezu strahlen. Jeder, der nach Otranto kommt, erfährt sogleich, daß dort seit 1480, wie ein leises Echo, eine Klage umgeht, die besagt, daß es achthundert waren, und noch vor ihnen waren die von der Mutterbrust gerissenen Säuglinge an der Reihe, die teils erwürgt und teils aufgespießt wurden. Die schwangeren Frauen wurden durch stramme Bauchbinden gezwungen, ihre unreife, noch in ihrem Blut zuckende Leibesfrucht zu gebären. Die anderen, vor allem die Jungfrauen, wurden zuerst in Fesseln und mit entblößtem Unterleib der enthemmten Geilheit der Türken ausgesetzt und danach fast alle getötet. Einige, die schönsten, wurden für die Wollust der Fürsten aufgespart. Die Männer, die lebend in die Hände der Feinde gefallen waren, wurden dem Fürsten vorgeführt und sämtlich enthauptet. Francesco Zurlo, der Stadtkommandant von Otranto, der gefangen und entwaffnet worden war, wurde in zwei Teile zerhackt. Nur zwanzig seiner Soldaten konnten sich retten, und sie wußten selber nicht, wie sie dem Gemetzel entronnen waren. Alles Öl, das sich in den Häusern fand, wurde, nachdem man die Krüge und Flaschen zerbrochen hatte, wie Wasser auf die Straßen der Stadt gegossen.

Zwanzig waren entronnen, und viele andere wurden als Gefangene abgeführt. Wie lange mag das Blut an den Mauern der Häuser und auf den Stufen der engen Gassen noch zu sehen gewesen sein? Wer mag dieses grausige Zeugnis fortgewischt haben? Über ein Jahr lang hielten die Türken Otranto besetzt, um von hier aus zu anderen Expeditionen aufzubrechen. Und die ganze Zeit über blieben die Leichen der Märtyrer, aber nur sie allein, so will es die Legende, der Sonne, der Luft und dem Wind ausgesetzt, ohne zu verwesen. Die anderen wurden ins Meer geworfen. Doch auch wenn man völlig ahnungslos nach Otranto kommt, spürt man, daß hier Dämonen umgehen und daß die Bewohner der Stadt sich nicht allzu sicher fühlen. Vielleicht ist das der Grund, warum Gespenstergeschichten hier besser gedeihen als anderswo. Wenn es Dämonen gibt, ist dieser Ort voll von ihnen, denn er kann nicht vergessen, daß hier Tausende von Personen niedergemetzelt wurden.

Das Mosaik würde mir die geheimen Tore der Stadt öffnen, sofern es mir gelang, seinen Phantomen die Schönheit jener Zeichnung wiederzugeben. Noch wußte ich nicht, wie viele Personen mir erscheinen sollten, einfach so aus dem Nichts, aber Menschen aus Fleisch und Blut, um mir Dinge zu erzählen, von denen hier niemand etwas wissen konnte – und das immer dann, wenn ich gerade ihre Zeichnung restaurierte. Wer waren sie? Phantome, Mittagsdämonen? Oder gewöhnliche Menschen, aber gebunden durch ein verschwiegenes Wissen, das von weither kam, überliefert für wenige und auf geheimen Wegen? Wer war ich für jenen Alten, der wenige Tage nach meiner Ankunft an meine Tür klopfte, um mir zu sagen, wo ich unter den vielen Figuren des Mosaiks das Gesicht des Priesters Pantaleone finden würde? Er hatte einen ungepflegten weißen Bart. Sein Haar war struppig, und seine Augen waren wie schmale Schlitze. Er stützte sich auf einen rohen Knotenstock, einen schlichten knorrigen Ast, an den Füßen trug er Sandalen, und seine Haut war von einem Rot, das an den Wangen fast purpurn wurde, und war von feinen violetten Äderchen durchzogen. Ich hatte keine Angst vor ihm, sein Blick war freundlich und klar, und sein zahnloser Mund schien einen Anflug von Lächeln zu verbergen. Er klopfte laut an meine Tür, sagte, daß er von weither käme, und fragte mich, ob ich Galatina kenne. Ich wußte nur, daß es eine Stadt in der Gegend von Otranto war. Er lächelte und sagte: »Gewiß, gewiß.« Woher wußte er, wer ich war, und warum war er aus einer anderen Stadt gekommen, um mich zu sprechen? Ich sprach bereits leidlich gut Italienisch, aber ich fürchtete, daß ich nicht alles verstehen würde, was er mir sagen wollte. Schon bei der ersten Erscheinung begriff ich, daß es einen Zusammenhang geben mußte zwischen der Restaurierung, die ich vornehmen wollte, und einer privaten, persönlichen Geschichte, deren Umrisse ich noch nicht so recht zu erkennen vermochte. Der Alte aus Galatina brachte mir eine Flasche Öl: »Es ist gutes Öl, aber gebt acht, eine Ölflasche zu zerbrechen bringt Unglück. Auch dieser Stadt hat es Unglück gebracht.«

Ich schwieg, und auch er sagte nichts weiter. Er ging davon, und ich sah ihm nach, wie er die Stufen hinunterstieg und im Handumdrehen verschwunden war.

Wer war das gewesen? Niemand im Ort schien sich darum zu kümmern. Noch Tage später erzählte ich die Sache herum und stieß nur auf Gleichgültigkeit, jedenfalls war keinerlei Beunruhigung in den Gesichtern meiner Zuhörer zu erkennen. Mein Hauswirt, der mir diese Zimmer vermietet hat, die auf den Platz vor der Kathedrale blicken, direkt gegenüber der großen Rosette, die in mein Fenster zu spähen scheint und mir jeden Augenblick ins Gedächtnis ruft, daß diese Kirche dort drüben steht, nur wenige Schritte von mir entfernt –, mein Hauswirt erinnerte sich schließlich an jenen Alten, der von Zeit zu Zeit aus Galatina herüberkam und manchmal Stunden in der Kathedrale verbrachte, um das Mosaik zu studieren.

Ich stamme aus einer Seefahrer- und Kaufmannsfamilie, ich bin an seltsame Blicke und fremde Leute gewöhnt, und so dachte ich nicht mehr an den Alten aus Galatina. Heute frage ich mich, ob ich in den Tagen nach jener Erscheinung nicht besser auf eine leicht gebeugte Gestalt hätte achten sollen, die in dem schmalen Gäßchen, das sich vor meinem Fenster öffnet und zum Kastell führt, nach jemandem Ausschau zu halten schien. Aber ich habe nur noch eine vage Silhouette im Kopf. Damals wurde ich gleich darauf von anderen Ereignissen mitgerissen, von Geschichten, die ich nicht einmal dem blonden Arzt erzählt hätte, dem netteren. Es kommt ja bisweilen vor, daß die Rätsel privat und persönlich werden. Und dann nützt es nichts mehr, anderen davon zu erzählen, um Trost zu finden und die Ängste zu teilen: Es gibt ein Gefängnis, zu dem einen die Rationalität verurteilen kann, und eine Zeitlang glaubte ich, in einem Freiraum der Irrationalität zu leben.

Hier gehen allerlei Legenden um; sie kommen vom Meer herein, mit dem Nordwind, und man weiß nicht einmal, wer sie am Leben erhält. Soviel man auch herumfragt, niemand kann einem etwas sagen. Sobald das Meer nur ein wenig dunkler wird und die Farbe des Himmels jene blendende Helligkeit verliert – das sollte ich sehr bald bemerken –, verändern sich die Blicke der Leute: Sie werden starr wie die der Relieffiguren von salentinischen Priestern auf dem Seitenportal der Kathedrale. Wenn die Brandung hoch geht, kann es passieren, daß einem das Meer die Ohren verschließt und die Salzluft die Nasenschleimhäute reizt und die Augen nichts mehr suchen; und nur hier kann man sich jeden Tag neu und immer dringlicher fragen, woran die Leute denken, die ohne Eile durch die Gassen des Städtchens gehen.

»Sehen Sie diesen Altar? Hier wurde der Bischof von Otranto enthauptet, eines der ersten hochrangigen Opfer der Türken.«

Er wurde in der Kirche getötet, nicht auf jenem Stein, der in einem Heiligtum der Minerva lag, oben auf dem Hügel über der Stadt. Achmed schüttelte den Kopf: Nein, Stefano Pendinelli, so hieß der Bischof, wurde nicht gevierteilt; er starb vor Angst, und erst danach wurde ihm der Kopf abgeschlagen. Aber in Otranto glaubt man gern, daß er, bevor er starb, eine lange und leidenschaftliche Predigt gehalten habe, um die Türken zu bekehren, und erst danach sei er getötet worden.

Achmed trägt den Namen jenes türkischen Paschas, der das Gemetzel von Otranto befohlen hatte. Ich sah ihn das erste Mal einen Monat nach meiner Ankunft: ein schwarzhaariger, dunkelhäutiger, nicht sehr großer junger Mann. Die tiefschwarzen Pupillen gaben dem Weiß seiner Augen einen seltsamen Glanz. Er näherte sich mir, während ich über die Via dei Martiri ging. Ich bekam Angst. »Na, werden wir's retten, dieses Mosaik?«

fragte er geringschätzig. Ich war überrascht, und einen Moment lang wußte ich nicht, ob ich schneller gehen sollte und in welche Richtung: zurück in die Stadt oder vorwärts zur Kirche der Märtyrer. Und noch bevor ich eine Entscheidung traf, sagte er: »Ich heiße Achmed.« Ich sah ihm ins Gesicht, deutete ein Lächeln an und dachte, die Leute in Otranto haben schon Sinn für Humor, wenn einer ihrer Söhne einen so schreckenerregenden Namen tragen kann. Er gab sich liebenswürdig: »Ihren Namen kenne ich, aber ihre Freunde benutzen noch einen anderen, stimmt's?« Es stimmte, die Kollegen, die mit mir arbeiteten, nannten mich bereits Velli, wie alle in Holland. Den Namen hatte mein Vater erfunden, und seitdem nannte mich kaum noch jemand Helene. Kein Wunder also, daß Achmed, wenn er so hieß, meinen Spitznamen kannte. Überrascht war ich nur, daß er mich gerade dort und auf diese Weise angesprochen hatte: an einem wenig frequentierten Ort und in der sonnendurchglühten Mittagsstunde. Heute wundert es mich, daß ich mir damals auf das, was geschah, keinen plausiblen Reim machen konnte. Und ich hätte auch dies gesagt: daß man nicht Achmed heißen und ständig in einer Stadt wie Otranto herumlaufen kann. Am Tag danach, als ich die Teile des Mosaiks fixierte, auf denen das Schachbrett dargestellt ist, überkam mich plötzlich eine heftige Lust, ihm erneut zu begegnen, und ich mußte unwillkürlich an jenen Sommernachmittag denken, als mir ein Freund einmal ein Gedicht brachte, das er auf ein gelbliches Blatt geschrieben hatte. Ein naives Gedicht, seinem Alter entsprechend. Es klang eher nach einem Abzählreim als nach einem Liebesgedicht. Aber es war ein Abzählreim, den er für mich geschrieben hatte. Ich war damals sechzehn. Er vierzehn. Die Fenster, die zur Straße gingen, standen offen. Und eine Frau sah uns die ganze Zeit über zu, bis ich ihn aus dem Zangengriff meiner Beine entließ, die ich um seine Hüften geschlungen hatte. Ich stieß einen tiefen langen Seufzer aus. Fast als hätte ich wirklich getan, was in jenem Gedicht angedeutet wurde. Aber jenes Gedicht war bloß ein unschuldiges Spiel mit Worten.

Hätte ich dem blonden Arzt gesagt, daß mir nach so vielen Jahren endlich klargeworden war, warum ich damals einen so unwiderstehlichen Drang verspürte? Als ich jenes griechische Liedchen trällerte, von dem ich kein Wort verstand, war mir plötzlich bewußt geworden, daß es dem gleichen Rhythmus folgte wie das Gedicht jenes Jungen. Und ich dachte mir, daß die Erotik in der Wiederholung lag, in der besonderen Art, wie sich die Worte verbanden, und daß es keine große Rolle spielte, was sie bedeuteten. Der Junge hatte an jenem Tag nicht begriffen, was mich zu all dieser Leidenschaft trieb. Und die Frau, die uns zugesehen hatte, verbarg ihre Erregung, während sie rasch ins Haus trat. Und die Wäsche vergaß, die sie draußen hatte aufhängen wollen.

Vielleicht habe ich von Achmed geträumt, als mir jene warme Flüssigkeit in die Vene floß, die mir allen Widerstand nehmen sollte. Manchmal dachte ich, Achmed sei ein Gespenst. Denn es schien, als ob die Leute ihn nicht sahen, als ob ich allein wäre, wenn wir zusammen durch die Straßen gingen. Aber so etwas kann einem leicht passieren in Otranto, besonders bei Männern wie Achmed oder bei meinem Alten aus Galatina und noch vielen anderen, die plötzlich auftauchten, als wären sie von jemandem geschickt worden. Denn jedes Mosaiksteinchen jenes Fußbodens hat einen Zwilling außerhalb der Kathedrale, als wär's ein Spiel von Entsprechungen. Und ich kann nicht vergessen, was mir Achmed eines Abends mit komplizenhafter Miene sagte, als ob es ihm Spaß machte, mich zu erschrecken: »Bis vor hundert Jahren herrschte gleich dort draußen vor diesen Mauern noch die Malaria, und alles war wüst und leer. Ich habe es noch in Erinnerung. Otranto war jahrhundertelang ein leerer Korridor, von Gespenstern bevölkert. Jetzt sind die Lebenden hier, die ständig von ihnen reden, weil sie nicht mehr wissen, wo sie nach ihnen suchen sollen.«

Er sagte wirklich: »Ich habe es noch in Erinnerung«, aber das erschreckte mich nicht. Denn ich dachte, sicher naiv, daß ich mich der Beunruhigung würde entziehen können, wenn ich mich wieder an das Zusammenfügen der Mosaiksteine machte.

(Ich hätte sie selber getötet, wenn ich gekonnt hätte. Ich hätte sie aufs Meer hinausgebracht und gewartet, daß ein Möwenschrei sie in die Tiefe stieß. Ich hätte gewünscht, daß eine unterseeische Strömung murmelnd ihre Knochen pickte. Während ich zusah, wie sie stieg und sank.

Ich hätte sie auf ein feindliches Meer hinausgebracht. Ich hätte sie überzeugt, mit ein paar entschiedenen Winken. Sie hätte sich führen lassen, ohne ein Wort zu sagen. Und mich kaum angesehen, wie immer.

Statt dessen färbte das Meer sich mostrot. Und die Luft roch nach Maische. Und die Möwen waren verschwunden. Nur brüllende Schreie: der Schlächter und der Geschlachteten. Und ich konnte nicht mehr unterscheiden, wieviel Schmerz und wieviel Erregung in diesen Schreien lag; wieviel Lust am Töten und wieviel Grauen und Qual, wenn man spürt, wie die Eingeweide herausquellen.

Noch heute rieche ich, daß diese Pflasterstraßen mit dem Schweiße derer getränkt sind, die sich ans Leben klammerten. Entgegen jeder Vernunft.

Aber für *sie* hätte ich den Tod durch Wasser gewünscht. Ich hätte den, der das Rad dreht und windwärts lugt, gebeten: Laß nicht zu, daß sie auf diese Art stirbt.)

III

Meine Uhr schlägt die Sekunden über der Stille. Manchmal scheint es, als könne dieses leise Ticken mich betäuben und meine Aufmerksamkeit absorbieren. Ich höre es, ich halte die Hand ans Ohr, um besser zuhören zu können, denn hier scheint die Zeit nicht zu existieren, und meine Uhr ist der einzige Anhaltspunkt, während ich langsam auf einer Straße gehe, die durch einen Olivenhain führt. Die Zeit hier ist reglos, sie hat eine eigene Solidität. Die Zeit hier ist ein Monolith, der die Uhren zu unnützem Spielzeug macht, nur dazu gut, ein präzises Ticken hören zu lassen.

Ich höre das Ticken. Ich trage die Uhr, um mich daran zu erinnern, daß die Zeit existiert, auch wenn alles dagegen zu sprechen scheint. Außerdem wird in der Kathedrale jedes Geräusch durch den hohen Raum verstärkt. Nur das Licht läßt erkennen, ob die Zeit vergeht und in welcher Weise. Hier läuft nicht alles gleichmäßig ab, man lebt stoßweise, mal schneller, mal langsamer, mit kurzen Sprints und langen, erschöpfenden Wartephasen. Die Zeit rennt und bleibt zugleich stehen. Ich gehe durch diesen Olivenhain, und es hat keinen Sinn, mich zu fragen, wie spät es ist. Müßte ich jetzt in der Kathedrale sein? Werden sie nach mir suchen? Werden sie glauben, ich hätte mich verlaufen, mich verirrt? Und sei eine von hier geworden? Von hier, wo sich alle verirren und wieder zurechtfinden und es keinen Unterschied macht?

»Ich sage Ihnen, es gibt Herren, die nach Ihnen suchen«, hat mir gestern eine Frau zugeraunt, die mich auf dem Brückchen über den Fluß Idro ansprach. Ich habe sie nicht angesehen, aus Angst. Und es ist nicht wichtig, ob man mir glauben wird, ob diese Zeilen einen Sinn haben, ob man dies alles schreiben kann oder ob mein Schreiben nur dazu dient, mir selbst etwas vorzumachen, als könne die Ordnung der Schrift mich zur Ordnung eines Geistes zurückbringen, zur Ordnung meines Geistes, der noch immer verwirrt ist. Aber der Alte aus Galatina hatte mir gesagt, daß die Restaurierung überwacht werden würde von Leuten, die es verstünden, geräuschlos in die Kirche einzutreten und sich unbemerkt wieder zu entfernen.

Was hätte ich antworten sollen an jenem Tage, als mir die Augen zu schmerzen begannen, während wir an der graphischen Aufnahme des Mosaiks arbeiteten, bevor wir es ablösten, und ich plötzlich jemanden hinter mir sagen hörte: »Ich war dreizehn Monate Sklave.« Ich drehte mich um und konnte niemanden sehen. Aber die Stimme schien noch bis in die Apsis widerzuhallen. Wer war es, der da die Worte *ich war dreizehn Monate Sklave* gesagt hatte? In der Kathedrale sieht man überall Schatten. An jenem Tag gab es mehr als einen. Einer der Techniker, die mit mir arbeiteten, hielt inne, als ob er von etwas überrascht wäre, und sah mich einen Moment schweigend an, dann fragte er, ob ich Hilfe brauchte. War mir nicht gut? Vielleicht war ich bleich geworden beim Anblick eines kleinen mageren Mannes, der ein Mönch zu sein schien. Ich sah ihn vor mir, er schien alt, sehr alt, und er hinkte. Ich versuchte mich ihm zu nähern, aber er wich lächelnd zurück, dann begann er etwas zu stammeln, das ich zuerst nicht verstand, doch die verstümmelten Worte wurden lauter und deutlicher und bekamen einen Sinn. »Ihr werdet mich nicht mehr kriegen, ihr werdet mich nicht mehr kriegen«, rief er schließlich und rannte davon, als ob sein Alter keine

Rolle spielte. Ich sah mich um: Niemand rührte sich, alle arbeiteten weiter, als ob nichts gewesen wäre. Da begann auch ich zu rennen, ich rannte durchs rechte Seitenschiff bis zur Kapelle der Märtyrer. Das Gitter war geschlossen, ich klammerte mich an die Eisenstäbe, und da sah ich ihn in der Kapelle, hinter dem Gitter, er kniete vor den hohen Schreinen mit den aufgeschichteten Schädeln. Zum ersten Mal bekam ich Angst vor diesen Hunderten leerer Augenhöhlen, die mich anzusehen schienen, vor diesen säuberlich nebeneinander aufgereihten Totenköpfen. Ich rief, aber niemand antwortete; ich rief nochmals, aber es war vergeblich. Auf einmal wurde es dunkel, und durch die große Rosette an der Fassade war kein Licht mehr zu sehen. Ich kann nicht sagen, ob es schon Nacht war und wie es sein konnte, daß der Tag so plötzlich zu Ende ging. In diesem Moment erwachte ich, schweißgebadet und zitternd. Ich sprang aus dem Bett und lief durch die Wohnung, um alle Lichter anzuzünden, die ich finden konnte, und so gelangte ich an das Fenster zum Platz. Ich weiß nicht, wie spät es war, alles war still. Nur das Ticken meiner Uhr sagte mir, daß die Zeit nicht verging, trotz der Präzision des Quarzwerks. Der Platz war erleuchtet, die Steine der Kathedrale sandten einen blaßgelben Widerschein aus; die Kathedrale selbst war dunkel und leer. Ich kann nicht sagen, ob ich damals schon wußte, daß man in einer Nacht des Jahres 1481 durch die große Rosette den Widerschein der Irrlichter gesehen hatte, die aus den Leibern der Märtyrer hervorzüngelten, nachdem der Herzog von Kalabrien, der Befreier Otrantos, die unverwesten Leichen in die Kathedrale hatte bringen lassen. Aber was spielt das für eine Rolle? Ich dachte jedenfalls nicht daran, und als ich mich ruhiger fühlte und schon glaubte, meine Alpträume gezähmt zu haben, sah ich einen Mann mit langsamen Schritten über den Platz gehen. Er schien ein Mönch zu sein, er war von kleiner Statur, trug eine Kutte und hinkte. Ich fuhr zusammen und wartete, daß er sich umdrehte und zu meinem Fenster heraufsah, ich war sicher, daß er es tun würde. Und ich war sicher, daß ich ihn wiedererkennen würde. Aber er drehte sich nicht um und verschwand in der schmalen Gasse, die zum Kastell führt. Ich sah nicht auf die Uhr, aber am nächsten Morgen würde mir bestimmt jemand erklären, wie bekannt der alte Mönch war, der in der Stadt lebte und es liebte, nachts im Gebet versunken durch die Straßen zu wandern. Nichts Besonderes, nichts Alarmierendes. Der Kurator sah mich streng an, und ich kann wirklich sagen, daß ich vorsichtig war, ich fragte ihn nur, ob auch andere etwas bemerkt hätten, vielleicht jemanden, der unsere Arbeit aus der Ferne überwachte, als wäre er ein Wächter des Mosaiks. »Lassen Sie sich nicht beeindrucken. Denken Sie nur an die Steinchen.« Und ich dachte nur an die Steinchen und wie ich die fehlenden Teile ergänzen könnte, als wäre das meine einzige Rettung. Ich begann mir selbst zu sagen, daß nur eine perfekte Restaurierung imstande sein würde, das Sakrileg wiedergutzumachen, das wir begingen, indem wir dieses Werk auseinandernahmen, um es zu reinigen und wieder perfekt zusammenzusetzen.

Ich versuche in diesen Zeilen, die Zeit auszutilgen; hier gibt es nur Licht, das Licht, aus dem die Überlegungen gemacht sind, die ich hier eilig anstelle; das Licht, das Otranto beherrscht, so wie ein Alchimist seine Elemente beherrscht. Als wären mir alle anderen Sinne abhanden gekommen, steuere ich meine Gedanken und ordne sie nach Farbwerten, nicht nach der zeitlichen Abfolge. Was geschah, als ich in Otranto ankam? Was geschah dann wenige Tage später (ich hatte noch nicht mal ganz ausgepackt)? Es geschah etwas, das sich mit einem späteren Vorfall verband, einem viel späteren. Als ich auf dem Platz vor den Stufen des Museums plötzlich den Eindruck hatte, daß der Glockenturm brannte und der Brand auf die benachbarten Häuser überzugreifen drohte und sogar auf die Kirche, weil der Wind so stark blies, was hier öfter vorkommt. Wenn ich von meiner Begegnung mit dem Alten aus Galatina schon gesprochen habe (soweit ich weiß, wenn ich mich recht erinnere), von dieser Halluzination eines Brandes habe ich jedenfalls noch nicht gesprochen; und ich kann hinzufügen, daß ich nur wenig davon in Erinnerung habe, vielleicht war ich ohnmächtig geworden, denn auch dies war ein Traum, aus dem ich nur mit Mühe erwachte. Aber die Sonne teilte den Platz in derselben Weise mit einer scharfgezogenen Linie in Schatten und Licht, Schatten und Licht. Und folglich mußte es zu derselben Stunde gewesen sein, und die Farben waren dieselben. Auch die meiner Kleidung. Nein, es gibt keine Zeit in diesen Zeilen, und genau besehen gibt es ja auch keine Zeit in Otranto. Seit dem 12. August 1480 steht hier alles still.

Wie schreien die Kraniche, wenn sie sich ins warme Nilwasser stürzen? Ich habe nie etwas Derartiges gehört. Was für eine Stille mußte in diesen engen Gassen geherrscht haben? In diesen auf- und absteigenden Gassen, die im Kreise zu gehen und niemals zu enden scheinen, als könne der Raum sich ausdehnen und die Gassen verbiegen und verschlungene Durchgänge bilden, die immer zum selben Punkt führen; denn Otranto ist klein, noch kleiner, als man es sich vorstellen kann. Doch wenn man darin herumzuwandern beginnt, scheint jede Gasse ständig ein anderes Aussehen anzunehmen, ich sage nicht, daß sie sich wirklich verändert, aber man hat ein Gefühl der Entfremdung, wie wenn man vor einem Wunder steht, das sich unbegreiflicherweise ereignet: Der Weg, den man geht, ist nie der gleiche, weil das Licht unentwegt sowohl die Formen wie die eigene Einbildungskraft verändert.

Meine Wege durch Otranto sind immer doppelt gewesen, als hätte ich auf zwei Gleisen gelebt. Während ich die Teile des Mosaiks zusammensetzte, kam es vor, daß ich plötzlich ins Freie hinauslaufen wollte, und manchmal tat ich es auch, aber oft betrachtete ich nur das Licht, das durch die große Rosette hereinfiel, als wäre es Luft und ich könnte es atmen. Als wüßte ich, daß ich hier zwischen diesen Steinen gelandet war, um eine Antwort zu finden, zu der ich die Frage noch suchte. Warum war ich nach Otranto gekommen? Nur durch einen Zufall, weil mein Beruf, mein Können, meine Hände hier gefragt waren, hier in diesem entlegenen Winkel Europas, vom Orient nur getrennt durch ein schmales Meer, das ständig die Farbe wechselt? Oder gab es noch etwas anderes? Warum wußte ich seit meiner Kindheit, daß ich eines Tages hier landen würde? Weil eine meiner Urgroßmütter erzählt hatte, daß wir einen italienischen Vorfahren hatten, der aus dem Süden Apuliens kam, genau aus dieser Gegend, die damals noch nicht Salento, sondern *Terra d'Otranto*, »Land von Otranto«, hieß? Übers Meer sei er gekommen, hatte sie gesagt. Und schon als kleines Mädchen hatte ich meinen Vater gefragt, wo auf den Karten dieses Land von Otranto lag. Und er hatte geantwortet, daß man mir ansehe, daß ich italienisches Blut in den Adern hätte. Jedenfalls habe ich dann nicht gezögert, zum Studium nach Florenz zu gehen, kaum daß ich etwas für mich entscheiden konnte, für mich und das wenige, was einem das Leben zu entscheiden gestattet und was nicht schon das Schicksal mit sich bringt. Der Zug, der mich zum ersten Mal in dieses Land brachte, war voller Leute. Ich achtete nicht auf die Orte, durch die wir kamen, ich las nicht einmal die Namen auf den Bahnhöfen, denn ich dachte nur immerzu, daß ich lieber übers Meer gekommen und am Hafen ausgestiegen wäre. Es gab kein anderes Land, das vor dem Land von Otranto kam, jedenfalls nicht für mich. Aber das war alles Illusion: Otranto ist nicht bloß eine Stadt *am* Meer, es ist eine Stadt *mit* dem Meer. Nach der Landung der Türken ließen die Fischer ihre Boote im Stich, und die wenigen, die überlebten, flohen ins Landesinnere und wurden Bauern; und am Ende sahen sie das Meer nur noch mit Haß und Angst. Mit derselben Angst, die einen noch heute an bestimmten Tagen packt, wenn man von den hohen Klippen aufs Meer hinausblickt und erwartet, daß an der Horizontlinie winzige Punkte auftauchen: winzige schwarze Punkte, die langsam näherkommen, so daß noch genügend Zeit bleibt, Alarm zu schlagen. Als ich vorgestern hinter der Kathedrale vorbeiging, hörte ich ein trockenes Geräusch, wie man es hört, wenn eine alte Haustür von innen verriegelt wird. Ich fuhr zusammen: Wie oft war dieses Geräusch dem Schweigen der Angst vorausgegangen. Wie oft hatte man dieses trockene Rumpeln eines großen Balkens gehört, der mit Wucht in die Halterungen geschoben wird, um diese alten Häuser uneinnehmbar zu machen. Und wie oft war dann, anders als in jenem Schreckensjahr 1480, niemand mehr gekommen; und die Wachtürme hatten nur noch dazu gedient, die Stadt zu entleeren und sie den Toten zu überlassen, auf daß diese ungestört durch sie streifen konnten, als wären sie nicht einmal mehr Erscheinungen.

Wieviel Zeit mußte vergangen sein, bis einer der Einwohner sich zögernd an seiner Haustür zeigte, als sei das Kopfherausstrecken Teil eines exorzistischen Rituals? Sich zeigen und die Angst überwinden, sich zeigen, um jeden Zweifel auszuräumen: Nein, sie würden nicht noch einmal kommen, es blieb nur das Licht des Spätnachmittags, ein Licht, das eine ungewöhnliche Form annimmt, denn es entzündet die Müdigkeit der Gesichter, trifft sie von vorn und von unten, modelliert die Blicke einer Melancholie, die mehr dem Gesichtssinn als der Erinnerung und der Trauer angehört. Wenn dieses Licht, das überraschend ist, weil es sich betrachten läßt, als wäre es eine Landschaft in sich, ohne daß man fürchten muß, geblendet zu werden, ohne daß man sich schützen muß – wenn dieses Licht kam, war es wie ein einziges Scharren und Rumpeln von Balken, die Türen freigaben. Ein Rasseln von Riegeln, das die Stille durchbrach, im Wechsel mit den zögerlichen, behutsamen, ebenso vertrauensvollen wie erschrockenen Schritten der Einwohner. Es war die Stunde, in der die Kathedrale im Dunkeln versank, die Stunde, in der das Licht aufhörte, durch die Rosette einzudringen, weil es zu schwach geworden war; die Stunde, in der das Mosaik seine Farben verlor und niemand es mehr in seiner Gesamtheit betrachten konnte. Nur da und dort war noch etwas zu erkennen: Bruchstücke von Figuren, die ein eigenes Licht zu haben schienen oder ihr Licht von irgendwoher bezogen, als wäre es eines der vielen Wunder dieser Kathedrale. Und es war ein Zeichen des Schicksals, wenn eine Szene, nur eine einzige, wie vom Zufall herausgegriffen, gerade an jenem Tag und in jener Stunde zu sehen war.

Als ich ankam – ich war mit der Bahn bis Lecce gefahren und dann mit dem Bus weiter nach Süden –, sah ich die Stadt an einem Tag ohne Licht. Solche Tage sind selten und darum spektakulär. Otranto zeigte sich mir, wie ich es nur bei ganz wenigen anderen Gelegenheiten zu sehen bekam: eingehüllt in eine Dunkelheit, die alles erfaßte, was von jenem frühen Nachmittag noch geblieben war. Eine Dunkelheit, die nichts durchsickern ließ. Sie war grau, an manchen Stellen sogar schwarz. Und gleich darauf fing es an zu regnen, es regnete heftig, mit sprühenden Böen, mit salzigen Böen, mit Böen aus Regenwasser und Meer, aus Salzlauge und dem Geschmack der Luft. Ich fühlte, wie mir die Kleider auf der Haut klebten und wie mir das Wasser den Rücken hinunterlief, und es war angenehm warm. Ich hatte ein eigenartiges Gefühl, ich war überrascht, daß ich keinerlei Ärger, sondern eine sinnliche Lust empfand, als ich dieses Wasser auf meinem Rücken spürte, das mir, vom Wind gepeitscht, wie ein Sturzbach den Rücken hinunterfloß, in Sprüngen und mit kleinen Seitenbächen. Und so lächelte ich, mir wurde auf einmal bewußt, daß ich glücklich war, glücklich über dieses unmögliche Wetter; mein Begleiter mußte es für eine bizarre Laune halten. Ich war durchweicht von einem Wasser, das mich fortzuschwemmen schien, und ich tat nichts, um mich dagegen zu schützen; von einem Wasser, das mir aus den Kleidern troff und sofort das Mosaik durchnäßte – und ich nahm's als ein Wasser, das zugleich vom Himmel und aus der Erde kam, und dann begriff ich, daß es eine seltsame Form von Taufe war. Denn ich hatte darum gebeten, sofort in die Kathedrale gehen zu dürfen, und das Wasser rann aus meinen triefenden Haaren, aus meinem Kleid und von meinen Beinen direkt auf den Boden, nachdem es meinen ganzen Körper durchweicht hatte. Und ich sah die zwei Elefanten, die den Lebensbaum tragen und jetzt ganz schwarz waren, nicht im mindesten mehr beleuchtet von einem Licht, das dem Tag gewaltsam entrissen worden war, ich sah diese zwei Elefanten eine rötliche Färbung annehmen, eine Färbung ähnlich der des Landes mit den Olivenhainen, das ich auf der Fahrt hierher gesehen hatte, bevor ich in ein Otranto kam, das von einem Sturm gepeitscht wurde, der mir ganz sinnlos erschien; ganz sinnlos und darum perfekt und vielversprechend.

Das Schicksal, sagte ich. Das Schicksal, denke ich jetzt. Jetzt, da ich annehmen kann, daß alles zu Ende ist. Auch wenn Orte wie dieser einen begreifen lassen, daß nie etwas wirklich zu Ende ist. Nichts hört auf, nichts hat je einen Anfang und nichts ein Ende. Alles bleibt so, als sollte es niemals anders werden. Unbeweglich und ruhig wie der Blick jenes blonden Arztes, der mir die Türen zur Welt wieder öffnete, der mich wieder gehen ließ, schwankend, unentschlossen, erschüttert, wie ich war. Sie sagen, daß die Sonne hier üble Streiche spielt, und ich konnte nichts mehr sehen, bevor ich es geschafft hatte, wieder nach Hause zu kommen und mich im Haus einzuschließen, als hätte ich Angst vor der Sonne, Angst vor allem. Als wünschte ich dort zu sein, wo das Licht und der Schatten nicht hingelangen können außer durch einen Farbenkompromiß, nämlich in meiner Kathedrale, die das Licht zu zerschneiden vermag, als handle es sich um leuchtende Staubfädchen in der Luft. Wunderbar in ihrer Fähigkeit, sich in der Luft zu halten und perfekte Umdrehungen zu vollführen, perfekte, aber auch exzentrische, indem sie Sonnensysteme bilden, die sich in anderen Galaxien auflösen, um sich dann wieder neu zu bilden. Wenn ich den Blick vom Fußboden löste und ein bißchen weiter nach oben sah, kam es vor, daß ich mich in dem Staub verlor, den unsere Arbeit aufwirbelte, mikroskopisch kleine Fragmente des

Mosaiks, die sich allem entzogen und im Licht davontanzten. Und mir schien, als sei dieses Licht, das mein Leben verändert hatte, nichts anderes als Materie: wirkliche Materie, lauter Körper, wenn auch sehr kleine, die uns entgegenkommen und auf uns prallen.

Ich stieg mit geschlossenen Augen die Treppe hinunter, die vom Minervahügel zur Stadt führt; ich hatte Angst vor Schwindelanfällen, aber auch vor jenem Licht, das Materie geworden war, jedenfalls für mich, und dessen harter Aufprall mich zurückprallen ließ. »Sie können gehen«, hatte er gesagt. *Sie können gehen.* Er hatte mich freigelassen, frei, und dabei war ich die Gefangene allzu vieler Gedanken, die ich nicht mehr zu ordnen vermochte. Ich hörte noch immer die Stimmen, die in der Kathedrale darüber diskutierten, wie ein verlorenes Mosaiksteinchen neugemacht werden mußte: »Das ist Ultramarinblau, dafür braucht man Aluminiumoxyd, Natriumkarbonat und Schwefel.« Und für jenes Marsgelb war Eisenoxyd gut. Aber wie erzielte man jenes Rubiabraun? Es gibt auch ein Van-Dyck-Braun, dafür braucht man kalziniertes Eisensulfat. Ich dachte an all diese Farben, die ihre Namen verloren haben, weil sie so schwer zu unterscheiden sind. Und wir alle betrachten sie aus der Nähe, um sie zu verstehen, und meinen, die Farben könne man immer erkennen. Dabei kann dieses Licht, das mich überfällt, aus einem Kobaltgrün ein Zinkgrün machen. Es kann zu Fehlern verleiten. Wenn man hier von Fehlern sprechen kann. Die beiden Elefanten über der lateinischen Inschrift, die symbolisch den ganzen Lebensbaum tragen, waren schwarz an jenem Nachmittag, und je mehr sie naß wurden, desto mehr wurden sie rot, bis sie am Ende geradezu karmesinrot waren. Ich betrachtete sie und sah auch diese Reflexe, und ich dachte an meinen Vater als einen

Zeremonienmeister aller Farben der Welt, als den Priester einer verlorenen Religion.

Die Farben. Karmesinrot. Schon als Kind kannte ich sie alle. Er senkte den Pinsel, sah mich an und fragte: »Velli, welche Farbe macht dir am meisten Eindruck?« Dabei lächelte er. Ich schaute auf jenes Rot, und er sagte zu mir: »Weißt du, daß es aus den Weibchen eines kleinen Insekts gemacht wird, das in einem fernen Land namens Mexiko lebt? Es ist eine seltene Farbe, denn es ist magisch, es verändert sich mit der Zeit, es nimmt verschiedene Tönungen an. Es ist eine lebendige Farbe.« Ich fragte ihn, ob Mexiko in der Nähe des Landes von Otranto lag. Er sah mich streng an: natürlich lag Mexiko in der Nähe des Landes von Otranto. Beide hatten die gleiche Farbe, und was die Orte einander nahebringt, sind ihre Farben.

Es war mein Vater, der mich zum erstenmal hierher führte. Er, der nie hier gewesen war, erzählte mir von diesem Land, als ob er jahrelang hier gelebt hätte. Es war nicht Hellseherei, es war ein Spiel zwischen uns. Je mehr ich ihn fragte, desto mehr dachte er sich aus: Einmal waren die Tore von Otranto turmhoch und aus weißem Stein, so daß die Besucher geblendet wurden, wenn sie in die Stadt kamen; ein andermal waren sie so klein, daß man sich bücken mußte, um hindurchzugehen; manchmal gab es auch gar keine Tore außer einem, das zum Meer ging. Ich hörte ihm zu, er malte und erzählte mir dabei. »Malst du mir diese Tore?« fragte ich ihn. Doch er antwortete mir: »Ich habe deiner Mutter vor vielen Jahren versprochen, daß ich nie nach Otranto fahren und es nie malen werde.« Ich fragte, ob ein Versprechen auch dann noch gilt, wenn die Person, der man es gegeben hat, nicht mehr da ist. Ich begriff nicht, warum Mama es nicht gewollt hatte. Und warum das Land von

Otranto für uns zwar ein magischer Ort war, über den aber man besser nicht sprach.

Als ich in die Stadt kam, durch die Porta Alfonsina, war ich für die Leute hier nur eine Frau, die von weither kam, von draußen, um das Mosaik zu studieren und zu restaurieren. Aber ich fing bald an zu begreifen, daß ich, wenn auch von weither, nicht von draußen kam. Und daß viele hier das sehr gut wußten, noch besser als ich. Als Kind hatte ich nur gewußt, daß uns etwas mit diesem Lande verband. Mein Vater hatte begriffen, daß ich früher oder später hierher gelangen würde. Meine Mutter war eines Tages nicht mehr nach Hause gekommen: Ich hatte sie auf der Straße zum Leuchtturm gehen sehen. An einem düsteren Nachmittag, es regnete und das Meer ging hoch. Jemand sagte, das Meer habe sie fortgespült, andere meinten, sie sei mit einem Fremden geflohen, der erst wenige Tage zuvor in die Stadt gekommen war. Mein Vater sagte, er wisse, daß dieses graue Licht sie bleich gemacht habe, sogar ihr Körper sei aus der Form gegangen. Er sagte, wohin sie auch gegangen sei, sicher sei sie an einen Ort mit strahlendem Licht und starken Farben gegangen. Mein Vater hatte meine Mutter nie gemalt, nur auf einem Bild glaubte ich sie zwischen den Personen im Hintergrund zu erkennen. Aber heute ist sie nur noch eine vage Erinnerung. Meine Mutter sah mir ähnlich, auch sie hatte helle Augen und helles Haar, aber alle sagten, sie sei von weither gekommen.

(Das Grauen kann die Zeit stehenlassen, für immer. Denn das Grauen umkreist man, und es dröhnt einem unablässig im Kopf und man kann es nicht vergessen. Die Erinnerung geht mit der Sonne auf, und abends tut sie, als ob sie unterginge. Aber am nächsten Morgen ist sie wieder da, genau wie am Tag zuvor und am nächsten Tag und am übernächsten.

An jenem Morgen trat ich aus ihrer Haustür. Nachdem sie mir eine ihrer Nächte geschenkt hatte. Dabei hätte ich sie alle haben wollen. Aber ich war adelig und sie eine Frau aus dem Volk.

Die Tür war angelehnt, durch den Spalt sah man einen Teil der alten Kirche San Pietro; durchs Fenster drang der Geruch des Meeres herein: von dort unten, dort hinten. Ich hörte die Türangeln knarren und dachte an jene seltsame Stille, in der alles wie in der Schwebe wirkte.

Ich dachte auch an sie, so wie es einer aus jener Zeit tun kann – heute weiß ich es. Einer, für den die Gewohnheit bereits ein Trost ist. Daß ich an sie dachte, genügte mir, um zurückzukehren, und ihr, um sich mir hinzugeben.

Die Tür war offen. Ich trat schnell hinaus. Und spürte auf einmal im Rücken einen eisigen Wind. Eine unerklärliche, für jenen Sommertag ganz unmögliche Eiseskälte.)

IV

Ich glaubte ihm beim Kastell zu begegnen, an einem jener Tage, an denen nichts zu passieren schien. Das kommt öfter vor in Otranto: Alles scheint stehenzubleiben, auch das eigene Leben. Sogar die Zeit der Liebe scheint in Otranto von Beschlüssen der Ewigkeit abzuhängen, von starken Schicksalen, die jedoch gleichsam in der Schwebe bleiben.

Ich glaubte ihm zu begegnen, sagte ich. Wenn er es war, denn ich sah ihn von hinten, locker, leicht vorgebeugt, die Hände auf die kleine Mauer vor dem Wassergraben gestützt. Es konnte irgendwer sein, ein Tourist, einer der vielen, die dort stehenbleiben, um hinunterzuschauen. Aber ich hatte das Gefühl, daß dieser Mann dort schon immer bei mir war, kaum daß er den Kopf zurückdrehte. Ich hatte ihn noch nie vorher gesehen. Niemand schien zu bemerken, daß da ein Mann in den Graben starrte; niemand von den anderen Touristen, meine ich, und niemand von den Einheimischen, die vorübergingen. Ich überzeugte mich, daß er nicht irgendein Tourist war, als ich ein Mädchen auf ihn zugehen sah, das sich neben ihm an das Mäuerchen stellte, hinunterblickte und wieder fortging, als wenn nichts gewesen wäre. Das Mädchen hatte direkt neben ihm gestanden, aber ihn offenbar nicht gesehen. Ich saß am Tischchen eines kleinen Cafés und starrte hinüber, begierig zu erfahren, warum er so steif und reglos war, begierig herauszufinden, wer er war. Dann, wie es oft geschieht, eine kleine Ablenkung, ein Tablett mit einem Glas, ein Lächeln zum Kellner, und er war nicht mehr da. Alles andere war unverändert, wie das Schachbrett eines abgebrochenen Spiels, bei dem jemand eine Figur weggenommen hat, die wichtigste. Ohne den König kann man nicht weiterspielen. Der Kellner hatte sich eben erst entfernt, und ich sah nur noch einen leeren Fleck; ich blickte suchend umher nach dem Mann, den ich reglos an der kleinen Mauer vor dem Kastell gesehen haben wollte. Aber es war vergeblich, und so setzte ich mich resigniert wieder auf den Stuhl, um jenen leeren Fleck anzustarren, ich fügte mich in jene Abwesenheit wie in eine Spielregel, die man mir längst erklärt hatte, aber die mir partout nicht in den Kopf wollte. Wohin war der Mann geflohen (wenn er geflohen war)? Besser: Wie ist es möglich, sich einfach in nichts aufzulösen?

Cosimino, der hier die langen Winter verbringt, ohne etwas zu tun, und im Sommer die Touristen in einem kleinen Boot die Küste hinunterfährt, Cosimino behauptet, die Erscheinungen in Otranto seien Hervorbringungen des Lichts, Luftspiegelungen in der Mittagshitze. Mit der Zeit gewöhne man sich an die Klarheit gewisser Tage, und schließlich halte man die klare Sicht für ein Zeichen der Erkenntnis. Cosimino bringt die Touristen hinunter nach Porto Badisco, manchmal bis zur Grotte Zinzulusa, wo die Fledermäuse pfeifen. Er sagt, an manchen Tagen gelingt es der Sonne nicht durchzukommen, und dann schmiert sie sich (er sagt wirklich *schmiert*) auf die Wolken. Und dann, sagt er weiter, erwärmen sich die Wolken durch die Sonnenstrahlen, die sie nicht durchlassen, und *lösen sich auf* und erzeugen Wasserdampf, und der Dampf wird zu Nebel, bis schließlich *alles milchig gerinnt und krank erscheint*. Und an solchen Tagen, an denen der Sommer sich zu vergessen scheint, an solchen Tagen passieren die Wunder. Cosimino nennt sie: die Wunder. Er sagt, es sei hinter der »Mole des orientalischen Tabaks«, wo die Strahlen beginnen, die echten: »Signora, das Mosaik schläft jetzt, niemand kann es mehr lesen. Lassen Sie sich überzeugen, es sind diese Grotten, in denen die Mönche auch heute noch ihre Geheimnisse verbergen. Grotten am Land und Grotten am Meer.« Cosimino ist mager und dunkelhäutig, ich habe ihn nie anders als mit Stoppelbart und in einem blaugrauen Unterhemd gesehen. Er ist noch jung, Anfang dreißig, denke ich, und sein eines Auge ist etwas kleiner als das andere, er sieht einen immer ein bißchen von der Seite an, als ob er zielte. Im Winter fügt er dem Unterhemd lediglich einen weiten Pullover hinzu. Die Segeltuchhose bleibt dieselbe, wie übrigens auch die Farbe der Haut.

Cosimino war an jenem Tag beim Kastell, er lehnte an einer Mauer, und ich hatte den Eindruck, daß er mir ein Zeichen machte, als ob er mich auf etwas hinweisen wollte, vielleicht auf einen Freund, der von der anderen Seite her kam. Ich sah ihn fragend an, überdachte meine Vision, dachte an jene seltsame Transparenz, an Cosiminos *milchigen* Himmel und an das Licht jenes Tages: nein, keine Erscheinung, diesmal war's wirklich keine, würde man sagen, wenn man sich die Farben jenes Nachmittags vor Augen hielt. Aber es schien, als ob von jenem Himmel ein Sud herabtroff, eine starke Essenz, die ich im Halse spürte.

Ich stand auf, um nach dem verschwundenen Mann zu suchen, von dem ich nichts wußte. Und begann in die Richtung des Lichts zu gehen. Ich bog in eine Gasse ein, die so eng war, daß sie wie ein Hauseingang wirkte, stieg ein paar Stufen hinauf und spähte ans andere Ende des Durchgangs, der kaum breiter als meine Schultern war. Dort strahlte ein Meer von Licht, und ich ging im Schatten, in einem kalten Schatten, der mir ein sonderbares Gefühl auf der Haut verursachte, als schritte ich durch einen feuchten, unterirdischen, für niemanden sichtbaren Ort. Als führte mich jener Mann einen Weg, den nur er kannte, und als wäre an dessen Ende ein Meer gleich dem, das ich jeden Tag sehen konnte, wenn ich aus der Kathedrale kam. Ein weißes, gleißendes Meer. Silberweiß nennt man die Farbe. Mein Vater sagte, man brauche es zum Kopieren von Rubens. Aber es sei giftig, ein Freund von ihm, der sich nicht vorgesehen habe, sei daran gestorben. Mein Vater benutzte kein Silberweiß, aber er sagte, Rubens habe es so leuchtend zu machen verstanden, daß jedes andere Weiß daneben grau erscheine: »Nicht ich sage das, das hat van Dyck gesagt, der sich damit auskannte.« Als Kind war ich fasziniert von dieser strahlenden Farbe, die alles bedeckte und sich nicht vermischte; ich wußte, daß man ihr Pulver nicht einatmen durfte, auch nicht, wenn man es vorher zerrieben hatte. Die Venezianer ließen es etwa ein Jahr lang im Freien liegen, bevor sie es benutzten. Später in Florenz habe ich gelernt, daß es Bleikarbonat ist, weshalb es manche auch Bleiweiß nennen. Und daß es mit der Zeit nachdunkeln kann. Aber als diese Worte mir noch ganz fremd klangen, merkte ich mir die Farben an den Details auf den Bildern, und dieses Weiß war für mich der Hemdsärmel des Wasserträgers von Velasquez. Auch die Mauer, die meine Schulter jetzt streifte, hatte diese Velasquez-Farbe: Silberweiß, verdünnt mit Leinöl, ein Weiß, das bräunlich werden kann, wenn es zu lange der frischen Luft ausgesetzt bleibt, aber eine Härte erreicht, die kein anderes Weiß hat. Ich bog um die Ecke und trat in jenes weiße Licht. Ich schaute mich um: eine grüngestrichene Haustür, weitere Häuser, eine Mauer, die einen kleinen Garten verbirgt, ein Baum, der herüberragt, und die Stille. Ich höre Cosiminos Stimme:

»Signora, sagen Sie mir, wann es Ihnen paßt, und ich bringe Sie nach Porto Badisco.« Aber Cosimino ist nicht zu sehen. Ich folge den Windungen der Gassen, und für ein paar Augenblicke höre ich die Brandung unter den Bastionen. Wo bin ich? Ich biege in eine weitere Gasse ein, eine kurze diesmal, und trete erneut ins Licht. Wie kommt es, daß ich niemandem hier begegne? Da steht jemand: ein Mann, gut gekleidet, er blickt aufs Meer hinaus. Ist das immer noch er? Oder ein anderer? Ich mache Anstalten, mich ihm zu nähern, da höre ich Stimmen: Leute, die mich grüßen, spielende Kinder. Auf einmal wird mir bewußt: Jenes Weiß ähnelt meiner Angst, mehr zu erfahren; es ist dick und dicht, es deckt alles zu. Und es ist giftig, auch wenn man es ein Jahr lang an der frischen Luft liegen läßt, wie es die Venezianer taten, die oft hier vorbeikamen und die hier den gleichen Wind fanden, der durch ihre Gassen wehte, aber ein anderes Licht. »Signora, sagen Sie mir, wann es Ihnen paßt«, wiederholt Cosimino mit der Sanftheit, die alle hier haben. Cosimino, der mich wie eine Fremde behandelt und mich von der Seite ansieht, als ob er nicht überzeugt wäre, ganz und gar nicht überzeugt. *Silberweiß.* »Hüte dich vor ihm, so gut du kannst, denn nach einer Weile wird es schwarz«, hatte Cennino Cennini gesagt.

Hüte dich vor ihm, so gut du kannst. Das Weiß dieser Häuser, diese schimmernden Steine werden sich verdunkeln, und plötzlich werden sie nichts mehr durchscheinen lassen. Otranto ist keine Stadt der Transparenzen, es ist undurchsichtig wie sein Silberweiß, wie seine Bastionen, die schwarzbraun sind wie die Tinte, die man früher aus Holzruß, Wasser und Gummi arabicum mischte und für Skizzen, Entwürfe und Vorzeichnungen benutzte. Vom Meer aus gesehen ist Otranto unten nichts als dunkelbraune Bastionen, die sich drohend erheben, und oben silberweiß bis zum Campanile, zur Kathedrale und weiter hinauf bis zum Hügel der Minerva. Und es wirkt wie eine vergessene, nie fertiggestellte Zeichnung. Jetzt herrscht wieder Stille, ich sehe genauer hin, ich schaue hinunter zum Meer. Ich spüre, daß der Mann an der Brüstung lehnt, neben mir. Ich drehe mich langsam in seine Richtung, ohne den Kopf zu heben, ich sehe ein weißes Hemd, blendendweiß, aus grober Baumwolle, schlecht gebügelt. Ich sehe genauer hin, ich bin besessen von den Farben und den Volumen, die mir das Licht wiedergibt. Ich kann nicht sagen, wie groß er ist, ich kann sein Gesicht nicht beschreiben; ich kann mir nicht einmal mich selber vorstellen, wie ich ihn ansehe, denn sein Gesicht scheint kein Licht zu absorbieren und sein Blick ist wie nicht vorhanden. Und während ich begreife, daß dieser Mann ein Gesicht ohne Blick und Licht hat, bekomme ich Angst und versuche mich zu entfernen, aber ich fürchte, daß er es merkt. Er rührt sich nicht, nur eine Hand, die rechte, trommelt leicht auf die Brüstung, an die er sich lehnt. Jetzt hebt er ein wenig den Kopf, als höre er etwas. Ich denke, bestimmt erwartet er, daß ich etwas sage, da höre ich in der Ferne jemanden rufen, und seine Unruhe legt sich; die Hand trommelt nicht mehr auf die Brüstung, der Körper entspannt sich, er scheint beruhigt. Eine Frau, die ich noch nie gesehen habe, nähert sich dem Mann: eine alte Frau, sie spricht ihn an, mit leiser Stimme, nennt ihn vielleicht beim Namen, dann hakt sie sich bei ihm ein und reicht ihm einen dünnen weißen Stock. Und langsam setzen sie sich in Bewegung und gehen an mir vorbei. Sie scheint mich nicht zu sehen, er dreht sich blicklos in meine Richtung und scheint mich anzulächeln. Das Kindergeschrei, das ich nicht mehr gehört hatte, da meine Aufmerksamkeit nur seinen

Gesten und der Ankunft der Frau galt, ertönt wieder schrill. Ich hatte gedacht, die Kinder seien weitergelaufen, statt dessen war ich es, die in eine andere Dimension getreten war.

Ein Blinder also. Ein Blinder, der sich allein, ohne Stock, rasch und gewandt durch diese engen Gassen bewegt. Und eine Frau, die ich noch nie gesehen hatte, eine kleine runzlige Alte, die nur ihn zu sehen scheint. Und die Stimmen, die genau in dem Augenblick verstummen, in dem die beiden an mir vorbeigehen. Um dann sofort wieder laut und schrill zu werden. Ist es möglich, daß Kinder plötzlich aufhören zu spielen, zu reden, zu rennen, alle auf einmal, als hätten sie sich verabredet? Nein, sicher nicht.

Auch dies hätte ich dem blonden Arzt gesagt, dessen Augen so hell sind wie meine. Man könnte Sie für einen Holländer halten, habe ich mehr als einmal zu ihm gesagt. Worauf er mir kopfschüttelnd erwiderte, er stamme hier aus der Gegend, die Urgroßeltern seien aus Nardò gewesen und die Ururgroßeltern aus Sternatia. Und weiter zurück sei nichts bekannt. Aber hier im Salento seien die Normannen gewesen.

Wem sagte er das? Blauäugig erzählte er mir, daß hier die Normannen gewesen waren. Hätte ich ihm gesagt, daß die Schuld an meinem Übel auch seine Vorfahren trugen, die Normannen, von denen er seinen hellen Teint und das blonde Haar geerbt hatte? Vielleicht ja, wenn genug Zeit gewesen wäre. Die Werkarbeit des Mosaiks ist normannisch. Vermutlich kamen die Handwerker aus Sizilien. Pantaleone muß ihren Rat eingeholt haben. Wohl ohne es selber zu merken, hatte er Themen und Figuren gefunden, die er gar nicht kannte. Aber in diesen mosaikförmigen Gebetsteppich für analphabetische Gläubige paßte alles hinein, auch Geschichten, von denen bis dahin noch niemand gehört hatte. Zum Beispiel die von König Artus. Niemand in ganz Europa wußte etwas von König Artus. Der Überlieferung zufolge hat man seit dem Anfang des zwölften Jahrhunderts von ihm gesprochen. Aber hier an diesem entlegenen Ort, auf halbem Wege zwischen Rom und Byzanz, zeigt sich der kleine König zum ersten Male im Bild, und das im Jahre 1165. Sicher ist das eines der Rätsel dieses Mosaiks. Wer hat die Geschichte hierher gebracht, und wer hat entschieden, daß eine solche profane Geschichte in die große religiöse Erzählung auf dem Fußboden der Kathedrale eingefügt werden sollte? Niemand weiß eine Antwort. Mein Mosaik gibt keine Antworten auf solche Fragen, und ich frage mich nie, was die Steinchen bedeuten, während ich sie zusammenfüge. Nur wenn ich draußen bin, frei von diesem Licht, das in die Kathedrale eindringt wie eine Schicksalsfügung, die ein Stück Welt beleuchtet, nur dann gelingt es mir, mich zu fragen, was dieses großartige Werk bedeutet, das ich aus einem vielhundertjährigen Schlaf wecken soll.

Ich denke an die Jahrhunderte, von denen Achmed spricht, als wären sie ihm seit jeher vertraut, als hätte er sie alle durchlebt. Er ist nicht wie Cosimino. Er bietet mir nicht an, mich im Boot die Küste hinunterzufahren. Achmed ist fremd hier, er denkt wie ein Fremder, und seine Augen scheinen alles anzuhalten, indem sie das Licht einsaugen, das einen hier überfällt. Ich habe ihm zugetraut, daß er den Himmel verdunkeln könnte, auch den strahlendsten, wenn er nur wollte. Achmed ist immer da, wo man ihn am wenigsten erwartet. Wie jetzt: Dort drüben sitzt er am Tisch eines kleinen Cafés, am Ende der Bastionen. Ich starre ihn von weitem an, er scheint mich nicht zu sehen. Manchmal ist Otranto wie eine Stadt voll Blinder. Wie der Mann, der eben gegangen ist, fürchten sich alle davor, in die Ferne zu sehen, sie haben Angst vor dem Horizont. Deswegen gibt es hier keine Hochseefischer, und nur wenige fahren aufs Meer hinaus; sogar Cosimino, der auf einem Boot lebt, spricht nur von Küsten und Grotten und Landzungen und Anlegeplätzen, nie löst er den Blick vom Land und schaut ins Unbekannte hinaus, immer dreht er den Rücken zu jener tiefblauen Linie, als ob er sie fürchtete. Achmed scheint nirgendwohin zu sehen, er wirkt wie abwesend. Ich rufe ihn, und er lächelt, er lächelt auf jene Weise, die ich nie habe beschreiben können, auch nicht dem blonden Arzt. Achmed lächelt nur mit der einen Hälfte des Mundes, die andere bleibt starr. Er sagt, es sei ein Gesichtsmuskel, der nicht reagiere, nicht richtig funktioniere. So sagt er. Und außerdem sagt er, es gebe nichts, was der Mühe wert sei, darüber zu lächeln. Achmed verzieht den Mund nur zu einem spöttischen Grinsen, nie zu einem Lächeln. Jetzt, als er mich ansieht und ich vor ihm stehe, hat er aufgehört, ins Leere zu blicken. Und tut so, als ob er mich auf einmal bemerkte. Aber ich weiß, daß er es war, der aus der Ferne – auf eine Weise, die ich noch nicht kenne – die ganze Szene vorhin gesteuert hatte: die mit den Kindern, die plötzlich zu lärmen aufhörten, so daß nur das Flattern eines nahe vorbeifliegenden Vogels zu hören war und das Tappen des Blindenstocks, präzise wie ein Uhrwerk. Wie könnte ich ihm sagen, daß ich das weiß? Was könnte er mir darauf erwidern? Lädt er mich zu einem Kaffee ein? Ja, er lädt mich zu einem Kaffee ein und bricht den Zauber. Mit einem Schlag ist wieder alles normal geworden, alles wie gewöhnlich.

»Wird denn der Fußboden ohne Mosaik bleiben? Nehmt ihr alles ab? Bleibt gar nichts liegen?«

Vermutlich gibt es ein römisches Mosaik unter dem des Priesters Pantaleone. Ein Mäandermosaik. Und Gräber. Aber alles wird wieder so hergerichtet, wie es war. Achmed ist von einer krankhaften Neugier, er will kommen und sehen. Er will »in der Zeit zurückgehen«, wie er sich ausdrückt. Sehr weit zurück in der Zeit.

»Velli, die Türken haben das Mosaik nicht zerstört. Auch nicht, nachdem sie die Kathedrale zu einer Moschee gemacht haben. Denn im Mosaik steht geschrieben, daß sie kommen würden. Und nur sie konnten es lesen.«

Wer hat Achmed diese Dinge gesagt? Es sind Legenden, Dummheiten, an die ich früher oder später schließlich wohl auch glauben werde. Was konnten jene Männer lesen, die kein Mitleid mit nichts und niemandem hatten? Und was stand im Mosaik geschrieben? Es hat keinen Zweck, ihn danach zu fragen, er weiß es selber nicht. Er redet, ohne je einen Gedanken zu beenden, weil er nicht wüßte, wie er weiterreden sollte. Einmal habe ich ihn danach gefragt (ich habe es dem blonden Arzt gesagt, jawohl, ich habe es ohne Furcht gesagt). Ich habe Achmed gefragt, warum er sein Spiel mit mir so weit treibe, ich habe ihn gefragt, ob er eigentlich wisse, was er sage. Und dann, Gipfel der Schwäche, habe ich ihn sogar darum gebeten, mich nicht mehr zu erschrecken. Er sah zu Boden, dann gab er zu, daß Otranto keine Stadt ist, in der man ohne Angst leben kann, und meinte, ich würde mich schon daran gewöhnen. So wie ich mich auch an die grauen, farblosen Steinchen gewöhnen würde, die den Hintergrund des ganzen Mosaiks bilden, und an die schwarzbraunen, die die Umrisse der Figuren bezeichnen. In Mosaiken kommen die Farben durch die Art der Steine zustande. In der Malerei kommt die Farbe für die Umrisse der Figuren aus der

Sepia, und manchmal hat sie eine goldene Transparenz. Lange Zeit hat man in der ganzen Adria, im Norden noch mehr als hier und hinauf bis nach Venedig, mit dem Sepiabraun gehandelt, einem Farbstoff, den man aus dem Sekret des Tintenfisches gewann. Auch hier in Otranto. Aber Sepiabraun scheut das Licht, und man vermischt es besser nicht mit Öl. Doch ich schweife ab, ich komme schon wieder auf alte Erinnerungen zurück – das Licht, das Öl und die Umrisse des Mosaiks. Auch ich scheue das Licht, ich habe gelernt, es zu fürchten, wenn es täuscht; obwohl Achmed sagt, das Licht täusche nie, oder es täusche nur die Einfältigen. Und ein Vers des Korans besage, daß Allah siebzig Schleier aus Licht und Finsternis um sich habe, und wenn Er sie höbe, würde der Glanz Seines erhabenen Antlitzes jeden verbrennen, dessen Blick auf Ihn fiele. Achmed sah, daß ich überrascht und in Gedanken versunken war. Was hatte mich so beeindruckt an jenem Mann, der nicht sehen konnte? Es stimmte, ich war beeindruckt: Wie hatte der Blinde es angestellt, so schnell dorthin zu gelangen, vom Kastell? Allein, ohne fremde Hilfe, sogar ohne einen Stock? Ich habe dem blonden Arzt gesagt, daß Achmed auch ernsthaft lächeln konnte; er konnte sich richtig amüsiert zeigen, wenn ich für etwas keine plausible Erklärung fand, ja er schien extra gekommen zu sein, um mir eine zu geben. Nur daß Achmeds Erklärungen dann in der Regel noch weniger überzeugend klangen als meine. »Du siehst dieses Meer nicht wirklich, so wie du dein Mosaik nicht wirklich verstehst.« Aber vielleicht war dieser Blinde ja auch nur für mich ein Geheimnis. Und für die anderen nicht. Ich konnte ja schließlich nicht alle Einwohner von Otranto kennen. Ich brauchte mir also keine Sorge zu machen: Es gab für alles eine Erklärung.

Alles ist in Ordnung. Das hätte mir der blonde Arzt gerne gesagt, während ich mit ihm sprach wie man mit einem Priester im Beichtstuhl spricht, wobei ich ihm allerdings in die Augen sah. Aber er sagte es nicht, er wirkte unruhig, nervös; auch die vernünftigsten Menschen, auch die, die von den Kräften der Vernunft wirklich etwas verstehen, können zögern. Er, der so beherrscht, so klarsichtig und so stolz auf seine Medikamente war, schien jetzt zu begreifen. Achmed dagegen sah einen nur an, um Zweifel zu säen und Ungewißheit auf Ungewißheit zu häufen. Und so kam es, daß ich diese kleine Stadt am Ende wie einen Chor empfand, der mir Antworten auf Fragen gab, die ich gar nicht hätte stellen können.

Zum Beispiel Achmed, wie wenn er einen Text aufsagte: »Manchmal verbrennt einem dieses Licht die Augen, man muß sich vor den Reflexen der Sonne auf der Oberfläche des Wassers schützen.« Oder mein blonder Arzt: »Fälle von Blindheit sind auf den kleinen Inseln viel häufiger als woanders, besonders unter den alten Fischern. Wenn man sich jahrelang den Reflexen des Lichts auf dem Wasser aussetzt, kann es einem die Netzhaut beschädigen. Wir sind zwar hier nicht auf einer Insel. Aber die Intensität dieses Lichts kann beträchtliche Schäden anrichten.«

Ja, aber was ist mit den siebzig Schleiern, oder siebenhundert oder siebentausend, wie andere Quellen sagen? Ist das nur ein gelehrtes Koranzitat? Wen hätte ich damit zum Lächeln bringen sollen? Achmed, der mir von arabischen Ärzten erzählte, oder meinen blonden Doktor, der mich mit seinen klinischen Fällen tröstete? Oder Cosimino, der an bestimmten Tagen überzeugt ist, daß er nicht mehr so gut sehen kann wie früher, und es daher nicht mehr wagt, sich zum Horizont zu drehen, zum offenen Meer? Oder schließlich meinen Blinden: den hochgewachsenen Alten mit den weißen Pupillen, der so rasch an den Mauern entlanggehen kann und anscheinend die Macht hat, alles stillstehen zu lassen? Ich sollte ihm bald wiederbegegnen, und jedesmal war's dasselbe Gefühl: als ob er imstande wäre, die ganze Welt stillstehen zu lassen und nur mich zu sehen. Nur einmal machte ich den Versuch, ihn anzusprechen, aber die Worte blieben mir im Halse stecken, es war, als ob mir die Luft wegblieb. Ich sah einen Anflug von Lächeln bei ihm, nichts weiter. Später erfuhr ich, daß er der Organist der Kathedrale war, aber schon seit Jahren nicht mehr spielte. Und daß er sich mit so erstaunlicher Schnelligkeit durch die engen verwinkelten Gassen bewegen konnte, lag daran, daß er sich von der Intensität des Lichts leiten ließ, von der Helligkeit, die er noch als einen weißlichen Schleier wahrzunehmen vermochte. In all der Zeit habe ich ihn nie reden gehört, glaube ich, aber er hat in meiner Gegenwart Orgel gespielt. Ein einziges Mal hörten wir die Orgel erklingen, und alle hoben wir überrascht den Kopf – wer war da in die Kathedrale kommen, während wir noch an der Arbeit waren? Jemand spielte ein Stück, ich kann nicht mehr sagen, wie lange. Und danach ging er wieder hinaus. Ohne daß einer von uns es gewagt hätte, ihn aufzuhalten. Ob es wirklich der Blinde war, habe ich nie mit Gewißheit erfahren. Über das, was er spielte, kann ich mehr sagen: es war das Orgelstück *Prélude, fugue et variation* von César Franck. Wer konnte in einer kleinen Stadt wie Otranto ein solches Stück so gut spielen, wenn nicht ihr Organist?

(Ich kann nicht sagen, ob es das siedende Öl oder die Wunden meiner Seele waren. Aber auf einmal verschleierte sich die Sonne. Und ich hörte auf, die Formen zu lesen. Das Dunkel sank langsam herab, verhüllte allmählich die Welt und am Ende auch die Erinnerung.

Niemand trug sie fort. Aber ich weiß, daß ich nicht einmal schreien konnte, es war nur ein Augenblick. Und einer von ihnen schnitt ihr die Kehle durch. Und das Blut schoß heraus wie eine Kaskade und löschte ihr diesen ungläubigen Blick.

Ich war nicht unter den Märtyrern. Ich hatte nicht die Ehre, auf dem Hügel der Minerva enthauptet zu werden. Meine Gebeine sind nicht in die Kathedrale gelangt. Ich überlebte viel länger. Doch an jenem Tag suchte ich nach ihr, und da war nur Blut. Erst später, als ich an Flucht nicht einmal mehr dachte, spürte ich, wie meine Augen verbrannten. Und konnte nichts mehr erkennen.

Ich kann nicht einmal sagen, ob es ein Türke war, der mir das Augenlicht nahm. Oder jemand, der mir im Schlaf die paar Goldmünzen rauben wollte, die ich noch bei mir trug.

Ich habe das Licht nie wiedergesehen. Die Nacht wurde mir zu einem endlosen Tag. Hätte ich doch nur das schreckliche Privileg gehabt, Sein erhabenes Antlitz hinter den siebzig Schleiern zu sehen!)

V

Ich bin nie mehr die Straße hinuntergegangen, die nach Noordwijk führt und dann am Leuchtturm endet. Und es erfaßt mich jedesmal eine gewisse Unruhe, wenn ich sehe, wie sich der Himmel zuzieht und sich mit Wasser so vollsaugt, daß man meint, er müßte jeden Augenblick platzen. Ich habe in Holland schwarze Himmel gesehen, lichtlose Himmel, die mit den Augen und dem Haar meiner Mutter kontrastierten. Mein Vater sagte, er könne meine Mutter nicht malen, es gebe keine Farben, mit denen er die leuchtenden Töne ihrer Haare und das Blaugrün ihrer Augen wiedergeben könnte. Manchmal beschrieb er mir die Stimmungen meiner Mutter durch den Farbton ihrer Augen: »Heute sind sie azurbläulich« – dann waren sie Edelsteine aus Armenien. Und manchmal schien sein Blick fast grau und kalt, wie gewisse Wolken, die sich über unseren Köpfen zusammenzogen. Mein Vater las Stimmungen und Charaktere an den Farben und Nuancen ab. Er hätte gern ein großes Buch über die Farben geschrieben, ein enzyklopädisches Werk, das die Welt durch ihre unzähligen Farbintervalle erklärte. Heute weiß ich, daß Farbe Licht ist und daß Licht und Schatten die Welt beherrschen – so wie sie auch alle Theologien und alle Religionen beherrschen. Ich denke an Achmed, der mir gesagt hat, daß Gottes Antlitz von siebzig Schleiern verhüllt ist. Ich denke an mein Mosaik: an das Licht der Fresken, die ich zu erkennen gelernt habe, oder an die mit Sternen übersäten, leuchtenden byzantinischen Himmel.

Das Gesicht meiner Mutter war nicht sehr leuchtend. An manchen Tagen schien es geradezu wie erloschen, wie ein Gemälde, das dringend einer Restauration bedarf. Meine Mutter sprach wenig und mochte die Häuser nicht, die wir dort alle hatten, an jenem unmöglichen Meer, das immer grau ist. Stimmt es, daß ein junger Mann, den die Türken in Otranto gefangengenommen und nach Albanien und weiter nach Konstantinopel verschleppt hatten, in diese Stadt zurückgekehrt war, um dann wieder aufzubrechen und übers Meer nach Spanien zu fahren? Und von dort weiter an den Säulen des Herkules vorbei und die portugiesische Küste hinauf bis in unser Land? Wer war dieser Mann, *ein Junger im Alter von zwanzig Jahren*, verbrannt von der Sonne und von der Angst, der sich eines Tages in einer Herberge einer kleinen Stadt am Meer einfand, entschlossen, nicht mehr fortzugehen? Und wer war die kaum Siebzehnjährige, die er sich zur Frau nahm? Steht alles geschrieben, sagte mein Vater an den dunklen Abenden, an denen ich mich am Ende immer fragte, warum meine Mutter im Nichts verschwunden war. Steht alles geschrieben in einem Bündel alter Papiere, das die Jahrhunderte überdauert hat. Die Geschichte der Familie meiner Mutter sei eine Geschichte von Erscheinungen und Verflüchtigungen, von Personen, die auftauchten und verschwanden. Ich erschrak immer wieder, wenn er so redete, aber er lachte nur und gab mir zu verstehen, daß man Legenden nie zu sehr glauben soll, denn manche seien wie die *Trompe-l'oeils*, jene gemalten Dekorationen, die eine lebensechte Wirklichkeit vortäuschen, optische Spiele, die durch das Licht und die Perspektive ermöglicht werden.

Mein Vater sagte, er habe meine Mutter durch einen Zufall kennengelernt. Sie schien aus dem Nichts gekommen zu sein, genau auf der Straße nach Noordwijk. Dort sei sie aufgetaucht, und dort war sie schließlich verschwunden. Es klingt wie ein schmerzliches Märchen (wenn es so etwas gibt), aber es war wirklich so. Auch ihre Mutter, meine Großmutter, hat nicht viel von sich zurückgelassen: Sie starb und hinterließ eine große Stille. Je weiter man in der Zeit zurückgeht, desto mehr scheint sich alles in Luft aufzulösen, wie die Farben, die an der frischen Luft nachdunkeln, nur nicht er, der Mann, der aus jenem fernen Lande kam und der, nunmehr alt geworden, einen Abgesandten des Bischofs von Otranto erwartete, dem er eine eidesstattliche Erklärung abgab, die heute zwischen den Blättern eines alten Kirchenbuches aufbewahrt wird:

> Am 18. Juno Anno Domini 1539 erschien der kirchliche Abgesandte Antonio Lazaretta vor dem hochangesehenen Herrn Giovanni Leondario, einst Bürger der Stadt Otranto, und ließ ihn Eides schwören, die Wahrheit zu sagen. Nach Berührung der Heiligen Schrift mit den Händen antwortete der Befragte. Und als erstes befragt, seit wie langer Zeit er nicht mehr in der Stadt Otranto lebe, antwortete er, daß er vor nunmehr siebenundsiebzig Jahren dort geboren und vor nunmehr achtundfünfzig Jahren von dort aufgebrochen sei, um sich übers Meer ins ferne Türkenland zu begeben. Zum zweiten befragt, wie lange es her sei, daß die Stadt Otranto von den Türken eingenommen wurde, antwortete er, soweit er sich erinnern könne, sei das ungefähr neunundfünfzig Jahre her. Zum dritten befragt, ob er, als die Stadt Otranto von den Türken eingenommen wurde, als Zeuge in besagter Stadt gewesen sei, antwortete er mit ja, und er sei von den Türken als Sklave verschleppt worden bis nach Konstantinopel.
>
> Zum Vierten befragt, ob er wisse, daß in der be-

setzten Stadt von selbigen Türken etliche Männer, Bürger besagter Stadt, hingeschlachtet worden seien, antwortete er, in Anbetracht, daß er, der Zeuge, von einem jener Türken zum Sklaven gemacht worden sei, habe man ihn an einen Ort namens »San Ioanne de la Minerva« außerhalb der Stadt Otranto gebracht – an jenen Ort seien etwa achthundert gefesselte Männer getrieben worden, um dort niedergemetzelt zu werden –, und man habe ihn, den Zeugen, dorthin gebracht, damit er, der damals noch in jugendlichem Alter war, Angst bekäme, und sein Herr habe dafür gesorgt, daß einer seiner Sklaven ihm, dem Zeugen, diese Worte sagte: »Wenn du nicht brav bist, wird es der Herr mit dir ebenso machen.« Und so habe er, der Zeuge, an jenem Orte mit eigenen Augen gesehen, wie besagte gefesselte Bürger mit Waffen durchbohrt und mit großer Grausamkeit niedergemacht worden seien.

Zum Fünften befragt, ob er wisse oder Kenntnis bekommen habe, aus welchem Grunde besagte Bürger in solcher Weise getötet worden seien, antwortete er: Er habe erfahren, daß der »el Bascha« genannte Hauptmann der Türken, als er mit Waffengewalt in die Stadt Otranto eingedrungen war, vom Volk und von den Notablen verlangt habe, daß sie sich ihm ergäben, für welchen Fall er ihnen versprach, daß man sie gut behandeln werde. Daraufhin erwiderten die Notabeln in standhafter Einheit mit dem Volke, sie seien bereit, für den Glauben an Christus und die Treue zu ihrem Souverän zu sterben. Dem fügte der befragte Zeuge hinzu, daß unter den gefesselten Männern am selben Ort, wo sie niedergemacht worden seien, auch ein schon recht betagter Mann namens Maestro Grimaldi gewesen sei, der beim Sprechen gekeucht habe, und dieser habe alle dazu ermutigt, das Leid und den Tod aus Liebe zu unserem Herrn Jesus Christus auf sich zu nehmen. Und so habe er, der Zeuge, mit eigenen Augen gesehen, wie sie alle ohne Ausnahme ihren Nacken dem Schwert dargeboten hätten.

Zum sechsten befragt, ob er wisse oder gehört habe, daß ein oder mehrere ungewöhnliche Zeichen erschienen seien, dergestalt, daß man füglich denken könne, diese Zeichen seien von Gott geschickt worden – denn jene waren an Zahl so viele wie die Auserwählten Gottes selbst und verdientermaßen unter die Märtyrer zu rechnen –, antwortete er, jawohl, er habe von vielen, sehr vielen glaubwürdigen Personen gehört, daß über dem Orte, wo die Leichen der Getöteten lagen, wunderbarerweise viele Lichter gut sichtbar gebrannt hätten; desgleichen auch über der erzbischöflichen Kirche von Otranto, nachdem die Leichen, die dort dreizehn Monate gelegen hatten, nach Rückeroberung der Stadt auf Geheiß des durchlauchtigsten Herzogs von Kalabrien in besagte Kirche verbracht und dorten ehrenhaft beigesetzt worden waren. Der Zeuge fügte hinzu, es sei noch ein anderes wunderbares Zeichen erschienen, nämlich daß, nachdem besagte Leichen dreizehn Monate unbeerdigt am selben Orte gelegen, an welchem sie enthauptet worden, sie dennoch mitnichten verweset seien, auch keinen üblen Geruch ausströmten noch jemals berühret oder verletzet seien, weder von Hunden noch von Wölfen, noch von Vögeln noch von Würmern, weshalb, darob höchlichst erstaunt und verwundert, der durchlauchtigste Herzog von Kalabrien voller Andacht befohlen habe, besagte Leichen in die Kirche von Otranto zu verbringen, und habe auch viele von ihnen, gebührend in Särgen verschlossen, voller Andacht gleich den Gebeinen von Heiligen fortbringen lassen in die Stadt Neapel. Nach den Quellen seiner Kenntnis befragt, antwortete der Zeuge, alles mit eigenen Augen gesehen und eigenen Ohren gehöret zu haben, wie er gesaget und eidlich bezeuget.

Wieso war der kirchliche Abgesandte Antonio Lazaretta durch halb Europa bis in die holländische Stadt Leiden gefahren, um diese Zeugenaussage zu erhalten? Wer hatte ihn geschickt? Und warum war das Blatt mit dem lateinischen Text dann nicht nach Otranto gebracht worden? Niemand weiß, was geschah. Vielleicht ist Lazaretta in Holland gestorben, kurz nachdem er dort eingetroffen war, und konnte daher seine Mission nicht erfüllen. Vielleicht ist etwas anderes passiert. Aber wieso war er überhaupt soweit nach Norden gefahren, und wer hatte beschlossen, daß jener Giovanni Leondario befragt werden müsse, der über fünfzig Jahre zuvor Otranto ohne ein bestimmtes Ziel verlassen hatte? Damals glaubte ich, das alles seien sinnlose Fragen. Es handle sich um eine Geschichte, die zu alt war, um mich noch zu interessieren. Ich wußte, daß es eine Untersuchung gegeben hatte. Und daß viele andere genauso befragt worden waren. Ich wußte auch, daß alle Befragten dasselbe gesagt hatten: Alle hatten von dem Opfer gesprochen und von den Lichtern und von der Tatsache, daß die Leichen nicht verwest waren. Aber sie hatten alle weitergelebt in Otranto, nachdem sie aus ihrem Gefängnis befreit worden waren. Nur er, Giovanni Leondario, hatte ein Schiff nach Spanien genommen. Und war von dort weitergefahren und schließlich bis nach Leiden gelangt, nachdem er in Noordwijk an Land gegangen war (ich hab's geträumt, ich habe geträumt, wie jener Mann aus einer kleinen Schaluppe stieg und auf den Strand trat, barfuß, nur mit ein paar Lumpen bekleidet; aber ich kann nicht sagen, ob die Dinge sich wirklich so zugetragen haben; seit ich in Otranto bin, ist jener Traum, der meine kindliche Phantasie so entzündet hatte, wieder öfter gekommen).

Sinnlose Fragen, sagte ich: Seit damals, seit 1539 ist viel Zeit vergangen, die Kirchenbücher mit den Taufregistern zählen nur Namen auf, die oft ohne Bedeutung sind; Namen, die bis in die ersten Jahre dieses Jahrhunderts reichen. Giovanni Leondario hatte dreizehn Kinder. Viele davon starben jung. Meine Großmutter sagte, nur sieben davon hätten überlebt, und ich kann nicht sagen, woher sie das wissen konnte. Und nur einer von ihnen sei übers Meer gefahren, aber nicht zurückgekehrt. Vielleicht war er der einzige, der versucht hatte, nach Otranto zurückzukehren; mir gefällt der Gedanke, daß er hierherkam, um sich in diesem Meer zu verlieren. Aber der blonde Arzt, wenn er Lust hätte, diese Geschichte zu hören – und die Kraft, sie für wahr zu halten –, würde mir sagen, daß nur eines sicher ist: In einem Brief vom 4. Oktober 1903 fragt der Großvater meiner Mutter, ein reicher Juwelier in Amsterdam, ob es Dokumente über eine Hochzeit gebe, die im letzten Jahrzehnt des fünfzehnten Jahrhunderts in der gotischen Peterskirche von Leiden gefeiert wurde. Dort begann die Geschichte des Giovanni Leondario, und von dort ging sie weiter bis zu meiner Großmutter. Von Generation zu Generation ohne großen Lärm, ohne besondere Überraschungen. Alles ziemlich gut rekonstruierbar, schon allein durch die Namen.

Seit damals hatte der Name Otranto Heimatrecht in der Familie meiner Mutter, und mit der Zeit bekam er geradezu magische Bedeutung: Wer ihn bloß nannte, mobilisierte außerordentliche Kräfte, mein Urgroßvater sagte manchmal: »Rüsten wir doch ein Schiff aus und fahren wir hin!« Alte Geschichten, auch ein bißchen scherzhafte. Wieviel mochte Giovanni Leondario noch von dem in Erinnerung haben, was an jenem 12. August 1480 geschehen war, und wieso war er dann ausgerechnet in Leiden gelandet? Der Bischof von Otranto wußte, wohin er gegangen war, und ließ ihn suchen. Offenbar war seine Aussage wichtig, vielleicht wichtiger, als es aus diesen Zeilen hervorgeht. Ein Mann reist quer durch Europa, um Fragen zu stellen und den Grund jener Wunder herauszubekommen, aber er kehrt nicht zurück. Und er trifft nur auf einen Alten, der nicht mehr reden will. Einen müden Alten, der seine Arme nicht mehr spürt und schwach auf den Beinen ist. Einen Mann, der in Holland reich geworden ist. Und der vielleicht die Welt bereist hat. Aber hierher nach Otranto ist er bestimmt nicht zurückgekommen, und er ist auch nicht nach Konstantinopel zurückgekehrt. Mit was für einem Blick muß er jenen wißbegierigen Herrn empfangen haben, der ihn im Namen der Kirche dazu bringen wollte, sich an etwas zu erinnern, was er ein ganzes Leben lang sogar vor sich selber verheimlicht hatte? Mit was für Augen muß er jenen Mann angesehen haben, der bereit war, alles aufzuschreiben wie ein Notar für Wunder? Vielleicht sagte er nur wenig. Hätte Giovanni Leondario aus Otranto damals wirklich geredet und wären seine Worte mutiger gewesen, würde ich vielleicht heute nicht zwischen diesen Mauern umherspazieren, auf diesen Bastionen, die keinen Frieden finden.

Aber dieses Licht sagt mir auch noch etwas anderes: Wenn jemand eine so riskante Reise unternahm, um nach jemand anderem zu suchen, der als junger Mann auf dieses Meer hinausgefahren war, um aus Otranto zu entfliehen, dann mußte dieser jemand, dieser Giovanni Leondario etwas wissen, und vielleicht wußte er sogar mehr. Er konnte vielleicht nicht nur von jenem Tag erzählen, von jenem 12. August, konnte nicht nur berichten, wie das Blut aus dem Halse hervorschoß, als würde es von einer Pumpe herausgepreßt, um sich über ihn zu ergießen, sondern er wußte vielleicht auch, warum jene Türken, die sich unter der Führung von Achmed Pascha aus dem nahen Albanien aufgemacht hatten, gerade hierher gekommen waren; und warum sie gerade hier und nur hier so gnadenlos und so schrecklich gewütet hatten, daß dieses Land für Jahrhunderte mit Blut befleckt war. Und wer weiß, vielleicht wollte dieser Giovanni, der als knapp Zwanzigjähriger mit unbekanntem Ziel Otranto verlassen hatte, vielleicht mußte er auch erzählen, ließ durchblicken, daß er wußte, sagte vielleicht sogar offen, was er erfahren, gehört und mühsam verstanden hatte. Er machte Andeutungen, und vielleicht war er der einzige, also mußte man auf ihn zurückkommen. Jemand erzählte, er habe ihn in den Niederlanden gesehen und habe mit ihm gesprochen. Und so machte sich einer auf die Reise, um Antworten zu bekommen. Allerdings können wir nicht wissen, ob es diese Antworten wirklich gab. Die Aussage des Giovanni Leondario gleicht derjenigen vieler anderer, und er ist nie nach Otranto zurückgekehrt. So wie auch der Gesandte des Erzbischofs von Otranto nie zurückgekehrt ist. Was ist mit ihm geschehen? Sein Protokoll der Aussage, die Bögen mit seiner Unterschrift sind in Holland geblieben, zwischen den Papieren dessen, der ihm das Geheimnis, nach dem er suchte, enthüllen sollte. Vielleicht ist der Gesandte nicht erst auf der Rückreise gestorben, sondern bereits an Ort und Stelle, noch unter den Augen seines Zeugen: erstochen, damit er nicht zurückkehrte, um zu erzählen, was er herausbekommen hatte.

Nein, fragt mich nicht, ob der blonde Arzt diese Geschichte schätzen würde. Er weiß nichts davon, und ich könnte nicht auch noch davon sprechen. Schon recht, daß er mir alles über die Normannen erzählen will. Aber diese Geschichte würde er mir nicht glauben. Er würde mich ansehen wie einer, der nun endgültig überzeugt ist, daß ich im Fieberwahn rede, er würde ein gewisses Interesse vortäuschen, aber sicher keinen Kommentar abgeben und keine Erklärung versuchen. Er würde nur sagen, ich solle mich ausruhen. Achmed nicht, Achmed würde seine Augen funkeln lassen, als wolle er beweisen, daß manchmal schwarz die blendendste aller Farben ist. Dann würde er so tun, als ob er Bescheid wüßte über den Tod des Gesandten Lazaretta, der nie zurückgekehrt ist, und würde hinzufügen, er sei an einem Stich ins Herz gestorben, einem einzigen, präzisen Stich mit einem Stilett während einer nächtlichen Fahrt nach Leiden. Es sei ein Raubüberfall gewesen, und man habe kein einziges Goldstück mehr bei ihm gefunden. Ich hab's geträumt, ich habe geträumt, wie ihn der Räuber erstach, es war dunkel wie auf einem Bild von Rembrandt; ich sah es im Traum, als wenn es ein restaurationsbedürftiges Bild wäre, ich sah die Szene vor mir und sah diese kleinen netzförmigen Linien, diese kleinen Risse, die den Restauratoren so viele Probleme bereiten, als könnten sich die Gemälde in große Leinwandmosaiken mit winzigen Steinchen verwandeln.

Ich sah, wie der Räuber in jenem Gemälde, das ein Traum war, vor den verwirrten und verängstigten Mann trat und ihm den Stich versetzte. Er stach nur einmal zu, aber dabei legte er sich mit seinem ganzen Körpergewicht auf die Hand, die den Dolch führte. Vielleicht war dies der Moment, da er ihm in die Augen sehen konnte, während er sich vergewisserte, ob die Klinge auch wirklich tief genug eingedrungen war, um ihm das Herz zu spalten. Danach fiel Lazaretta auf den Rücken, starr vor Schmerz, wie versteinert, erstaunt über soviel Gewalttätigkeit und Entschlossenheit; und im Innersten vielleicht sogar dankbar, daß sein Mörder so schnell war. Ich habe geträumt, daß es dunkel war auf der Landstraße und daß der Räuber, bevor er seinem Opfer die Börse mit den Goldstücken entriß, einen Moment zögerte und das mit einem Lederband verschnürte Säckchen fixierte, ohne sich um die kurze Agonie des Mannes zu kümmern, als ob er schon tot wäre, noch ehe er starb, überzeugt, daß sein Dolch ihn bereits durchbohrt hatte. Ich habe geträumt, daß er ihm die Börse mit einer verächtlichen Geste entriß. Ich habe auch die Gesichtsfarbe des Mörders geträumt: ein bleiches Gesicht, wenn man es mit dem tiefen Dunkel der ganzen Szene verglich. Mein Vater hätte eine bleiweißhaltige Paste genommen, wenn nicht sogar reines Weiß, und dann hätte er sie verdünnt, aber erst hinterher, nachdem die Farbe getrocknet war. Mein Vater verstand es sehr gut, das Weiß abzutönen, indem er es ein wenig verdünnte, er trug die Farbe zuerst immer sehr dick auf, und vielleicht ist mein Traum die vage Erinnerung an ein Gemälde, vielleicht von Rembrandt: an ein helles, fast weißes Gesicht und an jenen harten Pinsel, der die Leinwand kratzte und fast verletzte. Manchmal schien mein Vater müde zu werden: Seine dünnen Arme, seine kleine Statur schienen fast zusammenzuknicken vor jenen oftmals sehr großen Gemälden, die neben ihm sogar noch größer wirkten. Heute kann ich nicht sagen, ob ich ein Gemälde geträumt habe, das ich irgendwann einmal sah, oder ob es überhaupt kein Traum war. Ich kann gar nichts sagen, ich weiß nur, daß ich den Mörder von der Seite sah mit diesem hageren weißen Gesicht, das zum Teil von einem schwarzen Schlapphut verdeckt war. In meinem Kopf hört der Traum – der mein Gemälde ist – genau in dem Moment auf, als der Mörder mit den blutbefleckten Händen gerade weglaufen will und sich noch einmal umdreht, als ob er mich ansehen könnte – mich, die Autorin des Gemäldes und des Traums. Als ob ich, die Hervorbringerin dieses Traums, die wahre Antriebskraft jener perspektivischen Logik wäre, der Punkt, von dem die Fluchtlinien jener Szene ausgehen, die genau in jenem Moment, in jenem Augenblick zum Stillstand kommt.

Gleich danach wachte ich auf und hatte das Bild noch so klar im Kopf, daß ich es hätte reproduzieren können: klar das Bild, dunkel die Farben und mit der Zeit auch noch nachgedunkelt. Wer jener Mörder war, kann ich nicht sagen, ich kann nur berichten, daß mir diese Träume mit dem hiesigen Licht gekommen sind. Es sind keine nächtlichen Alpträume, es sind Tagträume, Mittagsträume. Es kommt vor, daß ich beim Aufwachen nicht weiß, ob es ein Traum oder eine Phantasie war (und allzu oft glaubte ich, es seien Halluzinationen eines von der Hitze der Luft, von der Farbe des ständig wechselnden Himmels, vom Geruch des Meeres betäubten Wachzustandes). Auch mein Rembrandt (so nenne ich ihn bisweilen, wenn ich an meinen Traum denke), der den Titel *Die Ermordung des kirchlichen Gesandten Antonio Lazaretta durch einen Straßenräuber* haben könnte, kam mir eines Nachmittags in einem solchen schläfrigen Wachzustand oder höchstens einem sehr leichten, halbwachen Schlaf. Seit ich hier im Süden bin, gelingt es mir nicht mehr, mich einfach dem Schlaf zu überlassen, schon gar nicht am Tage; als fürchtete ich, etwas zu versäumen, als könnte mir die einzige Form der Erkenntnis in jenem halbwachen Schlaf kommen, in dem sich Wirklichkeit, Traum und Halluzination vermischen. Vorgestern träumte ich von einem Springbrunnen und einer arabischen, andalusisch-arabischen Musik, und weiter war nichts. Und als ich aufwachte, bin ich rasch zum Meer hinuntergelaufen, und weit hinten, wie eine Fata Morgana über dem Horizont, sah ich die Berge von Albanien: in einer Farbe, die an ein Kohlestiftgrau erinnerte, ein blasses, vom Dunst des Wassers gebleichtes Grau; ich sah jene Berge, aus denen die türkische Expedition gegen Otranto aufgebrochen sein mußte. Und während ich glaubte, in jener Luftspiegelung über dem Horizont zu ertrinken, hörte ich jene Musik so laut, daß ich mich umdrehte, um zu sehen, ob hinter mir einer war, der sie spielte. Nicht nur einer, um die Wahrheit zu sagen. Und mir schien, als hörte ich Achmed oder sogar mich selbst, als hörte ich meine Stimme, welche, als wäre sie von mir getrennt, die Namen der Instrumente aufzählte, die in einem Rhythmus spielten, den die Araber *B'tayhi* nennen. Und ich wußte, was eine *Kamantché* ist (die einer Viola ähnelt) und eine *Darabukka* und ein *Qanun*. Und ich fragte mich, ob an jenem Abend, als die Nacht kam, um die Farben zu verwischen und alles schwarz zu machen, sogar das Blut, ob da vielleicht einer von ihnen, erschrocken über die begangene Grausamkeit, zu musizieren begonnen hatte, so daß man Tamburine und Zithern hörte, und Reibegeräusche, wie wenn Stoffe gebürstet werden, und die jaulenden Saiten der *Qitre* und der *Ghaïte*, die wie schottische Dudelsäcke klingen. Ich fragte mich, ob die von Achmed Pascha geführten Krieger aus jenen Bergen vielleicht Musikinstrumente mitgebracht hatten, die für Cordoba, Sevilla und Granada bestimmt waren, nicht für Otranto. Höfischer Glanz gegen Wildheit, blendendes Licht gegen jenes, das sich selbst durch die wunderbaren Moscheefenster projiziert. Das Blut, das durch die Adern fließt und die Gedanken entzündet, zusammen mit jenem, das von der Höhe des Hügels auf die Wiesen hinunterfloß und sie purpurrot färbte. Ich dachte, es wäre Achmed gewesen, der mir gesagt hatte, daß dieser Rhythmus *B'tayhi* heißt. Aber als ich mich umdrehte, sah ich niemanden, der da musizierte; nur ich konnte diese Musik hören, die in meinem Kopf erklang, weil ich sie schon kannte, weil ich sie schon einmal gehört hatte.

Die albanischen Berge können plötzlich verschwimmen, als wären sie wirklich nur Luftspiegelungen. Es genügt ein leichter Dunst, um jenes zarte Grau auszulöschen, jenes leicht verblaßte Kohlestiftgrau, mit dem jene Höhen gezeichnet scheinen. Und dabei scheinen sie nur wie angedeutet, wie Skizzen auf der Leinwand oder auf zartgelbem Papier: Vorspiel zu einem geplanten Gemälde, das voller Farben und Lichter sein wird. Jetzt ist der Dunst bei mir angelangt, und in meinen Ohren ist auch der Klang jenes Instruments verstummt, das die Araber heute mit dem französischen Namen *jet d'eau* nennen.

Ich würde gern in meine Wohnung zurückgehen und die Türen und Fensterläden schließen, als erwartete ich die baldige Ankunft eines Feindes, der sicher vom Meer kommen wird, und würde dann gern von einem sanften Springbrunnen träumen, der diesen B'tayhi-Rhythmus begleitet.

(Ich hatte den Klang schon andere Male gehört. Und horchte in jener selben Nacht auf eine Musik, die von einem Saiteninstrument kam. Während oben auf dem Minervahügel Feuer entzündet wurden. Feuer, wie ich noch keine gesehen hatte.

Sie sollte ich erst am nächsten Morgen wiedersehen. Nicht weit vor ihrer Haustür. Nur ein paar Schritte in Richtung der Kirche San Pietro. Mit einem tiefen Schnitt, der ihr den Hals wie ein Halsband zu schmücken schien.

In jener Nacht versuchte ich nicht, in die Stadt einzudringen, ich blieb bei den Klippen, die weiter im Süden steil zum Meer abfallen. Und schaute neugierig zu jenen schwach flackernden Feuern hinüber. Aber der Klang dieses Instruments, das die Türken *Kamantché* nennen, war in der Nähe zu hören. Es war eine sehr langsame Musik. Langsamer als das Schwappen der Wellen in jener ruhigen Nacht.

An den Tagen, die mir noch zu leben geblieben sind, habe ich dieses Troubadour-Instrument noch mehrmals gehört. Es wird mit einem roßhaargeschmückten runden hölzernen Bogen gespielt.

Ich weiß, daß die Fremde dieser Musik zuhört. In manchen Nächten kann man sie hören. Wenn das Meer ruhig ist. Und am nächsten Tag klingt sie einem dann noch lange im Ohr, wie eine gedämpfte Schwingung.)

VI

Es gibt eine alte Straße, die von der Stadt zum Gehöft von Orte führt. Geht man dort weiter, erreicht man den östlichsten Punkt Italiens, Capo d'Otranto, die Spitze des karstigen Buckels im Süden der Stadt, wo die Küste am höchsten ist und steil zum Meer abfällt. Cosimino will mich in seinem Boot hinbringen, um mir die Steilküste zu zeigen, die bei San Nicola beginnt und bis zur Bucht von Orte geht. Er will mir den Schlangenturm vom Meer aus zeigen. »Ich wundere mich immer, daß der noch steht«, sagt er. Der Turm sieht aus, als wäre er mit einem Axthieb senkrecht gespalten worden. Ein dreißig Meter hoher Turm, von dem nur noch eine Hälfte steht. Cosimino glaubt, daß von diesem Turm aus die herannahenden Türken des Achmed Pascha zum erstenmal gesehen worden sind. Ein schönes Märchen, aber diese Türme sind erst nach 1480 errichtet worden. Die Spanier wollten sie haben, am Ende des sechzehnten Jahrhunderts. Allerdings ist der Schlangenturm älter als alle anderen, und man weiß nicht genau, wann er gebaut wurde. Der Legende nach heißt er deshalb Schlangenturm, weil jede Nacht eine Schlange an der Außenmauer hinaufgeklettert sei, um dort, wo das Leuchtfeuer brannte, den Kopf durch ein Fenster zu stecken und das ganze Öl auszutrinken. Der Legende nach stammt er aus römischer Zeit und war der antike Leuchtturm von *Hydruntum*, und die Stadt habe damals dreißigtausend Einwohner gehabt und sei mit hundert Türmen befestigt gewesen. Das Wappen der Stadt zeigt eine Schlange, die sich um einen Turm windet. Um genau solch einen wie diesen vom Blitzschlag gespaltenen Turm. Wenn man ihn von Norden oder von Osten aus betrachtet, scheint er intakt zu sein, aber von Süden aus erweist er sich als Ruine. Trotz aller Winde und Stürme ist er stehengeblieben, aber eines Tages wird er zusammenbrechen. Vom Meer aus gesehen beeindruckt er alle. Die Leute hier gehen oft bis zur Bucht, um das Wunder dieses *Cucurizzo*, wie sie ihn nennen, zu sehen. Und manche sagen, die Schlange sei nichts anderes als der Fluß Idro, der sich in Serpentinen auf die Stadt zubewegt, um sie mit Malaria anzustecken und zu vergiften.

»Es gibt eine alte Straße, die von der Stadt zum Gehöft von Orte führt. Danach kann man weitergehen bis zu dem Turm«, hatte mir Achmed gesagt. »Von dort sollen die wenigen Überlebenden geflohen sein, die dem Wüten der Türken entkommen konnten. Auf jener Straße begegnet man manchmal Leuten, die noch niemand hier gesehen hat, und wenn man sie anspricht, sagen sie nichts. Wie es scheint, waren die Feuer von den hohen Klippen aus gut zu sehen, deswegen traut sich dort niemand, den Rücken zum Meer zu drehen und in Richtung der Stadt zu sehen.« An jenem Morgen, einem Morgen mit leichtem Regen, der die Stämme schwarz färbte und alles grau überschattete, bin ich auf jener Straße aus der Stadt gegangen: auf einer öden, mehrere Kilometer langen Straße, die zu einer kahlen, unwirtlichen Gegend führt. Ich ging langsam in Richtung des Meeres und ließ den Blick hin und wieder zum Minervahügel hinüberschweifen. Dabei ging mir durch den Kopf, daß ich auf dieser Straße auch verschwinden könnte, so wie meine Mutter verschwunden war; ich stellte mir vor und wünschte mir, daß ich überfallen und entführt würde. Ich hoffte, auf diese schweigsam-abweisenden Leute zu stoßen, von denen mir

Achmed erzählt hatte. Dann erreichte ich den Turm, das Meer war erregt, ich trat bis zur äußersten Kante vor und atmete tief durch. Ich dachte erneut an meine Mutter (das konnte ich dem Arzt nicht verschweigen, er sah mich an und schien zu begreifen, endlich schien er zu begreifen); ich fragte mich, ob sie damals, als sie verschwand, im Meer ertrunken oder von jemand entführt worden war. Mir ging durch den Kopf, daß jenes kalte Meer, das ich immer mit Argwohn und Mißtrauen angesehen hatte, von einem bestimmten Moment an ein furchteinflößendes Ungeheuer geworden war, das ein schreckliches Geheimnis barg, ein Meer, das Mitwisser eines Verschwindens, wenn nicht Urheber unserer Tragödie geworden war, Verursacher einer Abwesenheit, die unser Leben farbloser, unsere Schatten dünner und unser Licht schwächer gemacht hatte. Mein Vater änderte sogar die Art, wie er seine Farben auftrug, sie wurden immer dünner: zarter die Himmel, feuchter und verschwimmender die Wolken, leichter die Inkarnate. »Ich könnte heute keinen Caravaggio mehr kopieren«, murmelte er, ohne mich anzusehen. Manchmal hatte ich den Eindruck, daß er die Farben auch nicht mehr mischen konnte, als ob es seinem Blick nicht mehr gelänge, die Welt mit jenen opaken Schichten zu sättigen, die das Licht nicht durchkommen und die Leinwand nicht atmen lassen. Seine Meere verschwanden im Hintergrund, an den Horizonten, wie Andeutungen von Malern der Gotik. Und wenn er auf Ölfarben nicht verzichten konnte, nahm er solche, die wie Aquarellfarben wirkten, bereit, beim ersten intensiven Licht zu verblassen.

Hier schaute ich nun auf dieses Meer, an einem ungewöhnlich dunklen Tag, der meinen Kindheitserinnerungen ähnelte, und suchte nach jenen Farben, nach jenen selben leichten Reflexen; und mir ging durch den Kopf, daß hier, in diesem Süden, der schon fast Orient ist, das Meer leichter und schwereloser erscheint, die Grautöne sind noch vager, das Himmelblau hat eine Durchsichtigkeit, die man sich bei uns zu Hause nicht einmal vorstellen kann. Hier wird man vom Meer nicht verschlungen, man wird nur langsam davongetragen. Aber die Fischer lächeln, wenn ich von diesem Meer spreche, das von einem freundlichen Neptun regiert wird – sie, die einander Geschichten von Stürmen und tosenden Wellen erzählen, Geschichten, die hier von Vater zum Sohn überliefert werden, und die behaupten gesehen zu haben, wie die Klippen unter dem Ansturm der Brandung schwankten. Ich sah das Meer und den Schlangenturm und dachte an die Farben meines Vaters, die denen hier, den Farben des Meers von Salento, ähnlicher waren als denen der Nordsee – als hätte er nach dem Verschwinden meiner Mutter versucht, sie hierher zurückzubringen, als wäre sie nicht auf einer Straße in Holland verschwunden, auf einer Straße, die zwischen Tulpenfeldern zur Nordsee führt, sondern weitergegangen, einfach immer weiter, bis sie hierher gelangte. Und als hätte sie, als sie an eine dieser Klippen über dem Meer gelangt war, Schicksale und Zukünfte erraten und Rätsel gelöst und wäre bei Einbruch der Nacht davongegangen aus diesem Land der Olivenbäume mit diesen verdrehten Stämmen, die alle aussehen wie Skulpturen. Wobei sie gewiß auch an jenen Giovanni Leondario gedacht hat, dessen Schiff genau hier vorbeigekommen sein muß auf seinem Weg zum offenen Meer und nach Spanien. An jenen Leondario, der seiner eigenen Angst zum Opfer gefallen war, oder der auf der Flucht war, weil er zuviel gesehen und zuviel erfahren hatte: unfähig zur Umkehr, auf der Flucht vor einer südlichen Sonne, die ihn nun bedrohte. Vielleicht war es die Macht der Suggestion, aber als ich gleich hinter der Stadt die ersten Blitze eines heranziehenden Gewitters sah, begriff ich, daß ich mich setzen und das Unwetter abwarten mußte, den Himmel und das Meer befragend, als wäre der Moment einer Antwort gekommen. Es gelang mir nicht, der Himmel wurde schwarz, schwärzer als man es sich je hätte vorstellen können, das Meer wurde immer schäumender, das Tosen ohrenbetäubend, ein unaufhörliches Donnern, und alles schien auf dem Kopf zu stehen. Der Himmel hatte die Farbe des Meeres, und auf dem Meer erschienen da und dort überraschende weißliche Lichter. Dann hob ich den Blick zum Turm und sah ihn weiß, nicht mehr grau. Weiß, als hätte das Bleiweiß meines Vaters auf einem Bild, das ich gut kannte, die Farbe eines Details geändert. Und plötzlich erschien mir der Schlangenturm wie aus Marmor. Ich sah ihn erschrocken an und trat zwei Schritte zurück. Ich befand mich an einem ungeschützten Ort zwischen Himmel und Meer, dreißig Meter über einem Meer, das immer näher zu kommen schien, ich hörte den Donner krachen und sah Blitze zucken, die genau auf dem Minervahügel einzuschlagen schienen. Ich hatte Angst und sah zur Stadt hinüber, die schwarz geworden war, schwarz bis auf ein schneeweißes Stück Fassade der Kathedrale, das ich von dort aus sehen konnte. Weiß die Fassade, weiß der Turm. Und auf einmal war mir, als sähe ich einen Mann in der Ferne, der rasch auf mich zukam. Eine gebeugte, aber flinke Gestalt. Ich dachte an Achmed, der gesagt hatte, daß man auf dieser Straße seltsamen Leuten begegnen könne; ich glaubte, endlich eine von diesen Personen vor mir zu haben, die, wie es heißt, diese öde Gegend bevölkern und das Land hier bewachen. Während der Fremde näher kam, fühlte ich mich unfähig, ein Wort hervorzubringen, geschweige denn um Hilfe zu rufen. Da hörte ich von der Straße her eine Stimme, die mir bekannt vorkam; es war Brizio, ein Arbeiter der Firma, die mit der Restaurierung beauftragt war. Er rief meinen Namen, um sich bemerkbar zu machen, und kam mir entgegengelaufen. Der Fremde blieb stehen und drehte sich um, und einen Moment lang schien es, als habe er mit dieser Bewegung alles angehalten, auch meinen Blick und den Lauf des Arbeiters Brizio. Aber es war nur ein Augenblick, dann sah ich die Gestalt in Richtung der Klippen und des Meeres verschwinden. Ich habe dem blonden Arzt gesagt, daß ich Brizio dankbar dafür war, daß er mir seine Windjacke umgehängt und mich sicher zu seinem Auto gebracht hatte. Er fragte mich, was ich an einem solchen Ort tue, bei diesem Wetter und ganz allein. Ich wußte nichts darauf zu antworten. »Kennen Sie den Schlangenturm nicht?« Er konnte nicht glauben, daß ich zu Fuß und allein bis dorthin gelangt war. »Sie haben Mut. An Tagen wie diesen trägt das Meer einen fort und man wird nie mehr wiedergefunden, wenn man sich zu weit auf die Klippen hinauswagt. Ich erinnere mich, daß es einmal passiert ist. Es war eine Frau von auswärts, ich sah sie am Schlangenturm stehen, und dann ist sie weiter bis zu den Klippen gegangen, bis zu der Stelle, wo sie am höchsten sind. Dann ist sie verschwunden und ist nie wiedergekommen.«

Als ich dem blonden Arzt gegen Ende der Nacht erzählte, daß die fremde Frau meine Mutter gewesen sei, war es für mich wie eine Befreiung von einer unerträglichen Last. Als wären die Straße nach Noordwijk und die Straße zur Bucht von Orte identisch, vereinigt durch die geträumten Lichter meines Vaters und durch die wirklichen, die aus dem Meer zu kommen schienen, so daß man meinte, der Himmel sei auf den Kopf gestellt. Endlich kann ich glauben, daß meine Mutter verschwunden ist, indem sie den Weg zurückging: daß sie nach einer langen Reise hierher zurückgekehrt war und, wie der Arbeiter Brizio sagte, auf den Klippen verschwand, auf dem Weg zur äußersten Spitze, die sie hier *Punta la Palascìa* nennen. Ich kann sogar glauben, daß mein Vater es gewußt hatte, als er mir erzählte, meine Mutter sei eines Tages im Nichts verschwunden. Es war ein dunkler Tag, ähnlich dem, der mich zu dem Turm geführt hatte. Ein Tag im Norden, ein Grau, das keinen Ausweg läßt und keine Kehrseiten hat, ein Meer, das eine Farbe behält, die an manchen Tagen wie Asphalt, wie Teer aussieht und keine Reflexe aussendet, nicht einmal ganz leichte; obwohl mein Vater sie hinzuzufügen verstand, er verstand sie lebendig und transparent zu machen, und mit den Jahren tat er es immer mehr, als suchte er nach einem Licht, das er noch nie gesehen hatte – er, der nie gereist war, sich nie von zu Hause fortbewegt hatte. Doch als ich ihm sagte, er solle sich aufmachen und in den Süden gehen, um sich in die Wüste zu vertiefen, zwischen Berge und Felsen in Farben, die er sich nicht einmal vorstellen könne, da zeigte er mir jene Ecke ganz hinten im Raum, direkt unter dem größten Fenster des Hauses. Dort stand ein roher Tisch, beschmiert mit allen nur irgend erdenklichen Farben, dick eine über der anderen, und darauf lagen ausgedrückte Farbtuben, die aussahen wie von schweren Stiefeln zertreten, und Pinsel mit angetrockneter Farbe, so daß die Borsten steinhart geworden waren, und Paletten aller Art: Holztafeln, Keramikteller, kleine Glasscheiben. Und dazu Flaschen und zusammengerollte Leinwände. Wenn ich die Augen schließe, sehe ich jenen Tisch in einem diesigen Licht vor mir, und ich sehe ihn immer gleich. Ich wundere mich, daß er in meiner Erinnerung immer gleich bleibt, mit den Farben in immer demselben Durcheinander, das ich genau beschreiben könnte, obwohl er in Wirklichkeit jeden Tag anders war, und ich frage mich, welchen der tausend Farbentische – ich nannte das Ganze gern: die Ecke der Farben – ich in Erinnerung behalten habe und wieso gerade diesen. Aber jetzt ist keine Zeit mehr, sich solche Fragen zu stellen, mir bleibt nur die Erinnerung an jene Antwort, die Erinnerung an meinen Vater, wie er mir jenen Tisch zeigte und die Schultern zuckte, als wäre er ein Alchimist des Lichts und hätte immer gewußt, wo es zu finden war, auch wenn er es noch nie gesehen hatte. Auch das Licht der Wüste. Auch das Licht von Otranto, das eigentlich gar kein Licht ist, sondern etwas immerfort Wechselndes: satt und leicht, blau und grau, feucht und berührbar – ich weiß nicht mehr, wie ich es definieren soll, ich weiß nicht einmal mehr, wie man das überhaupt verlangen kann.

Wer war jener Fremde, der auf mich zukam, bevor Brizio meinen Namen rief? Er schien vom Alter gebeugt oder auch von Schwäche, und er trug einen weiten, alten, zerschlissenen Seemannsmantel mit einer Kapuze, der ihn irgendwie verwachsen aussehen ließ. Und wohin war er dann verschwunden? Ich konnte dem blonden Arzt nicht sagen, ob auch Brizio den Mann gesehen hatte. Ich hatte mich nicht getraut, ihn danach zu fragen, und ich wollte ihm auch nicht zu verstehen geben, daß ich Halluzinationen gehabt haben könnte.

»Oder Offenbarungen«, kommentierte Achmed und sah mich ernst an. »Du wußtest doch, daß man auf jenem Weg seltsame Begegnungen haben kann. Begegnungen, die von der eigenen Suggestion, von den eigenen Phantasien herbeigewünscht worden sind. Jener

Turm steht dort, aufrecht wie durch ein Wunder, nur um den Leuten angst zu machen. Er ist das Symbol der Stadt, vielleicht ist er es, den man auf dem Stadtwappen sieht. Aber er ist das authentische Symbol: die eine Hälfte wirklich, sichtbar, vorhanden, die andere unsichtbar, ein Phantom. Und für die Schlange gibt es auch kein Öl mehr zu trinken. Erinnere dich, Velli, was dir der Alte aus Galatina gesagt hat. Du hast mir erzählt, er brachte dir eine Flasche Öl und sagte, du sollest sie nicht zerbrechen. Weißt du, daß die Türken an jenem 12. August, als sie in Otranto einfielen, alle Ölfässer zerbrachen, indem sie sie die steilen Gassen der Stadt hinunterrollen ließen? Die Schlange ist nicht mehr da, was sollte sie auch mit einem halbierten Turm, der zur Hälfte Phantom ist und niemandem mehr als Leuchtturm dient.«

Ich dachte an den Leuchtturm von Noordwijk, der an einem Strand hinter Sanddünen steht. Ich dachte an die vielen Male, die ich barfuß durch die Dünen dorthin gegangen bin. Und wie mir auch jener Leuchtturm als ein unnützes Wunder erschienen war. Man konnte ihn schon von weitem sehen, besonders an Tagen, an denen nur sein regelmäßig aufblitzendes Licht den Seeleuten Zeichen gab. Während sonst überall dichter Nebel lag und das Meer dunkel war. Ich dachte an den Leuchtturm wie an einen Riesen, der nichts sieht, aber reglos dasteht, gleichmütig wie eine Wache, nur dazu da, den Dunst zu durchdringen mit seinem gelben Lichtstrahl, der zu milchigem Weiß tendiert, wenn es eine Nacht mit dichtem Nebel ist, oder zu Goldgelb an den seltenen Nachmittagen mit einem klaren Wind, der die Dünenkämme poliert und den Himmel aufreißt. Ich dachte an alle Leuchttürme, die ich gesehen oder mir auch nur vorgestellt hatte. Ich dachte an meine Mutter, die forschend aufs Meer hinaussah, als könnte sie sich noch ein anderes vorstellen; als könnte sie es in das hiesige Meer verwandeln, das leicht und durchsichtig ist. Ich dachte daran, daß meine Mutter dort zum letzten Mal gesehen worden ist, genau dort beim Leuchtturm von Noordwijk. Und ich dachte an den Leuchtturm von Capo Santa Maria di Leuca an der Südspitze der salentinischen Halbinsel, auf der Linie, wo zwei Meere zusammenfließen; und an den von Alexandria, den riesenhaften und irrealen, das Wunder der Wunder. Ich dachte an alle Leuchttürme, die ich gesehen hatte, und an den Schlangenturm, in dem das Öl nur langsam verbrannte und dessen Licht nur ein schwaches Flämmchen gewesen sein dürfte, für wenige Schiffe und wenige Seeleute, denen es signalisierte, wo sie hier anlegen konnten. Das waren ja damals keine Leuchttürme mit starken Scheinwerfern und großen Linsen, die das Licht bündelten; das waren Feuer, die man gleichsam in der Luft schweben sah, hoch oben, denn die Türme, in denen die Flammen nachts brannten, verschwanden im Dunkel, das diese Buchten eingehüllt haben mußte. Und sicher hätte man diese im Dunkel der Nacht schwebenden Feuer auch für Luftspiegelungen, Illusionen oder Wunder des Meeres halten können, hätte man nicht schon bemerkt, daß dort hinten, wo etwas schimmerte, Land war. Für jemanden, der aus Griechenland oder Albanien übers Meer gesegelt kam, mußte die salentinische Halbinsel wie eine vorzeitige Überraschung erscheinen: der Anlegeplatz des Okzidents auf dem Weg, der von Konstantinopel nach Saloniki führte und dann quer durchs Land nach Durres oder Durazzo, wie man damals sagte. Von dort war es nur noch ein kurzes Stück übers Meer, das man an einem Tag bewältigen konnte, aber bei Nacht und widrigem Wetter konnte es eine Ewigkeit dauern, und dann schienen jene Feuer nicht nur hoch in der Luft zu schweben, sondern unerreichbar zu sein. Von diesem Anlegeplatz waren die Normannen aufgebrochen, um nach Antiochia in Kleinasien zu fahren, als das Mosaik in der Kathedrale bereits die Wanderer in Erstaunen versetzte und die Geschichte der Welt in tausend verschiedenen Sprachen erzählte, vereint und zusammengehalten durch die bunten Steinchen und die geduldige Arbeit des Priesters Pantaleone. Von hier waren Tempelritter, Abenteurer, Piraten und Mörder aufgebrochen, hier hatten Alchimisten und Magier ihre Spuren hinterlassen, die bis zum Kloster von San Nicola di Casole führten, wo sie in den Kodizes endeten, verborgen zwischen den Miniaturen, in den Details der griechischen und lateinischen Handschriften. Und in Casole konnten fast alle Mönche griechisch, und einige, heißt es, lasen sogar arabisch. Als die Türken in jenen Tempel des Wissens kamen, auf derselben Straße, die Pantaleone jeden Tag zweimal gegangen war, morgens hin und abends zurück, um sich aus dem Kloster in die Kathedrale zu begeben und sein Mosaik zusammenzusetzen – als die Türken nach Casole kamen, sagte ich, zerstörten sie alles: die Kirche, das Kloster und viele Kodizes, die dort gerade kopiert oder studiert wurden. Übriggeblieben sind nur ein paar Säulen, Bruchstücke der Fassade und einige Nebengebäude, die heute nur noch landwirtschaftliche Geräte beherbergen.

Ich gehe oft nach Casole, im Frühjahr und im Herbst, wenn die Straße noch nicht in der Sonne glüht, noch nicht durch das Licht und den Staub in die Länge gezogen wird; dieselbe Straße, auf der die Türken gekommen waren, dieselbe, die Pantaleone gegangen war und wer weiß wie viele andere. Und jedesmal, wenn ich mich dem Ort nähere, höre ich Hunde bellen, deutsche

Schäferhunde, Hirtenhunde, Hofhunde. Die Ruinen des Klosters sind heute Teil eines Gehöfts, und manche sagen, unter den Trümmern lägen noch viele Schätze, aber das will ich nicht glauben. Hinter jeder zerstörten Pracht verbirgt sich eine Legende, nach der das Zerstörte an einem geheimen Ort wieder aufgebaut worden ist, in jeder alten chemischen Formel, die man nicht versteht, verbirgt sich die Lösung des Geheimnisses der Goldfabrikation. Wo ich herkomme, raubte man das Gold den feindlichen Schiffen, ohne chemische Formeln. Ich muß an die Landschaften denken, in denen ich aufgewachsen bin, wo es keine Ruinen zu besichtigen gibt, wo die Straßen keine Staubwolken aufwirbeln lassen, wo es keine Geheimnisse zu geben scheint, sondern alles im Licht der Sonne liegt, alles offen ausgebreitet unter den Fittichen einer milchigen Helligkeit, die indifferent für zu starke Schatten, für das Helldunkel und die harten Kontraste ist.

Dagegen höre ich wieder klar und deutlich, als kämen sie von einem Tonband, die Worte des Arbeiters Brizio, während er mich zur Stadt zurückfuhr: besorgte Worte, dann verlegene, schließlich enthüllende und zugleich forschende. Ich höre ihn reden mit all seinen kleinen Floskeln und Einschüben, mit der wiederholten Anrede »Signora«, mit jenem Wechsel zwischen Sie und Ihr und Du, der typisch für diese Gegend ist: »Signora, habe ich Sie erschreckt? Tut mir leid, aber das sind so Geschichten von hier. Die hier alle kennen. Und vielleicht sind sie gar nicht wahr. Oder besser: die von der Fremden, die keiner mehr wiedergesehen hat, die ist mir erzählt worden. Ich hatte sie gar nicht selber gesehen. Jemand, ich weiß nicht, wer, es ist schon so viele Jahre her, jemand sagte, sie wäre auf der Straße verschwunden, die zum Turm geht. Aber schließlich, wer weiß, kann ja sein, daß sie kurz darauf wiedergekommen ist, ihre Sachen geholt hat und abgereist ist. Allerdings, ich muß Euch sagen, Signora, auch die Carabinieri haben Fragen gestellt, warum sie einfach alles hat stehen- und liegengelassen, so wie es war, in ihrer kleinen Wohnung im neuen Teil der Stadt. Sie sagten, es hätte nichts gefehlt, sie hätten sogar ein aufgeschlagenes Buch auf dem Bett gefunden und die ungespülte Kaffeetasse vom Frühstück auf dem Küchentisch. Als ob sie gleich wiederkommen würde. Ich weiß nicht, Signora, warum ich dir diese Geschichte erzähle. Ich kann's nicht sagen. Ich hatte nie mehr daran gedacht. Ich war noch ein Junge damals, und die Frauen waren damals nicht so angezogen wie sie: Manchmal schien sie fast nackt zu sein, man sah alles. Deswegen sind wir ihr nachgelaufen oder sind ihr mit dem Fahrrad gefolgt. Einfach um sie anzusehen. Wir haben gewartet, daß sie aus dem Haus kam. Als sie verschwand, waren wir sehr beeindruckt, es gab ja damals noch keine Touristen, die hierher kamen. Sie war eines Tages plötzlich da, wer weiß von wo. Wir wollten es erst gar nicht glauben. Dann sagte ein Junge, den ich kannte, daß er in ihrer Wohnung gewesen wäre, daß sie ihn eingeladen hätte, vom Fenster aus hätte sie ihn gerufen. Aber niemand glaubte ihm. Wenige Tage später brachen die Carabinieri dann ihre Wohnung auf. Wir dachten, sie wäre vielleicht krank geworden und hätte nicht um Hilfe rufen können. So was in der Art hatten wir erwartet. Erst hinterher, als man nichts gefunden hatte, hieß es auf einmal, sie wäre auf jener Straße gesehen worden. Und wäre vielleicht im Meer ertrunken. Ich weiß nicht, Signora. Hier werden so allerhand Geschichten erzählt, in einer Tour. Ich mag das nicht, weil man nie seine Ruhe hat. Auch heute zum Beispiel. Ich fahre hier friedlich im Auto, und wen finde ich? Euch, ganz alleine da draußen, bei diesem Wetter. Ich denke, Ihr seid es nicht, ich denke, von weitem seht Ihr aus wie diese Fremde, der wir als Buben aufgelauert hatten und nachgelaufen sind. Ich weiß, das hat nichts zu bedeuten, für uns hier sehen die Fremden alle irgendwie gleich aus … Aber was rede ich da, Signora, das ist nicht nett von mir. Ich bin wohl wirklich etwas durcheinander. Gerade Sie, Signora, was haben Sie damit zu tun? Allerdings, wissen Sie, mir war auch, als hätte ich dort noch jemand anderen gesehen. War vielleicht bloß Einbildung. Ich konnte ja schon nicht glauben, daß Sie da waren, Signora, Sie allein da bei dem Turm an einem Tag wie diesem. Jetzt sieh bloß mal diese Scheibenwischer, man kann überhaupt nichts sehen. Na ja, also da war so eine dunkle Gestalt, die wegrannte, als ich kam. Aber nein, aber nein, das ist so eine alte Manie von mir. Hier sagen die Leute zu so was Manien, so nennt man das hier. Sie sagen: Brizio, verbohr dich nicht, Brizio, das sind Manien. Von Manien kann man verrückt werden. Ich habe die Manie, hier auf diesen Straßen herumzufahren. Einfach so, ohne besonderen Grund, ich nehme das Auto und fahre langsam durch die Gegend und sehe mich um. Ihr werdet Euch fragen Signora, was ich denn suche. Und ich sage Euch, ich weiß es selber nicht. Aber wenn die Tage schön sind, halte ich an und schaue zum Horizont. Heute ist das Wetter ja eher scheußlich. Macht's dir was aus, wenn ich dich hier absetze? Zu dieser Zeit kann ich nicht in die Altstadt reinfahren. Ich komme nachher in die Kathedrale. Ciao, Signora.«

(Andromeda, Tochter des Aithiopenkönigs Kepheus und der Kassiopeia, wurde an einen Felsen gekettet. Ihr Vater wollte sie dem schrecklichen Seeungeheuer opfern, das die Küsten seines Landes heimsuchte. Aber Andromeda war dem Perseus begegnet, der sie in Ketten sah, und Perseus erschlug das Seeungeheuer und nahm Andromeda zur Gemahlin.

Der Name des Seeungeheuers war Cetus, Walfisch. Und Cetus ist ein Sternbild; wie Andromeda und Kassiopeia. Man kann sie am Herbsthimmel sehen, die Seeleute kennen sie.

Es war Herbst, als ein junger Fischer mir sagte, daß in jener Nacht die Sterne der Andromeda heller glänzten, als er sie je gesehen habe. Ein gutes Zeichen, sagte er. Ich fragte nach dem Walfisch. Und dann nach dem Sternbild des Perseus. Ich war nicht wie Perseus, ich konnte sie nicht von jenem Ungeheuer befreien, das brüllend aus dem Meer kam.

Unter jenem Herbsthimmel dachte ich an den Jungen, von dem alle in der Stadt wußten, daß er unser Sohn war. Er hatte seinen Kopf nicht zum Gebet auf den Stein gelegt.

Er wurde gesehen, wie er mit gefesselten Händen an Deck eines Schiffes nach Konstantinopel stieg. Man sagte mir, er habe zum Himmel geschaut wie ein Seher. Aber kein Orakel hätte eine solche Prophezeiung gewagt.)

VII

Mir gefiel die Art, wie mein Vater radelte. Er war auch beim Radfahren leise. Man hörte nur ein leichtes Rasseln der Kette, nicht unähnlich dem Geräusch der Papierwindmühlen, die ich als kleines Mädchen geschenkt bekam. Er radelte neben mir, und ich wunderte mich, wie er es schaffte, seiner Bewegung einen Rhythmus zu geben, wie er mir niemals gelingen würde: perfekt, gelassen und beruhigend. Auch bei den seltenen Steigungen ließ er keine Anstrengung erkennen, er versuchte nicht zu beschleunigen, aber es schien, als bewegte ein freundlicher Motor sein Rad. Ich dagegen bewegte mich stoßweise voran: Wenn wir nebeneinander fuhren, kam es immer wieder dazu, daß ich ihn erst überholte und dann zurückfiel, und oft entging mir dabei vieles von dem, was er langsam und in einem entspannten Ton sagte. So sagte er zum Beispiel, daß ich wie meine Mutter sei: »Sie hat es nie geschafft, im richtigen Rhythmus zu radeln. Immer zu schroff, zu leidenschaftlich oder zu unentschlossen.« Am Ende waren dann immer die Bremsbeläge abgenutzt, und ihr Fahrrad mußte dauernd zur Reparatur. Aber sie mahnte nie zur Eile, sondern ging eben zu Fuß. Mama trug gern flache Schuhe, solche, wie Ballettänzerinnen sie tragen, aber in Holland ist es zu kalt dafür, und es regnet zuviel. Holländerinnen tragen nicht solche Schuhe, schon gar nicht im Winter. Mama trug sie immer, am liebsten wäre sie barfuß durch die Straßen gegangen, und ich könnte nicht schwören, daß sie es nicht manchmal auch tat. Nicht so mein Vater und ich, wir sind immer radgefahren; nebeneinander, soweit das möglich war.

Auch an dem Tag, als wir die Straße nach Noordwijk nahmen, um dann weiter zum Leuchtturm zu fahren, war ich bemüht, ihm so nahe wie möglich zu bleiben; nicht nur, um zu hören, was er sagte, sondern auch, weil ich Angst hatte. Ich fürchtete mich vor jener Straße: Von dort war mein Vorfahr Giovanni gekommen, dorthin war meine Mutter gegangen, bevor sie verschwand. Dorthin bin auch ich noch einmal zurückgekehrt, bevor ich nach Italien aufbrach. Man nennt sie die Straße der Tulpen; sie wird auch von Touristen besucht, aber nur wenige gelangen bis ans Meer. Viele bleiben verblüfft am Straßenrand stehen und bestaunen den eindrucksvollen Kontrast: graue Wolken und Zugbrücken, einige dunkel, andere weiß vor einem Himmel, der sich in jeder Jahreszeit einen rötlichen Ton bewahrt, der gut zur Farbe der Häuser paßt. In Holland liebt man die Tulpen nicht nur als Blumen, sondern als Felder: als intensive Farbflecken, gelbe, blaue, rote und sogar schwarze. Aber mit einem Schwarz ohne Grautöne, einem saftigen, heiteren, glänzenden Schwarz. Und man liebt es, auf diesen Straßen zu radeln und sich die Augen sattzusehen an diesen Farben. Denn außer diesen Feldern gibt es nur das Rotbraun, das Grau und das milchige Weiß, das alles einhüllt, alle Gedanken beherrscht und alles löscht.

Die Vorfahren meines Vaters kamen alle aus dem Norden der Niederlande, aus der kleinen friesischen Stadt Hindeloopen am Ijsselmeer. Die Landschaften meines Vaters waren noch düsterer als meine, die Häuser noch dunkler; aber in Hindeloopen werden Möbel geschnitzt und bemalt, und die Leute kommen von weither, um diese flammendrot und grasgrün bemalten Möbel zu sehen. Hergestellt werden sie von Seeleuten, die sich mit dieser Arbeit die Zeit vertreiben in den langen Monaten zwischen ihren großen Fahrten. Die Seefahrer aus Hindeloopen sind mit ihren Kauffahrteischiffen immer sehr weit gefahren, weiter als ihre Kollegen aus anderen Teilen der Niederlande. Sie sind bis nach Indien gefahren, sogar bis nach China, und bei der Rückkehr hatten sie dann die Farben des Fernen Ostens im Kopf. Sie brachten ihren Frauen Kleider mit, wie man sie nirgendwo sonst zu sehen bekommt: Kleider in lebhaften, grellen, überraschenden Farben. Bunte Flecken unter einem Himmel, der sich selten vom Grau des Ijsselmeers unterscheidet.

Mein Vater ist dort geboren, als Sohn einer Seemannsfrau in bunten Kleidern und eines Seemannes, der in seiner freien Zeit »wunderbare« Möbel schnitzte und bemalte. »Ich habe gelernt, wie glänzend ein dunkles Grün auf einem gut polierten Holz sein kann. Ich habe gelernt, das Rot wie Lack auf die Möbel zu streichen«, erzählte er mir stolz auf seine Lehrzeit, seine Einführung in die Welt der Farben. Mein Großvater war oft viele Monate unterwegs, und wenn er zurückkam, erzählte er phantastische Geschichten aus dem Fernen Osten. »Als ich fünf Jahre alt war, erzählte er mir, wie sich der Himmel tausendmal an einem einzigen Tag ändern konnte. Und ich träumte davon, Maler zu werden, einen Farbkasten zu finden, in dem alle Töne enthalten wären. Einmal bat ich ihn, mir Farben aus Fernost mitzubringen. Ich war sicher, daß es dort andere Paletten gab als bei uns. Aber da war ich schon älter, und wenn ich konnte, nahm ich die alten Pinsel meines Vaters, die er zum Bemalen der Möbel benutzt hatte, aber auch zum Anstreichen der Wände, und machte mir daraus kleinere Pinsel, die sich für meine Leinwände eigneten. Alle großen alten Pinsel, die viel benutzt worden sind, haben sehr weiche Borsten. Und ich hatte damals nichts Besseres.«

Ich habe meinen Großvater nie gekannt. Er starb zu

Hause, nach zahllosen Fahrten auf Schiffen aller Art, aber auch langen Monaten in seiner kleinen Werkstatt mit dem winzigen Fenster zum Meer. Ich war noch gar nicht geboren, als er starb, und mein Vater war nur für wenige Tage in das Haus seiner Kindheit zurückgekehrt, als sein Vater sich zum Sterben anschickte. Er war ein großer, massiger, hünenhafter Mann gewesen, im Gegensatz zu meinem Vater, der schmächtig, zart und mager wirkte, doch in den Zeichnungen, die mein Vater gleich nach seinem Tod von ihm gemacht hatte, Vorstudien für ein Gemälde, das er dann doch nie in Angriff nahm, sah der Großvater ihm verblüffend ähnlich, und sein Gesicht war nicht mehr das eines massigen Hünen, sondern tief eingefallen, dunkel, die Augen erloschen. Ich fand die Blätter ganz zufällig, bevor ich ohne Rückfahrkarte abreiste. Mein Vater hatte die gleichen tiefen Falten im Gesicht und vielleicht auch den gleichen Blick. Ich dachte mir: ein Leben damit zu verbringen, vom Licht zu träumen und die Erinnerungen auf die Leinwand zu übertragen, hatte ihm erlaubt, immer mehr am Rande zu leben. Die Augen meines Vaters waren nicht erloschen, im Gegenteil, sie waren brennend bemüht, nichts zu übersehen, sich keine Nuance entgehen zu lassen. Und das Schicksal hatte ihn an einen Ort versetzt, wo man die Nuancen nur selten zu fassen bekommt und sie sich vorstellen muß. Mein Großvater segelte durch die Welt, mein Vater hat die Niederlande nie verlassen. Seine längste Reise war die von Hindeloop nach Amsterdam, durch eine Landschaft, die sich treu bleibt. Mein Großvater konnte sich erinnern, mein Vater stellte sich alles vor. Seine Fähigkeit, sich das Licht vorzustellen, war so groß wie die Bravour, die er darin hatte, uns alle glauben zu machen, mich inbegriffen, daß er sozusagen ein Leben als Protagonist geführt habe und nicht als Zuschauer. Daß er die Landschaften wirklich gekannt habe, die er in Wahrheit nur durch die Augen meiner Mutter gesehen hatte. Er hatte meine Mutter geheiratet, weil er in ihr dieselbe Verrücktheit wie bei sich gefunden hatte, nur spiegelverkehrt. Meine Mutter schien alles gesehen zu haben, das merkte man an der Art, wie sie die Dinge betrachtete. Oder besser gesagt: das wollte mein Vater mich glauben machen, als ich ihn fragte. Und ihr Verschwinden wurde für mich ein schmerzliches, schreckliches Rätsel, aber zugleich auch die unvermeidliche Folge eines vorgezeichneten Schicksals, das jedem von uns in den Augen geschrieben stand. »Deine Mutter konnte dieses Licht hier nicht ausstehen, sie ertrug nicht, daß die Ereignisse sich ändern ließen, es gefiel ihr nicht, daß man die Zukunft beeinflussen kann. Deine Mutter ähnelte meinem Vater, deinem Großvater. Für ihn waren die kostbaren Möbel sein Refugium. Aber dann ging er auf große Fahrt in ferne Länder, wo sich alles ereignen konnte. Einer der schlimmsten Tage seines Lebens war, als der Große Deich eingeweiht wurde, der *Afsluitdijk*, ein Wunderwerk des Fleißes unseres Volkes, neunundzwanzig Kilometer lang, achtzig Meter breit. Er schließt das Ijsselmeer gegen die Nordsee ab. Von den Fenstern unseres Wohnzimmers aus gesehen wirkt er wie eine Befestigungsanlage für einen längst gewonnenen Krieg, den niemand mehr weiterzuführen gedenkt. Er ist 1932 eingeweiht worden, unter dem Motto: ›Ein lebendiges Volk baut sich seine Zukunft‹, es war ein großes Fest, ein unglaubliches Ziel war erreicht worden, dreizehn Jahre hatte der Bau gedauert. Mein Vater war noch ein kleiner Junge. An jenem Tag beschloß er, sich seine Zukunft auf See zu suchen, jenseits des Deiches, der ihm das Herz aus dem Leibe riß.«

So kam es, daß er die Ozeane befuhr und dann meinem Vater von riesigen Wellen und Meeresungeheuern erzählte, oder von Völkern ohne Zukunft, die Angst vor dem Meer hatten und sich dennoch hinauswagen mußten, auch nachts, und dann manchmal nicht wiederkamen. Oft schnitzte oder bemalte er dabei Möbel, und er tat es »mit starrem Blick, konzentriert, man konnte meinen, daß er sich nicht umsehen wollte, als ob er den Anblick der Landschaft nicht ertrüge, den Anblick des Meeres und jenes Deiches, den man von überall aus sehen konnte, von jedem Punkt, in der Stadt und draußen auf dem Land, und von jeder Straße rings um Hindeloopen.« Mein Vater war auch deshalb geflohen, seine Mutter war eine Frau, wie es viele in meiner Heimat gibt: Sie wartete immer, daß mein Großvater von seinen Reisen zurückkehrte, und wenn er da war, begann sie ungeduldig darauf zu warten, daß er wieder abreiste. So war ihr Leben ein einziges Warten mit zahllosen Unterbrechungen. Wenn mein Großvater nach Hause kam, wünschte sie, er wäre auf See, und wenn er auf See war, dachte sie nur an seine Rückkehr. Erst in den letzten Jahren mußte sie sich mühsam an diesen Mann gewöhnen, und vielleicht war ihr da bewußt geworden, daß sie ihn nie richtig kennengelernt hatte. Sein einziger Sohn verließ die Stadt, sobald es ihm möglich war, auf der Suche nach einer anderen, aber nicht fernen Landschaft, als ob er bei sich selbst nicht ertrug, was er bei seinem Vater nicht zu ertragen vermochte: die Abwesenheit. Das Schicksal (von dem Achmed mir sagt, es bedeute soviel wie »Geschehnis«) hat ihm auferlegt, dauernde Abwesenheiten zu ertragen, auch die meiner Mutter, auch meine, die vielleicht noch schmerzlicher für ihn war. Er wollte nicht zur See fahren, aber er wollte auch nicht hinter dem Schutzschild jenes Deiches bleiben. So begab er sich ein Stück weiter nach Süden in eine Gegend, wo der Wind kalt und fast immer von Nordwesten weht und die Landschaft aussieht wie eine Mondlandschaft: nichts als Dünen und spärliche Sträucher, die es wagen, diesem unmöglichen Wetter zu trotzen. Nichts als Dünen und die Einsamkeit eines Leuchtturms.

Wir ließen unsere Räder in Noordwijk stehen, und mein Vater sah mich zufrieden an. Seine wenigen Haare standen ihm wirr um den Kopf und gaben ihm das Aussehen eines Clowns. »Endlich hast du radfahren gelernt.« Aber es ging nicht darum, radfahren zu lernen, und das wußten wir beide; für einmal hatte ich mich nicht jenem seltsamen Ritus entzogen, den er so liebte: langsame Dialoge und dazwischen langes Schweigen. Wenn er und meine Mutter etwas zu besprechen hatten und nicht wollten, daß ich es hörte, nahmen sie ihre Räder und fuhren die Kanäle entlang. An jenem Tag hatte er dasselbe mit mir getan, eben auf jener Straße, und er hatte mich gebeten, das Rad zu nehmen, das Mama immer benutzt hatte: »Es machte in regelmäßigen Abständen ein sonderbares Geräusch, ich habe es nie abstellen können. Es klang, als ob sich die Kette irgendwo verklemmte, und während wir sprachen, untermalte dieses kurze scharfe trockene Geräusch unsere Reden und erinnerte mich daran, daß deine Mutter, obwohl sie in dieser Gegend geboren und aufgewachsen war, diese Stille nicht mochte, diese schnurgeraden Straßen und diese trägen, hyperrationalen Kanäle.«

Hier in Otranto gibt es keine Kanäle, und der Idro ist nur ein Rinnsal. Die Straßen sind nicht gerade. Und die Autos schalten nicht schon am frühen Nachmittag die Scheinwerfer ein, weil der Nebel alle Unterschiede verwischt. Die holländischen Kanäle sind Trassen eines

Labyrinths, aus dem man nicht herauskann, aber das einen auf die Dauer so ermüdet, daß man immer dringender nach einem Ausweg sucht. Für meinen Großvater war es noch schlimmer, *sein* Ausweg war zu sehen: hinter dem kolossalen Deich. Aber sie hatten ihm jede Vorstellung verbaut, hatten ihm ein Schicksal geraubt, ihm etwas weggenommen, was hätte *geschehen* können, und sei es auch eine verheerende Sturmflut. Im Grunde gibt es in Holland zuviel Wasser und zuwenig Licht, und das Wasser ist, als wäre es ohne Leben, als wäre es ein zu ewiger Arbeit verdammter Sklave, als hätte man es seiner Kraft und seiner Persönlichkeit beraubt. Nur die Nordsee, nur die gespenstisch weiße und windgepeitschte Mondlandschaft des Strandes von Noordwijk erinnert, wenn auch auf andere Art, an das, was ein Meer sein kann. Manchmal ist der Leuchtturm nicht ganz zu sehen, verhüllt von einem dichten, wattigen Nebel und vom aufgewirbelten Sand, der die Formen der Dünen verändert. Dann ist es, als ob er ein blinder Leuchtturm wäre, den nur die Seefahrer sehen können, ein im Leeren schwebendes Licht.

Am Strand von Noordwijk ist das Meer etwas anderes, aber es ist kalt und immer dunkel. Es weiß nichts anzufangen mit jenem weißen Sand, der so weiß ist, daß man ihn gar nicht für echt halten möchte, daß man meint, er sei von wer weiß woher gekommen, herangespült von einem abweisenden Meer. Mein Vater erzählt, er habe sein ganzes Leben lang nie in diesem Meer gebadet. Ich bin als Kind im Sommer reingegangen, aber auch im August war es kalt, und ich habe mich nicht daran gewöhnen können. Deswegen nenne ich es ein abweisendes Meer, es ist ein Meer, in dem man sich nicht verlieren kann, sondern vor dem man am Ende flieht, um sich ein anderes zu suchen.

Meine Mutter hat sich in diesem Meer verloren, unter dem Leuchtturm. Niemand hatte sie an den Strand kommen sehen, aber ich weiß, daß sie dort war. Ich weiß es, weil meine Mutter oft ganz allein bis zum Leuchtturm gefahren war und ich ihr heimlich gefolgt bin, weit genug hinter ihr, um nicht entdeckt zu werden. Aber ich mußte aufpassen, daß ich sie nicht aus den Augen verlor, denn sie fuhr schnell, ohne zu zögern, als folgte sie einer vorgeschriebenen Straße zu einem unmöglichen Stelldichein. Eines Tages verfolgte ich sie (danach ging ich es meinem Vater beichten, der mich neugierig und verständnisvoll ansah). Ich ließ das Rad hinter einer Düne stehen und beschloß, versteckt zu bleiben, um sie zu beobachten. Ich wollte begreifen, welche Kraft oder Notwendigkeit sie zu diesem Leuchtturm trieb, um auf diese Art zu begreifen, was sich hinter ihrem Schweigen verbarg. Ich dachte, sie führte ein Doppelleben. Mir war, als hätte ich ein Gemälde vor mir, eines jener Bilder, von denen mein Vater mir erzählte, während er sie malte. Ich sah sie unter dem Leuchtturm sitzen, reglos, das Haar kaum vom Wind bewegt, während die Wolken über unseren Köpfen zogen, ohne auch nur den kleinsten Sonnenstrahl durchzulassen. Ich sah sie barfuß, in einen Schal gehüllt, der ihre Schultern und ihren Oberkörper bedeckte. Aber vor allem sah ich sie verloren und versunken, während ihr Blick zum Horizont gerichtet war. So vergingen Stunden, wirklich Stunden, und es begann schon zu dunkeln, ich bekam Angst, um sie und um mich: Ich wußte nicht, ob ich zu ihr hinlaufen oder mich davonschleichen sollte, um mich allein auf den Heimweg zu machen, während es immer dunkler wurde. Ich blieb reglos, starr, unentschlossen in jeder Hinsicht. Dann, als es mir gerade gelungen war, etwas in mir zu überwinden: einen Widerstand, eine Scham, eine Hemmung – oder einfach das Schuldgefühl, weil ich ihr bis zum Leuchtturm gefolgt war –, stand sie plötzlich auf und griff ohne zu zögern, fast schroff, als hätte sie sich gerade gefragt, warum sie da eigentlich an diesem Strand sitze, nach ihrem Fahrrad, trug es die wenigen Schritte über den Sand und fuhr rasch davon, direkt an mir vorbei. Nur wer den Blick gesehen hat, mit dem sie an mir vorbeigefahren war, kann begreifen, in welchem Maße sie fähig war, einfach nicht zu sehen, was um sie herum geschah. Ich mußte mich nicht mal verstecken, während sie nur wenige Meter entfernt an mir vorbeifuhr. Ihre Augen waren ins Unbestimmte gerichtet, sogar ihr Fahrrad schien leise wie nie zu gehen.

Ich war noch andere Male an jenen Strand gefahren (erzählte ich meinem Vater an jenem Tag), ich war noch viele Male hingefahren und hatte immer die gleiche Szene gesehen. Sie saß reglos unter dem Leuchtturm, die Schuhe neben sich, das Fahrrad an den Turm gelehnt. Und wenn es windig war – das war es fast immer –, mit einem Schal um den Hals. Und jedesmal kam der Moment, an dem sie aus einer seltsamen Starre zu erwachen schien. Und dann fuhr sie rasch weg, direkt an mir vorbei, ohne mich zu sehen. So daß ich mich schließlich gar nicht mehr versteckte. Als ich ihr das letzte Mal gefolgt war, hatte ich mich am Ende sogar auf den Strand gesetzt, gut zu sehen, wenn auch in einigem Abstand von ihr, denn ich war mir sicher, daß ich in diesem Moment für sie überhaupt nicht existierte. Zu meinem Kummer war ich ihr ausgerechnet an dem Tag nicht gefolgt, als dann das Fahrrad verlassen am Strand aufgefunden wurde, zusammen mit ihren Schuhen und dem roten Schal, den ich in Otranto manchmal trage, wenn der Nordwind weht. Mein Vater kam zu Fuß nach Noordwijk und holte Mamas Fahrrad nach Hause, ohne es zu besteigen; er schob es den ganzen Weg bis nach Hause, es dauerte eine Ewigkeit, und als er ankam, war es Nacht. Er brauchte Zeit zum Nachdenken, und außerdem hatte er keine Eile: Seit jenem Tag gab es keinen Grund mehr zur Eile, sagte er. Obwohl ich nicht dabeigewesen war, könnte ich genau sagen, was an jenem Tag passiert ist. Ich kann es sogar vor mir sehen und genau erzählen, wie sie von ihrem Fahrrad stieg und welchen Schuh sie zuerst auszog, nämlich den linken; und wie sie sich ihren Schal so umlegte, daß er auch das Kinn und den Mund schützte, und wie sie es erst tat, nachdem sie sich hingesetzt hatte, barfuß und den Blick zum Horizont gerichtet. An jenem Tag, als ich beschlossen hatte, mich nicht mehr zu verstecken, bin ich schließlich sogar am Strand entlang- und mehrmals an ihr vorbeigegangen; und habe mich einmal sogar direkt vor ihr gebückt, um ein Steinchen in jenes dunkle Meer zu werfen, das die Erinnerung an die Dinge zu verschlingen schien.

Die Polizei sagte, Mama sei ertrunken. Aber die Leiche ist nie gefunden worden, und das kommt mir doch recht sonderbar vor. Wenn ich mich in ihren Schal hülle (und das habe ich auch am Schlangenturm getan, um mich gegen die Wasserfluten zu schützen, die vom Meer und vom Himmel über mich hereinbrachen), meine ich noch ihr Parfum zu riechen, das vielleicht nur eine Seife war oder eine Gesichtscreme, und vielleicht war es falsch von mir, das einzige, was mir von ihr geblieben ist, hierher mitzunehmen. Ich erzählte meinem Vater von jenem letzten Nachmittag, von dem Stein, den ich ins Meer geworfen hatte, und von dem Blick meiner Mutter, die mich in jenem Moment zu sehen schien. Und erst da sagte er mir, daß sie gewußt habe, daß ich dort war, daß sie gewußt habe, daß ich ihr folgte. Sie hatte es ihm in der Nacht erzählt, aber sie konnte einem Mädchen wie mir nicht erklären, daß sie Stimmen hörte; Stimmen, die sie riefen, die zu ihr sprachen und ihr sagten, wohin sie gehen solle, ja es ihr befahlen. Sie konnte mir nicht sagen, daß sie selbst nicht verstand, was für Stimmen das waren, daß sie oft nicht einmal ihre Sprache verstand und aus welchem Land sie kamen. Um sich von ihnen zu befreien, war sie dann ans Meer gefahren, aber es war ein Leiden, das schon zu lange anhielt. Der blonde Arzt sagte mir, daß meine Mutter an einer bekannten Krankheit gelitten habe. Der blonde Arzt sagte mir, meine Mutter sei schizophren gewesen. Mein Vater hat dieses Wort nie benutzt. Er ließ sie das Fahrrad draußen vor der Tür finden, als er ahnte, daß sie sonst weglaufen würde. Und am Abend, wenn sie zurückkam, flickte er ihre Schuhe, die sie zerrissen hatte in ihrem Wahn, ihrer Angst und ihrer Eile, sich von etwas zu befreien. An jenem Tag, während neben uns der Kanal mit einer Monotonie verlief, die sich nur vorstellen kann, wer in einer Landschaft wie meiner gelebt hat, an jenem Tag malte mein Vater, erfaßt von einem Gefühl ähnlich der Melancholie (ein Wort, das ich ihn nie habe aussprechen hören), alle Erinnerungen düster, und die Szenen des Alltagslebens und ihre Farben waren wie die von Rembrandt: kräftig, aber ohne Hoffnung, ohne Träume, ohne Illusionen; dunkel, dicht, dick und sogar schicksalsergeben.

»Deine Mutter redete nachts im Schlaf: in einer Sprache, an die sie sich bei Tag nicht erinnern konnte. Seit ihrer Kindheit hatte die Geschichte jenes Mannes sie nicht losgelassen. Sie sagte, er sei ihr Schicksal und sie werde zurückkehren müssen. Es ist eine seltsame Geschichte, Velli. Auch ihre Worte klangen seltsam. Du warst noch ein Kind, du konntest das nicht begreifen, und ich wollte nicht, daß du es begreifst. Auch jetzt würde ich das nicht wollen, ich würde es gern verhindern. Aber es geht nicht, ich kann nichts mehr dagegen machen.«

Ich habe dem blonden Arzt gesagt, daß meine Mutter nachts in salentinischem Griechisch sprach. Er hat mich beruhigend angesehen, aber es gelang ihm nicht, eine gewisse Unruhe zu verbergen. Ich las sie in seinen Augen. Die gleiche, die meinen Vater erfaßte, als ich ihm erzählte, daß Mama mich, wie mir schien, angelächelt hatte, als sie das letzte Mal losfuhr, an jenem Tag, als sie dann verschwand. Ich höre noch ihre Stimme, wie sie mit einem Seufzer sagte: »Nein, Velli.« Und mich, wie ich sie fragte, endlich ohne Angst fragte, ob sie zum Leuchtturm wolle, zum Meer. An jenem Tag fragte ich sie, ob ich mitfahren könne, ob sie mich mitnehmen wolle, und ich spürte, daß sie über die Frage erschrak, als fürchtete sie, sich dann nicht mehr verstecken zu können, zu viele Erklärungen geben zu müssen. Das denke ich jetzt, wo ich mehr begriffen zu haben glaube.

Ich habe dem blonden Arzt von der langen Radfahrt mit meinem Vater erzählt. Ich habe ihm auch erzählt, wie sie endete. Wie mein Vater, als wir ans Meer kamen, stehenblieb und mich bat, rasch wieder umzukehren. Und zum ersten Mal sah ich seine Beine nervös zucken, als wollten sie auf und davon, so schnell wie möglich. Den ganzen Tag lang hatten wir keinen Sonnenstrahl gesehen, obwohl es mitten im Frühling war; die einzigen hellen Lichter waren die der Autoscheinwerfer, die uns auf der Straße entgegenkamen. Am nächsten Tag sollte ich nach Italien aufbrechen. Zu einer langen Reise, die mich bis nach Otranto bringen sollte. Und an jenem Abend sah ich meinen Vater sein Atelier aufräumen, samt dem Farbentisch. Ich weiß nicht, warum, aber ich hatte das Gefühl, daß nicht ich zu einer Reise aufbrach, sondern er.

(Ich wußte nichts davon, daß er wieder da war. Man hatte mir nicht gesagt, daß ihn ein Schiff zurückgebracht hatte: frei, aber mit einem veränderten Blick. Man hatte mir auch nicht gesagt, daß er eine Zeitlang in der Stadt geblieben war und daß er Geschichten erzählen konnte, die noch nie jemand gehört hatte. Geschichten von der Gefangenschaft; Geschichten von Büchern, die noch nie jemand gelesen hatte.

Ich hörte nur, daß er abgereist war, daß er sich nach Spanien eingeschifft hatte; daß er das Meer herausfordern wollte, um weit fort zu gehen. Er hatte nicht nach mir und meinem Unglück gefragt. Er hatte für die Seele seiner Mutter gebetet.

In Spanien angelangt, war er weitergereist auf der Suche nach einem Ort, wo ihn das Licht nicht mehr narren würde. So kam er schließlich übers Meer an einen mondweißen Strand, mit einem von der Salzluft gegerbten Koffer, ein paar Kleidern und einer ledernen Börse am Gürtel.

Ich hörte noch anderes. Ein Wanderer erzählte mir, er habe mit ihm gehandelt, in einer Stadt namens Leiden. Er sagte, Giovanni sei reich geworden, denn er habe gelernt, wie man Edelsteine schleift.

Viele Jahre später erinnerte sich jemand an jenen Mann, der den Fremden aus Otranto gekannt hatte. Und schickte einen Abgesandten nach Leiden. Um zu erfahren, was sich an jenem 12. August ereignet hatte.)

VIII

Es sind weit zurückliegende, undeutliche Erinnerungen; wenn der blonde Arzt nicht wäre, würde ich nicht auf jene Geschichten zurückkommen. Er ist es, der mich dazu zwingt, aber nicht mit Gewalt, dazu wäre er gar nicht fähig – er ist sanft und freundlich, er versteht vieles, aber er ist keiner, der an Gespenster glaubt. Jedenfalls habe ich das lange gedacht. Er sagt, er wolle mich bloß dazu bringen, daß ich mich wohler fühle, er wolle sehen, ob es nicht gelinge, mich ohne Medikamente einschlafen zu lassen. Ich weiß, daß diese Tropfen mich in einen tiefen Schlaf fallen lassen. Deswegen nehme ich sie: um nicht zu träumen. Und so verbringe ich mit ihrer Hilfe dunkle und leere Nächte ohne Geschichten, ohne böse Träume und auch ohne schöne. Dann merke ich, daß die Träume am Tage kommen. Ich vertreibe sie aus der Nacht, und sie kommen zurück in der Mittagsstunde, wenn die Sommerhitze mich überfällt und einnicken läßt, oft im Schatten der Terrasse, von der ich das Meer und das ganze Hinterland sehen kann. Wenn ich aufwache, bin ich erschrocken, denn ich träume nie Dinge, die ich kenne, die Schauplätze sind nicht die Orte, an denen ich mich bewege, die Gesichter sind nicht die vertrauten; es sind immer nur unbekannte Gesichter, nur Orte, die ich noch nie gesehen habe, Landschaften, von denen ich nicht das Geringste weiß. Ich träume immer von einem Haus, dessen Zimmer ich alle kenne. Es ist ein altes Haus, ich befinde mich in einem Raum mit gewölbter Decke und kleinen Fenstern, die Mauern sind unregelmäßig, aber die Wände scheinen sich nach oben hin zu verjüngen; von der

Decke hängt ein schmiedeeiserner Kronleuchter herab. Der Raum ist leer, in einer Ecke steht ein Kohlebecken, davor zwei Stühle und ein alter Arbeitstisch, lang und schmal. Die Wände sind dunkel, nicht geweißelt, man sieht die Formen der Ziegelsteine. Es scheint kalt und feucht zu sein, und draußen hört man das Meer, das Rauschen der Wellen scheint von unten zu kommen, als ob das Haus auf einer Klippe oder auf einer Uferbefestigung steht. Aber durch die kleinen Fenster sieht man nur Himmel. Einen Himmel wie in Otranto, blau und schlierig, mit dichten Wolken, die darauf warten, vom Schirokko auseinandergetrieben zu werden. In dem Raum ist ein Kind, ein großes Kind, vielleicht ein großer Junge, in seinen Händen liegt etwas Glitzerndes, das mich verwirrt. »Velli«, sagt der blonde Arzt, »ein Kind, ein Junge? Versuch dich genauer zu erinnern, das ist nicht dasselbe.« Ich weiß, daß es nicht dasselbe ist, aber ich kann's nicht genauer beschreiben: In dem Traum komme ich immer von der Seite herein, schaue mich um und sehe, daß es klein ist, daß es wirklich ein Kind ist. Dann trete ich näher, und während ich langsam vorwärtsgehe, ist es, als ob die Zeit mit meinen Schritten zu rennen anfinge, und das Kind, das eben noch klein war, wächst zu einem großen Jungen heran. Er kehrt mir den Rücken zu, aber er scheint mich trotzdem zu sehen. Ehe ich ihn berühren kann, dreht er sich um und sagt: »Velli, ich habe dich erwartet.« In dem Moment ist das Meer nicht mehr zu hören, als könnten die Wellen auf einmal stillstehen.

Ich weiß nicht, was dieser Traum bedeutet, der blonde Arzt sagt, es seien meine Phantasmen. Ich scherze und antworte ihm, jetzt glaube auch er endlich an Erscheinungen. Aber der blonde Arzt läßt sich nicht aus der Ruhe bringen und erklärt mir geduldig, daß es mentale

Phantasmen gebe und daß sie manchmal gefährlicher seien als die richtigen, und daher müsse ich auf der Hut sein. Und ich frage ihn, wovor ich auf der Hut sein müsse: vor dem Schicksal meines Lebens? Vor den Stimmen meiner Mutter, die zum Leuchtturm lief? Vor den Farben meines Vaters, die seine Welt wurden? Oder vielleicht auch vor meinem Großvater, der zu dem Großen Deich sah und an die Sturmfluten dachte, die Menschen von Schiffen verschwinden ließen? Auch hier können die Sturmfluten Menschen verschwinden lassen, Menschen, die zu sehr an die Legenden glauben, um Worte zu benutzen, die meinem blonden Arzt so gefallen.

Hätte ich gesagt, daß ich jene Mittagsstunde inzwischen kannte, in der die Dämonen beschließen, sich zu zeigen? Hätte ich es wirklich gesagt, wohl wissend, daß es mir niemand glauben würde? Es gibt keine Antwort auf diese Frage. Dem blonden Arzt habe ich es nicht gesagt. Ich habe mit Achmed darüber gesprochen, mit ihm ja, aber Achmed spielt, und er hält sich nicht an die Regeln. Er sagt, daß er Achmed heiße, wie Achmed Pascha, der Schlächter Otrantos, aber in der Stadt kennt ihn niemand. Er sagt auch, daß er Araber sei, aber seine olivbraune Hautfarbe kommt im Salento häufig vor. Er sagt, daß er alles wisse, was im Jahre 1480 geschehen sei, und er sagt auch, daß er unsterblich sei: verdammt zur Unsterblichkeit, bis die Seelen der in Otranto getöteten Männer, Frauen und Kinder endlich Frieden fänden. Achmed sagt solche Sachen wie selbstverständlich, und dann lacht er, weil er weiß, daß ich ihm nicht glauben kann, daß niemand ihn ernst nehmen könnte. »Und doch glaubst du mir, Velli, auch wenn du's nicht willst«, sagt er immer wieder. »Schade, daß ich dir nicht erzählen kann, wie das Mosaik hergestellt worden ist. Ich war noch nicht da, ich bin erst 1462 geboren, vielleicht auch ein bißchen früher, in den albanischen Bergen, in einem Dorf, das schon seit so langer Zeit verschwunden ist, daß mir Zweifel kommen, ob es überhaupt jemals existiert hat. Ich war kaum zwanzig und nahm an der türkischen Expedition gegen Otranto teil. Man hatte uns gesagt, daß wir grausam sein sollten, noch grausamer als sonst. Die Kunde von dem Gemetzel sollte sich wie ein Gerücht verbreiten, über die Dächer, um allen Furcht einzujagen, hier und anderswo. Das war wichtig. Noch heute spricht man von jenem Massaker, nach fünfhundert Jahren ist diese Geschichte noch immer allen präsent, klar und deutlich mit allen Einzelheiten, schon die Kleinen hier wissen, was am 12. August 1480 zwischen diesen Mauern geschah. Kein Grund zu erschrecken, Velli, das alles ist wahr. Ich weiß es.«

Ich wollte nie begreifen, warum niemand ihn grüßte, wenn wir zusammen durch die Straßen gingen. Ich habe auch den blonden Arzt gefragt, ob er Achmed kannte, und er hatte ausweichend geantwortet: Ja gewiß, er habe ihn wohl ein paarmal gesehen, aber nicht gewußt, daß er so heiße; und viele in der Stadt hätten ihn häufig auf den Bastionen spazierengehen sehen, aber nie habe er mit jemandem gesprochen. Er saß oft stundenlang vor einem Café, ohne die Augen vom Hafen zu wenden. Aber der blonde Arzt ist neugierig und will wissen, warum dieser Mann nur mit mir redet und worüber. Ich hätte ihm auch das gesagt, wenn er mich nicht mit einem so schrecklich besorgten Blick angesehen hätte. Aber so habe ich ihm nichts geantwortet und nichts von Achmeds Reden gesagt. Konnte ich ernsthaft glauben, daß dieser Mann unsterblich war? Daß er seit mindestens fünfhundert Jahren lebte? Nein, ich hatte nie Zweifel, daß er ein Schwindler war. Oder einer, dem es Spaß macht, Scherze mit dem Makabren zu treiben, mit den Gebeinen der Märtyrer von Otranto. An jenem Tag aber, an jenem Tag erzählte er mir etwas, das ich nicht begreifen konnte oder erst später begreifen sollte: Er sprach von seiner Schuld, er sprach von jener messerscharfen Erinnerung, die ihn, wie er sagte, für immer zwischen diesen Mauern eingesperrt habe.

Hinter der kleinen Kirche San Pietro gibt es ein Plätzchen. Dort setzten wir uns auf die Stufen, Achmed und ich, und er sah mich an. Für einmal schien sein Blick nicht der eines amüsierten, sondern der eines verzweifelten Mannes zu sein. Dieses eine, dieses einzige Mal schien Achmed nicht im geringsten zu scherzen, mich von nichts überzeugen zu wollen.

»Hierher auf diesen kleinen Platz bin ich gekommen. Meine Kleider waren blutbeschmiert, ebenso wie mein Schwert und mein Dolch. Wo wir hinkamen, brachen wir die Türen auf und schlugen blindlings zu. Ich kann nicht sagen, wie viele ich bis zu jenem Moment getötet hatte: zehn, hundert, ich weiß es nicht. Bevor wir zuschlugen, stießen wir Schreie aus, so laut wie möglich: schrille Schreie, die Schrecken verbreiteten, den Atem stocken ließen und unser Kommen schon von weitem ankündigten. Der kleine Platz hier war übersät mit Abfällen aller Art, zertretenes Obst, Öllachen. Als ich ankam, war es still hier, die Schreie waren nur in der Ferne zu hören, es schien ein vergessener Ort zu sein, an den noch keiner von uns gekommen war. Ich hielt das Schwert in der Hand, die Klinge blitzte in der Sonne. Ich fuhr herum und sah eine Gestalt vorüberhuschen. Und schlug zu. Schlug zu, ohne sie überhaupt richtig gesehen zu haben. Ich kann dir sagen: Ich machte ihre Bekanntschaft genau in dem Moment, als ich ihr die Kehle durchschnitt, mit einem einzigen Hieb. Es war nur ein Augenblick, ich hatte gar keine Zeit zu schreien, so wenig wie sie. Wir sahen uns an, während ihr Körper zusammensank, und ich fragte mich nicht einmal, was ich da eigentlich tat. Es blieb mir gar keine Zeit. Einen Augenblick später war ich schon woanders, auf einer kleinen Treppe, die zu einem Hauseingang führte, getrieben von einer Menge, bei der ich nicht wußte, ob es meine Kameraden waren oder entsetzte Stadtbewohner, die vor ihnen flohen. Dann wird meine Erinnerung unscharf, ich weiß nicht, wieviele noch fielen, und die Gefangenen haben keine deutlichen Gesichter mehr. Nur leblose Puppen, die keinen Widerstand leisteten, die keine Waffen hatten, die wir vielleicht hätten begnadigen sollen. Aber nein, unsere Klingen wurden stumpf von unseren wütenden Hieben auf die Leiber und dann auf die Mauern der Häuser und auf das Straßenpflaster. Bis ich auf einmal vor der Kathedrale stand, und da war wieder alles ganz still. Ich erinnere mich nicht mehr, ob es damals war, daß ich eintrat, oder erst am folgenden Tag. Ich weiß nur noch, daß ich mich von meinem Schwert befreite und mich auf dem Boden ausstreckte, wo ich ausgesehen haben muß wie ein Toter, überall mit Blut besudelt, das Gesicht, die Hände, die Haare, die Kleider …«

Sagte Achmed die Wahrheit? Oder hatte er diese Geschichten in Büchern gelesen? Die Vernunft hinderte mich, ihm zu glauben, aber wenn ich ihm in die Augen sah, wußte ich, daß er nicht log, und so hörte ich ihm schweigend zu, atemlos. Es gelang mir nicht, mir ein Urteil zu bilden, mir fehlte die Kraft dazu. Aber ein Detail hatte mich frappiert: wie jene Frau ihn blicklos angesehen hatte, während das Blut ihr aus der Kehle strömte wie eine Kaskade. Ich beschloß, ihm zu glauben, ohne zu glauben; ich beschloß, daß das, was er mir da erzählte, ins Reich der Fabel, der Phantasie, ja der

Hellseherei gehörte; und daß die Frage, ob und inwieweit man das alles der Wirklichkeit zuschreiben konnte, vielleicht gar nicht so wichtig war. Auf dem kleinen Platz hinter der Kirche San Pietro sitzend wartete ich darauf, weitere Details von einer Welt zu hören, die nur Achmed so klar beschreiben zu können schien, als habe er sie mit eigenen Augen gesehen.

»...nein, Achmed Pascha war mein Vater, so jedenfalls war mir gesagt worden, als ich klein war. Ich sah ihn zum ersten Mal als Erwachsener. Er war slawischer Herkunft und hatte als Janitschar angefangen, aber nach seiner Ernennung zum Großwesir war er in Ungnade gefallen und in einem Kastell namens Anadolu Hisar am Bosporus eingesperrt worden. Die Expedition nach Otranto und Apulien, um die Ungläubigen zu vertreiben, war seine große Chance. Achtzig Schiffe wurden ausgerüstet. Ich schloß mich an, um zu jenen tapferen Männern zu gehören, die diese Stadt hier erstürmen sollten. Ich war bereit, mich aufs Schlachtfeld zu stürzen und meinem Vater zu zeigen, wozu ich fähig war. Mein in der Sonne funkelnder Schild schien aus Gold gefertigt und mein Schwert eine so gleißende Flamme, daß seine Klinge die Augen zu blenden vermochte. Wir sichteten Land, als wir den Leuchtturm erblickten, *jilan qulesi* in unserer Sprache, den ihr den Schlangenturm nennt. Dann ließen wir die Kanonen sprechen. Als wir in die Stadt eindrangen, wüteten wir erbarmungslos, aber mir war das grausame Schicksal beschieden, jene Frau zu töten, die mich noch im Sterben ansehen konnte. Hier bin ich nun, Velli: bereit, mich sehen zu lassen, aber nur vor denen, die mein Schicksal entziffern können. Nein, fürchte dich nicht, ich bin kein Gespenst, ich bin nur ein Mensch, der gezwungen ist, sich selbst zu überleben, was das grausamste aller Schicksale ist ...«

Er sagte diese Worte in einem derart betrübten Ton, daß ich schon wieder meinte, er mache sich über mich lustig und wisse, daß ich es gemerkt habe, als sei das Ganze ein Spiel zwischen uns, das ich ihm zu spielen erlaubte. »Velli, in diesem Mosaik wimmelte es von Menschen, Männern und Frauen. Die Augen der Personen in deinem Mosaik sahen alle aus wie die Augen jener Frau, die mich schon nicht mehr richtig sehen konnte, geblendet vom eigenen Entsetzen und von der Überraschung, auf diese Weise zu sterben: ohne Schrei, ohne Angst, aber in einem einzigen Augenblick, wie durch einen Irrtum des Schicksals. Ich sah das Mosaik schmutzig, voller Schlamm und Staub. Viele der Unseren lagen ausgestreckt auf dem Boden, so viele, daß das Mosaik schon fast nicht mehr zu sehen war. Stroh lag darauf, auch Tiere liefen darauf herum: Hühner, Pferde, ich weiß nicht mehr. Viele schliefen den Schlaf der Gerechten, den Schlaf derer, die ihrem Gott gedient und die Ungläubigen vertrieben hatten. Es war dunkel, die Fackeln genügten nicht, um den weiten Raum zu erhellen. Ich ging langsam vor bis zur Apsis und sah mich um, soweit das Licht es erlaubte, als suchte ich noch immer nach weiteren Feinden, als könnte ich noch nicht recht glauben, daß alles vorbei war, daß diese ganze große Expedition nichts weiter ergeben hatte als jene betenden Gefangenen und jene Leichen, die wir am Ufer des Meeres aufgeschichtet oder in den Straßen hatten verbluten lassen, an die Mauern der Häuser gelehnt mit offenen Augen. Der Gestank war unerträglich. Viele der Unseren waren verletzt und wimmerten. Es hieß, der Bischof der Stadt sei lebendigen Leibes in zwei Teile zerhackt worden, vor aller Augen, und es sei sehr mühsam gewesen, denn er habe gezappelt und geschrien. Aber diese Szene habe ich nicht gesehen, und ich kann dir nicht sagen, ob sie sich wirklich zugetragen hat. Ich sah das Kruzifix des Altars in mehrere Teile zerbrochen vor dem Portal der Kathedrale brennen und habe gesehen, wie sie das Feuer benutzten, um sich ein Essen darauf zu kochen. Ich suchte nach jemandem, mit dem ich über meine Tat sprechen konnte. Ich hatte Angst, und ich konnte sie niemandem beichten. Ich hatte nämlich den Eindruck gehabt, daß ich dabei beobachtet worden war. Genauer: daß mich jemand angestarrt hatte, während ich jenen Körper zusammensinken sah, als könnte der Tod ihn kleiner und zarter machen, als er im Leben gewesen war. Ich hatte nicht gewagt, mich umzudrehen, um zu sehen, wer da reglos hinter mir stand. Bereit zu sterben, sich von meiner Klinge durchbohren zu lassen. Doch als es dann langsam Abend wurde, als die Schreie allmählich erstarben und das Blut verkrustete und sich schwarz wie Petroleum färbte, da begann ich durch die Straßen und Gassen zu wandern auf der Suche nach einem Blick, den ich sofort wiedererkennen würde: den Blick von jemandem, der bei meinem Anblick Furcht oder Schrecken oder auch tiefen Haß zeigen würde, aber bei dem ich sicher sein würde, den Menschen vor mir zu haben, ob Mann oder Frau, der da reglos hinter mir stehend den tödlichen Hieb meiner Klinge verfolgt hatte. Der Gesuchte schien nicht mehr dazusein oder war tot oder unter den Gefangenen. Der letzte Gedanke erwies sich als richtig: gerade unter den jüngsten, unter denen, die nach Albanien fortgebracht werden sollten, traf ich schließlich auf seinen Blick und erkannte ihn: Er sah mich haßerfüllt an. Ich bat darum, daß man ihn mir überlasse, damit er zusammen mit den anderen enthauptet würde. Aber man schenkte mir kein Gehör, der junge Mann war bereits für ein Schiff und eine Zukunft als Galeerensklave bestimmt worden. Und obwohl ich ihn hätte töten wollen, damit seine Augen aufhörten, meine Tat zu verurteilen, konnte ich nichts mehr tun: Ich hätte ihn gleich auf der Stelle töten müssen, hätte erneut herumfahren und ihm mit derselben Klinge den Kopf abschlagen müssen. Jetzt war es zu spät, Achmed Pascha hatte bereits entschieden, welche Gefangenen Sklaven werden und welche auf dem Stein geköpft werden sollten, mit einem einzigen Hieb. Ich kann dir nicht sagen, wohin sie ihn brachten, von jener Nacht ist mir sonst nichts mehr in Erinnerung, nur noch, daß jemand unsere Musik spielte und daß ich aus der Stadt ging, obwohl das nicht klug war. Und daß ich jemanden beraubte und vielleicht auch tötete. Ich beraubte einen schlafenden Mann, und ich mußte ihm mit meiner Klinge einen Hieb ins Gesicht versetzen, weil er aufwachte, aber ich war es müde zu töten, und er sah mich an, oder vielleicht glaubte ich das auch nur, und ich versetzte ihm mehrere Hiebe, damit er mich nicht mehr ansah. Danach lief ich fort und begann, durchs Land zu wandern, ziellos und ohne zu wissen, wo ich mich befand, immer in der Gefahr, daß mich jemand tötete. Aber ich hatte Glück.«

Was für eine Geschichte erzählte mir Achmed da? Diejenige, die der Pfarrer der Kathedrale nie hören wollte, der mir gotteslästerliche Phantasien vorwarf? Und der mich, wenn ich davon anfing, mit einem Schrei unterbrach und sagte, ich solle bedenken, wie Satan im Mosaik dargestellt sei. Kannte er Achmed? Wußte er, mit wem ich gesprochen hatte? Ich wollte die Wahrheit über diesen Mann hören, aber niemand half mir. War er ein Verrückter, ein Gespenst, ein Seher? Oder ein Dämon? Oder war vielleicht ich die Verrückte, ich, die etwas sah, was nicht existierte, die mit einem Schatten sprach, mit meinem Schatten, auf einem kleinen Platz, so klein, daß jeder mich hätte hören können? Wer hätte mir geantwortet? Wer wußte die Antwort? Und warum befreite mich niemand von diesem Achmed, dem ersten meiner Zweifel? Niemand in der Stadt wußte, wer er war. Der blonde Arzt schien sogar zu erschrecken: »Achmed? Weißt du, was das für ein Name ist? Glaubst du wirklich, daß jemand hier solch einen Namen trägt? Außerdem hat Otranto dreitausend Einwohner. Scheint es dir möglich, daß niemand hier ihn kennt, daß niemand hier weiß, wer er ist?« Sicher, er hatte recht, niemand fand es plausibel, daß mir ein junger Mann das Blutbad von Otranto erzählte, *sein* Blutbad, während er neben mir auf den Stufen einer kleinen Kirche mit byzantinischem Grundriß saß, der Kirche San Pietro, die noch älter ist als die Kathedrale. Und es schien normal, daß während der ganzen Zeit niemand dort vorbeigekommen war, wirklich niemand, nicht mal ein Kind; es war tatsächlich niemand zu sehen, nicht mal ein Schatten in einem Fenster, der sich hinter der Scheibe regte, nicht mal der Küster, der sonst bei Sonnenuntergang alles mit einem schweren Riegel verschloß. »Nichts, gar nichts«, sagte ich zu dem blonden Arzt, und es war nichts zu hören außer den Wellen, die gegen die Klippen brandeten, als wollten sie die Stadt erstürmen, aber ohne Hoffnung. Die Türken hatten vierzehn Tage gebraucht, bis sie Otranto erstürmen konnten: »Wir kamen am 28. Juli an. Aber erst am 11. August wurde Otranto genommen. Verstehst du, es hatte sich ein Schicksal erfüllt. Es mußte geschehen, es *mußte* einfach. Es war für alle ein Fest, für mich aber war es eine Weissagung. Ich wußte, daß ich hierbleiben würde, für immer: Sie hatte mich mit diesen Augen angesehen, und seither bin ich dazu verdammt, diese Szene wieder und wieder zu erleben. Ich komme auf den kleinen Platz, schreie, sehe eine undeutliche Gestalt, irgend etwas, die Klinge meines Schwerts blendet mich. Meine Bewegung ist die eines Ungeduldigen, aber auch eines, der Angst hat. Ich hebe den Arm und lasse ihn fallen, mit Wucht. Erst in diesem Moment, erst als ich ihr Blut an mein Kinn spritzen fühle, begreife ich, was diese Augen da vor mir sind. Ach, Velli, wir hatten dich erwartet, so viele von uns hatten dich erwartet. Damit wieder alles friedlich werde, damit wieder alles so werde, wie es sein sollte.«

Ich habe immer wieder an diese Worte gedacht, habe nachgedacht über diesen Satz, den Achmed da ganz ohne Ironie gesagt und gleich noch ein paarmal wiederholt hatte: »Wir hatten dich erwartet, Velli, wir hatten dich erwartet …« Wie oft hat er das gesagt? Ich weiß es nicht, ich weiß auch nicht mehr, wie wir uns dann getrennt haben, ob er mich auf dem kleinen Platz hatte sitzen lassen oder ob er mich noch bis zu meiner Haustür am Platz vor der Kathedrale begleitet hatte. Es gibt Momente, in denen es wenig Sinn hat, sich zu fragen, ob es richtig ist, an phantastische Geschichten zu glauben. In denen es wenig Sinn hat, nach einer Wahrheit zu suchen. Ich habe nie erfahren, wer Achmed wirklich war. Er hat mir erzählt, daß er damals hier gewesen und dann hier geblieben sei, vom 11. August 1480 bis heute. Und ich weiß, daß ich jene Kathedrale, die er mir beschrieben hat, jenes beleidigte, vom Schlamm der Schuhe bedeckte, mit Blut besudelte und von Pferdehufen zerkratzte Mosaik jetzt hier vor mir habe. Und ich habe mich gefragt, warum dieses Mosaik hier sein kann, achthundert Jahre lang mit sich selber identisch, während Achmed ein Schwindler oder Betrüger sein soll. Ich weiß, daß meine Argumente nichts taugen. Und ich weiß, daß in Achmeds Worten eine Geschichte verborgen ist, die sich mir noch entzieht, die ich noch finden, mir noch erzählen lassen muß, ein weiteres Mosaik, bestehend aus Bruchstücken meines Lebens und des Lebens meiner Mutter und all derer, von denen ich abstamme. Als ich vorgestern einige winzige Mosaiksteinchen überprüfte, wurde mir plötzlich klar, daß ich zwei Mosaiken zu restaurieren hatte: das des Priesters Pantaleone, gewiß, und diese Arbeit würde ich zusammen mit allen anderen machen. Aber auch noch ein anderes Mosaik, ein persönliches, dessen Steinchen nur für mich bestimmt waren. Ein Familienmosaik, das den Kreis schließt. Und ich wußte, daß ich, um Klarheit zu gewinnen, in der Dunkelheit anfangen mußte, bei dem, was man nicht versteht, was einem absurd vorkommt. Mich auf diesen kleinen Platz zu setzen, um mit einem Phantom namens Achmed zu reden, war das erste der vielen Dinge, die ich würde tun müssen. Was halfen mir da die Warnungen derer, die sich an die Vernunft halten, sie befolgen und immer sagen, man solle sich vor den Phantasmen des Geistes hüten, vor den Obsessionen, die einen das ganze Leben lang verfolgen? Es gibt Momente, in denen die Vernunft nur ein trostloser Anlegeplatz ohne Schatten ist, ohne Nahrung und ohne Trinkwasser, eine Fata Morgana des rettenden Ufers, mehr nicht. Ich hatte beschlossen, die zwei Mosaiken gemeinsam zu lesen. Nur so war ein Sinn für jenes Schicksal zu finden, das mich hierher verschlagen hatte, in diese zum Orient blickende Stadt.

(Ich wäre der Fremden bis zum Portal gefolgt. Denn ich wußte, daß sie bei diesem Licht, das die Farben aufleben ließ, als wären sie fühlbare Materie, hineingehen würde, um das Mosaik zu sehen. Ich hätte dafür gesorgt, daß sie es sähe, als ob es das erste Mal wäre. Ich hätte wie durch ein Wunder das Dach der Kathedrale geöffnet. Und hätte ihr mein Mosaik geschenkt.

Aber auch ich kann die Geschehnisse nicht beschleunigen. Ich mußte warten, bis ich jene Augen wiedersah. Obwohl ich wußte, daß es geschehen würde, da es geschrieben stand.

Ich kann Schicksale lesen wie aufgeschlagene Bücher. Kann sehen, was ihre Augen nicht zu sehen vermögen. Kann neben ihr gehen und die Welt ringsum stillstehen lassen. Das habe ich schon getan und werde es wieder tun. Ich werde ihr die Kathedrale ohne die Restaurationen schenken, so wie sie damals war. Ich werde ihr das Mosaik des Priesters Pantaleone schenken. In unwiderstehlichem Glanz.

Und sie wird glauben, sie habe eine Halluzination gehabt. Sie habe zuviel gesehen, sie habe sich einem täuschenden Licht anvertraut, das die Farben verändert und Töne aus dem Nichts erzeugt.

Heute sah ich sie mit dem Türken sprechen. Mit dem, der sie getötet und mir das Augenlicht geraubt hat. Er mußte lange auf sie warten, jahrhundertelang. Er hatte schon nicht mehr geglaubt, sie jemals wiederzusehen.)

IX

Von welcher Seite aus soll ich es lesen? Vom Fuß des Baumes aus oder von der Krone? Von der Apsis oder vom Portal, dem an der Fassade? Ich suche das Seitenportal der Kathedrale und kann es nicht finden; es wurde Ende des fünfzehnten Jahrhunderts hinzugefügt, aber heute ist es nicht da, als hätte es jemand zugemauert. An diesem Detail beginne ich zu begreifen, daß ich in einem Traum bin oder eine unmögliche Suggestion erlebe. Ich schaue nach oben, die Rosette wirft das Licht so strahlend herein wie eine Mittagssonne. Die Säulen, die das Langhaus tragen, zeichnen ein regelmäßiges Muster auf den Boden, das sich wie ein musikalischer Rhythmus wiederholt. Ich kann auch die Märtyrerkapelle nicht finden, die Gebeine liegen nicht in den Schreinen. Auch die Decke ist anders als sonst, aber die Fresken an den Wänden sind schon zerstört. Vielleicht habe ich es geträumt, aber beim Eintreten hatte ich das Gefühl, ich beträte die Kathedrale, nachdem der letzte von Achmed Paschas Türken soeben die Stadt verlassen hat. Es herrscht ein strenger Geruch, und nichts befindet sich da, wo es hingehört. Nur das Mosaik scheint unversehrt, vollendet und leuchtend, wie ich es noch nie gesehen habe. Wenn ich es unten zu lesen beginne, bei den zwei Elefanten, die den Lebensbaum tragen, lese ich es am Ende wie die Lateiner, die Abendländer, und wenn ich umgekehrt vorgehe, scheint mir, als träte ich in eine andere, entgegengesetzte Welt. Wenn ich in der Apsis beginne, bin ich im Orient, in Byzanz. Und sofort begegne ich König Artus, der auf einem Ziegenbock reitet, und der Katze von Lausanne, die ich neben Kain und Abel sehe. Kain hält einen Knüppel hoch, um Abel zu erschlagen, und Abel beugt sich tief hinunter. Ich setze mich neben die Szene, die ich restaurieren mußte, denn bei Abel fehlten einige Steinchen am Brustkorb. Doch in dem Mosaik, das ich jetzt vor mir sehe, ist die Szene vollkommen, sie scheint fast zu leben, so frisch vollendet wirkt sie. Es liegt etwas Rohes, Barbarisches und Faszinierendes in der Art, wie dieses Mosaik aufgebaut ist, in seiner markanten Zeichnung und seiner dichten Beziehungsfülle. Es ist so eigenartig, daß ich mich mehr als einmal gefragt habe, was dies alles wirklich bedeutet. Genügt es zu sagen, es handle sich um eine mittelalterliche Enzyklopädie, um eine Geschichte der Menschheit mit zahlreichen Episoden, die unverbunden aneinandergereiht sind, aber für die Gläubigen, die jeden Tag in diese Kirche kamen, gut zu erkennen waren? Oder brauchte man nicht schon eine gewisse Kenntnis des *Physiologus*, des mittelalterlichen Bestiariums, und der apokryphen Apokalypsen, die Pantaleone gekannt haben mußte und die hierher nach Otranto sicherlich aus dem Orient kamen, durch Vermittlung der Araber? Ein erschreckendes Mosaik, das mit dem Sündenfall beginnt, mit der Sünde des Hochmuts. Und weitergeht mit dem Turmbau zu Babel und mit Alexander dem Großen, der zwischen zwei Greifen sitzt, schuldig, zuviel gewagt zu haben.

Der Hochmut ist die Schuld. Ich denke an mich, die ich zwischen diesen Szenen gelebt habe, zwischen den Steinen dieses Mosaiks, das ich restauriert habe. Ich denke, daß ich es mir andersherum ansehen muß, in der beruhigendsten Richtung, von unten nach oben, vom Portal zur Apsis. So wird alles klar: Der Hochmut und die Sünde werden bestraft. Gleich danach sieht man den Bau der Arche und die Sintflut. Und die Menschen, die von den Fischen verschlungen werden. Und nach der Sintflut kommt der Olivenzweig, die Rückkehr des Friedens. Ich folge der einzig möglichen Ordnung, aber ich weiß, daß ich es aus Angst tue: aus Angst davor, das Mosaik im Gegensinn zu lesen, aus Angst vor dieser Kirche, die wie eine Festung Gottes erscheint. Ich gehe weiter, das Mosaik liest man im Gehen. Auch wenn wir es tausendmal photographiert haben und man es heute so sehen kann, wie es ein Mensch des Mittelalters oder auch bloß einer vor hundert Jahren nie hätte sehen können: in einer ebenso spektakulären wie unnatürlichen Gesamtansicht. Ich gehe weiter, gelange zu den Inschriften, die das Mosaik unterbrechen und den Übergang von einer Szene zur anderen erlauben; jetzt stehe ich vor den zwölf Rundbildern mit den zwölf Monaten, in denen die Arbeit des Menschen dargestellt ist. Die Arbeit, die ihn von der Sünde erlöst. Doch der ganze Baum, dieser lange Stamm, der durch das ganze Mittelschiff geht, ist der Weg zum Heil, zur Erlösung. Er ist der Heilsweg der Gläubigen, die hier lernten, was es zu lernen gab, aus den Episoden des Alten und des Neuen Testaments ebenso wie aus denen des Alexanderromans und des Artuszyklus. Mosaiken solcher Art hat es nicht gegeben, bevor dieses hier in Otranto entstand. Doch warum wollten die Normannen, daß ausgerechnet hier in dieser Kathedrale an diesem Südzipfel Europas dieses Wunder der Kunst entstand, dieser Reigen von Symbolen?

Man weiß nicht, was die beiden indischen Elefanten bedeuten, die das Ganze tragen. Und ein dritter kleiner Elefant zwischen ihnen. Sind sie Adam und Eva? Sollte der kleine Elefant dann Christus sein? Während meiner Jahre in Otranto habe ich alles mögliche über das Mosaik gehört. Aber nur gelehrte und beruhigende Beschreibungen. Beschreibungen und Detailerklärungen. Und warum sitzt da *Alexander rex* zwischen den biblischen Motiven? Und warum führt der lange Stamm dieses Baumes geradewegs, wie ein anklagender Finger, zur Darstellung des Sündenfalls? Der Sündenfall: das ist es, das scheint der Schlüssel zu sein, der Leitgedanke, der die Hand des Priesters Pantaleone geführt und ihn inspiriert hat. Aber warum findet sich dann an einem bestimmten Punkt ein Schachbrett? Ist es ein arabisches Schachbrett? Vielleicht. Arabisch sind sicherlich viele der Schriftelemente in den Monatskreisen sowie die Olifants, die elfenbeinernen Jagdhörner. Und arabisch sind viele der Tiere, die ich perfekt ausgeführt vor mir sehe, als wäre das Mosaik gerade eben erst fertig geworden. An manchen Stellen scheinen die Steinchen sogar zu funkeln.

Aber wie ist das möglich? Wie bin ich in diese Kirche hereingekommen? Und warum ist niemand zu sehen? Und warum sind da keinerlei Spuren der Restaurationsarbeiten? Und wo sind die anderen? Achmed hat mich vor dem Portal verlassen, als wäre er sicher gewesen, daß ich hineingehen würde, aber vorher hatte er kurz zum Glockenturm der Kathedrale gesehen, und als ich ebenfalls hinsah, schien mir, als ob ich dort jemanden erblickte. Dann sah ich wieder zu Achmed, aber der ging bereits durch die schmale Gasse davon, die vom Kathedralenplatz zum Kastell führt. Ich fragte mich nicht, warum ich hineingehen sollte, ich fragte mich auch nicht, warum ich wie eine Gefangene der Kathedrale war: unfähig, sie zu verlassen, aber auch unfähig, sie wiederzuerkennen, denn sie war ganz anders, als ich sie in Erinnerung hatte. Das Mosaik war völlig intakt, auch die beste Restaurierung hätte es nicht so perfekt wiederherstellen können. Ich verlor die Orientierung.

Am Ende ging ich im Kreis, um nicht abermals eine Ordnung zu suchen, und begann mich hinzuknien, um die Figuren aus der Nähe zu betrachten, und probierte sogar, das Gesicht auf den Boden zu legen, um die Steine zu spüren und ihre Reflexe zu sehen.

Jetzt verstehe ich besser: ich verfolge die Monatskreise nicht im einzelnen, sondern bewege mich rasch über das Mosaik, als säße ich auf einer fahrbaren Kamera und müßte den ganzen Boden in einer schnellen Fahrt aufnehmen. Ich betrachte die Szenen des Bauernlebens in den zwölf Rundbildern, die auch die zwölf Tierkreiszeichen enthalten. Wozu dienten sie? Zur Unterweisung. Aber warum sind die biblischen Geschichten hier unterbrochen worden, um Platz für diese Alltagsszenen zu machen? Szenen wie hier im Oktober, wo der Bauer unter dem Bild der beiden Waagschalen mit zwei Ochsen pflügt. Ich betrachte die Waagschalen aus der Nähe, sie sehen aus wie zwei Fesselballons, zwei Mongolfieren. Ich betrachte die Zehen des Mannes, sie sind gut zu erkennen. Bei den Figuren, die ich restauriert habe, war das anders, man verstand oft nicht recht, die Details verloren sich im ungewissen. Ich weiß, dies ist nicht das Mosaik, das ich gesehen habe. Es ist viel jünger.

Ich kehre um, ich gehe erneut bis zum oberen Ende, um meinen König Artus wiederzusehen: Er trägt keine Krone mehr. Ich setze mich auf den Boden, genau in der Mitte, wo der Stamm des Baumes durchgeht, löse mein Haar und verberge mein Gesicht in den Händen. Ich bleibe lange so sitzen, mit geschlossenen Augen, ich zögere, sie wieder aufzumachen, da ich nicht sicher bin, daß alles wieder an seinen Platz zurückkehren wird. Ich würde gern schlafen, nach Hause gehen und an einem anderen Tag wiederkommen, es kann nicht sein, daß ich einen Fußboden sehe, der nicht mehr existiert, jedenfalls nicht in dieser Form. Aber die Tür ist verschlossen, anscheinend verriegelt, und die Kirche scheint verlassen. Mehr noch: vergessen. Als hätten die Ereignisse, die geschehen sind, selbst ein so großartiges Projekt wie dieses mit einer Patina des Vergessens überzogen. Tausende von Mosaiksteinen, die das ganze Mittelschiff und auch Teile der Seitenschiffe füllen. »Wir hatten dich erwartet, Velli«, hatte Achmed gesagt. Und jetzt, wo ich daran denke, fällt mir ein, daß auch der Kurator damals bei meiner Ankunft gesagt hatte: »Wir haben Sie schon erwartet.« Auch das Mosaik hatte mich erwartet, *dieses* Mosaik. Jetzt begreife ich, daß ich nicht krank bin, daß mein Geisteszustand, meine Einbildungskraft ein Geschenk ist, eine Gabe, die ich gut nutzen muß, nicht etwas, worüber ich mich beklagen müßte. Mich erfaßt ein seltsames Glücksgefühl: das Gefühl, mich an einem Ort zu befinden, der mir gleichzeitig fremd und vertraut ist.

Ich fange an, auf dem Mosaik umherzugehen, um mir alles noch einmal anzusehen: Hier der Turmbau zu Babel, da Alexander der Große, dort die Elefanten, die Arche Noah, der Greif, der Wolf, der Strauß. Die Farben sind anders, sehr anders, sie sind lebhaft, leuchtend, wunderschön. Jemand, von dem ich nichts weiß, gewährt mir, die originalen Farben des Priesters Pantaleone zu sehen, die Farben, die niemand von uns so hätte restaurieren können, wie sie damals waren. Ich betrachte die Augen der Pferde, des Pardels, der Königin von Saba; und die Sirene mit den zwei Schwänzen und Salomo und diesen Schwan mit den dünnen Beinen, und ich denke daran, wie schwierig es war, die fehlenden Teile zu restaurieren und dabei diese eigenartige Ungenauigkeit zu respektieren, die den Figuren ihre Leichtigkeit gibt. Aber an welche Lehrbücher sollte ich mich halten? Sollte ich denen folgen, die nichts dabei finden, daß jemand im zwölften Jahrhundert ein Fußbodenmosaik von der Größe einer ganzen Kathedrale anfertigt? Und die es ganz normal finden, daß dieses Mosaik einen guten Teil der damaligen sakralen und profanen Kultur enthält? Oder mußte ich es nicht eher, zumal in einem Moment wie diesem, als ein rätselhaftes, in vieler Hinsicht unerklärliches Werk betrachten? Ein Werk mit vielerlei fremden Elementen, die aus dem Orient stammten? Ein Mosaik, das weniger durch seine Kunstfertigkeit und seine Pracht beeindruckt – in dieser Hinsicht ist es nicht zu vergleichen mit denen in Monreale, geschweige denn in Ravenna, bei deren Anblick man ganz betäubt von den Lichtern und dem Gesamteindruck ist. Hier betäuben einen die Lichter draußen, drinnen dagegen zwingt einen das Mosaik, über das Warum und Wieso nachzudenken: Warum gerade *diese* Szenen, warum gerade *diese* Auswahl und Reihenfolge der biblischen Episoden? Freilich, so gesehen, wenn man nur an seinen inneren Aufbau denkt, könnte das Mosaik auch ein Werk wie jedes andere sein. Aber es befindet sich eben hier in Otranto, in dieser sonst kahlen und strengen Kathedrale. Und von hier brachen die Normannen zu den Kreuzzügen auf, und die Araber waren hier zu Hause. Es gibt hier weit und breit nichts anderes außer diesem Mosaik, was auf die Ängste und Befürchtungen hinweist, aber auch auf das Wissen jenes Klosters von San Nicola, von dem heute nur noch ein paar Säulen stehen. Jetzt, wo ich hier bin, eingeschlossen in dieser Kathedrale als Geisel des Mosaiks, kann ich alle gelehrten Erklärungen dieser Komposition in die Luft schießen, alle klugen Deutungen dieses Bilderrätsels, in dem jedes Element so viele Bedeutungen annimmt, daß es am Ende gar keine mehr hat, und mich einfach der

Betrachtung hingeben. Also betrachte ich diese Figuren und erkenne sie wieder und stelle sie mir lebendig vor, und ich stelle mir auch vor, wer sie erdacht und geformt hat. Und als die Türken in diesen heiligen Ort eindrangen und das Mosaik nicht zerstörten, lasen sie es womöglich noch einmal anders und erkannten sich und ihre Geschichten darin. Ich verliere mich zwischen den Figuren und versuche, einen Überblick zu gewinnen, mehr Teile auf einen Blick zu erfassen, das Ganze zu erfassen, auch wenn dieser Fußboden nicht gemacht worden ist, um als Ganzer erfaßt zu werden, sondern um langsam gelesen zu werden, Stück für Stück und jedesmal zwischendurch innehaltend, wie bei einem Buch, das man Seite für Seite umblättert.

Der schwarze Teufel. Die Allegorie der Tücke. Die Tore der Hölle. Und dann die Erinnyen. Und die Schlange mit dem spitzen Schwanz und andere Ungeheuer und Zerberusse. Sie sind hier, um zu schrecken, sie sind die Figuren der Angst, die Figuren des linken Seitenschiffes: die Bilder der Hölle. Ich hebe den Blick zur Lichtquelle, zu jenem himmlischen Licht, das durch sechzehn perfekt strahlenförmig angeordnete Schlitze hereinbricht. Ich hebe den Blick zu jenem reinen Licht und verstehe, daß es bis hierher gelangen kann, bis in diese Zone der Kathedrale, wo die Hölle ist, um sie zu erleuchten. Und ich frage mich, ob die Hölle jemals von einem Licht erleuchtet werden kann, und was für ein Licht das wohl sein könnte. Doch mir bleibt keine Zeit, mir selbst eine Antwort zu geben, denn in der Ferne höre ich eine Musik, und das kann nicht sein. Es gibt keine Orgel in dieser Kirche, die völlig leer ist, bis auf das Mosaik und einen schlichten Altar. Ich drehe mich um und spähe zwischen den Säulen hindurch, aber da ist niemand. Dann sehe ich genauer hin und entdecke ganz unten im rechten Seitenschiff, fast auf der Höhe des Portals, eine dunkle Gestalt mit bleichem Gesicht. Sie spielt eine Orgel, deren Pfeifen ich nicht sehen kann, aber deren Klang die ganze Kathedrale erfüllt. Ich bleibe am Boden sitzen, starr vor Schrecken: Wer ist dieser Mann, der da Orgel spielt, und warum ist sein Blick, während seine Finger über die Tasten gleiten, auf einen Punkt an der Decke gerichtet? Und wie kommt plötzlich eine Orgel hierher? Ich bin wie gelähmt, unfähig aufzustehen, unfähig zu fliehen, selbst wenn es möglich wäre. Ich bemühe mich, nicht auf das Mosaik zu schauen, denn ich fürchte, den Organisten zwischen den Figuren auf dem Fußboden zu erblicken. Was höre ich da? Ich kenne das Stück, es ist das dreiteilige Orgelstück *Prélude, fugue et variation* von César Franck. Und jedesmal, wenn der Organist am Ende angekommen ist, wartet er einen Moment und fängt dann wieder von vorne an, als ob er von jemandem geschickt worden wäre, um mich mit einer nie endenden Musik verrückt zu machen.

Ich muß aufstehen und zu ihm hingehen. Oder vielleicht soll ich das Mosaik begleitet von dieser Musik verfolgen. Ja, so wird es sein: Wer sich dieses unmögliche Szenarium ausgedacht hat, will offenbar, daß ich über dieses Mosaik spaziere, während ich dieses Orgelstück höre. Aber ich schaffe es nicht. Ich sehe das Licht immer schwächer durch die Rosette eindringen, ich sehe die Schatten der Säulen länger werden, ich sehe die Farben des Fußbodens, von denen ich monatelang geträumt habe, mehr und mehr verblassen. Und ich sehe den Mann immer mehr im Dunkel verschwinden. Aber seine Musik, die kein Nachgeben und kein Zögern kennt, bleibt immer gleich wie eine unentwegt wiederholte Platte. Sie wiederholt sich einmal, zweimal, dreimal, zehnmal, zwanzigmal. Ich kann nicht mehr zählen, wie oft, aber es gelingt mir nicht, den Ausgang zu erreichen, unten am Fuß des Lebensbaums, wo die beiden Elefanten sind. Dort unten ist der Orgelspieler, und er starrt unentwegt einen fixen Punkt an, immer denselben, als ob seine Augen, die ich nicht erkennen kann, nicht sähen. Ich möchte schreien, aber ich fürchte, die unsichtbaren Schatten zu wecken, die mich gewiß umgeben und auf dieser Reise begleiten. Ich fürchte, die Pferde der Türken wiederzusehen, die Verwundeten, das Blut der Belagerten, ich fürchte, daß Achmed hereinkommt, um mich ins linke Seitenschiff zu führen, wo die Hölle ist, die Hölle für mich, aber vor allem für ihn, der seine Klinge nicht rechtzeitig anzuhalten vermochte. Ich weiß nicht mehr, was ich will – bald wünsche ich nur, das Portal ließe sich wieder öffnen, bald erleichtert es mich, daß an der Stelle, wo das andere Portal sein müßte, im linken Seitenschiff, nichts von ihm zu sehen ist, als ob es nie gebaut worden wäre.

Ich betrachte die Figuren auf dem Fußboden, während an der Orgel, wie eine Folter, das *Andante cantabile* wieder einsetzt, ich könnte es mitsingen, so gut kenne ich es inzwischen. Ich höre die Bässe grollen wie einen Vulkan, der kurz vor dem Ausbruch steht, es klingt, als wollten sie die Mosaiksteine anheben, und tatsächlich fangen die Figuren auf einmal an sich zu bewegen, und da begreife ich, daß ich dabei bin, den Verstand zu verlieren. Kain schlägt den Knüppel krachend auf Abels Kopf, ich sehe die Leitern am Turm zu Babel wanken, ich höre Stimmen. Alle Tiere des Mosaiks haben angefangen, mich zu umkreisen …

Was geschah da mit mir? Nein, es gab keine Ärzte, es gab keinen Achmed, es gab nichts, was mir da heraushelfen konnte. Ich mußte es allein schaffen. Nach einer

Weile wurde die Musik etwas langsamer. Der Organist spielte die Fuge, nach dem Hauptthema. Ich legte mich auf den Rücken, mitten im Mittelschiff, entschlossen, nichts mehr zu sehen, mit geschlossenen Augen, bereit, lieber zu sterben als dies alles noch länger zu erdulden. Das *Andantino*, diesmal etwas zögernder, delikater gespielt, kündigte mir das nahe Ende des Stückes an, zum soundsovielten Mal. Ich hoffte, daß es nicht wieder anfangen würde, aber da setzte das Thema wieder ein. So kam es endlich, daß ich aufschrie, gellend, ohne länger zu fürchten, die unsichtbaren Geister zu wecken, die mich umgaben. Ich schrie und hörte das Echo meines Schreis und etwas wie einen langen Nachhall, der zur Decke aufstieg, aber wie eine einzige Schwingung des ganzen Bodens zu hören war.

Das Licht war beinahe erloschen, Dunkelheit füllte einen Großteil der Kathedrale, die Figuren des Mosaiks waren nicht mehr zu erkennen. Ich schrie, voller Angst und im Willen, mich von dieser unerträglichen Rache zu befreien. Ich schrie, und die Musik hörte auf, sie hörte tatsächlich auf, ich konnte es gar nicht glauben. Ich konnte es so wenig glauben, daß ich sie weiter hörte, als hätte sie sich in meinem Kopf verselbständigt. Ich erzeugte in mir selbst die fehlenden Töne, vervollständigte in mir selbst die Figuren des Mosaiks, die in der Dunkelheit nicht mehr zu sehen waren. Ich selbst war zum unbewegten Beweger des Geschehens geworden. Ich war das Licht, ich erzeugte die Töne, ich dirigierte die Ereignisse. An die Stelle der Angst trat ein Allmachtsgefühl, ein Gefühl der Kraft, das sich bald darauf in ein langes Gelächter entlud, ein Gelächter, das die schon nicht mehr vorhandene Musik begrub, den ganzen Raum in Finsternis hüllte und die Rosette ins Nichts versinken ließ. Dann wurde es still, und man hörte nur noch ein leises Knarren. Ein paar unsichere Schritte und das Tappen eines Stockes. Ich sah genauer hin, die Orgel schien im Nichts verschwunden. Ein bläuliches Licht, als könnte der Nachthimmel das Innere der Kathedrale in einer Farbe anstrahlen, die nach Kobalt aussah, drang durch einen Spalt des Portals herein, das sich endlich öffnete. Ich sah die schemenhafte Gestalt des Orgelspielers hinausgehen und hörte erneut das Tappen des Stockes. Ich stand auf, bestürzt und erschöpft, ohne noch einmal das Mosaik anzusehen, das wieder so war wie immer, und ging zum Ausgang. Ich trat hinaus, sah zum Himmel empor, zu jenem Stück Himmel, das man von diesem kleinen Platz aus sehen kann, und setzte mich auf die Stufen des Museums gegenüber der Kathedrale. Ich sah, wie das Nachtblau allmählich der Morgenröte zu weichen begann. Ich sah zu den dunklen Fenstern der Häuser hinauf. Dann faßte mich jemand unter den Armen und trug mich fort.

Zwei ganze Tage lang habe ich, wie es scheint, geschlafen. Ich hätte Glück gehabt, sagten sie mir. Ich habe nie begriffen, was für ein Glück sie meinten. Aber sie hatten mich gewarnt, das Mosaik hat zwei Richtungen: eine, die zum Heil führt, nach dem Sündenfall, und eine umgekehrte, in der man scheinbar nur zurückgeht, die in Wirklichkeit aber zum Ursprung der Dinge führt, zur Basis eines Baumes, der keine Wurzeln hat, sondern von zwei geheimnisvollen Elefanten getragen wird.

Ich trat durchs Portal hinaus, nachdem ich diesen umgekehrten Weg gegangen war, und in meiner Verwirrung, in der undeutlichen Angst, die mich gepackt hatte, überlegte ich, warum ich dort war und wie es hatte geschehen können, daß mich jemand dieser Prüfung unterzogen hatte. Ich dachte an den blinden Organisten, der César Franck spielte, und erinnerte mich, daß ich jenes Stück schon einmal als Kind in einer Kirche in Amsterdam gehört hatte. Und daß meine Mutter damals dabeigewesen war. Jemand hatte mich bis an die Pforten der Hölle begleitet, und jemand hatte mich wieder herausgeführt. Obwohl ich schon nicht mehr bei mir gewesen war und bereits alle Hoffnung verloren hatte, jemals zurückzukehren, um wie die anderen zu leben, jemals aus diesem Traum herauszufinden, mich zu befreien von diesem Mosaik mit den so anders gewordenen Farben.

Als ich am nachtblauen Himmel den leichten Rotschimmer auftauchen sah, als ich merkte, daß ich hinausgehen konnte und daß draußen die Welt unverändert war – nachdem ich mich schon damit abgefunden hatte, als Gefangene eines Schicksals zu leben, das ich langsam anzunehmen begann –, fiel mir plötzlich ein, wer mir von dem Organisten der Kathedrale erzählt hatte, an jenem Tag, als mir schien, daß die Welt auf einmal stillstand und die Kinder stumm geworden waren, die Bewegungen eingefroren und das Meer ohne Wellen, und als ich jenen Blinden, vielleicht denselben, den ich in der Kathedrale eine aus dem Nichts aufgetauchte Orgel hatte spielen hören, plötzlich neben mir gehen sah. Das fiel mir ein, und ich erinnerte mich an die Worte von Achmed.

Und so begann ich, an mein Schicksal zu denken und an das Schicksal dieser Stadt: Nach der Offenbarung des Mosaiks der Kathedrale würde sich endlich auch das Mosaik meines Lebens zusammensetzen. Das noch rätselhafter als die Figuren des Priesters Pantaleone war.

(Niemand begriff, warum jener junge Mann, anstatt sich zu freuen, daß er wieder zu Hause war, erneut aufbrechen wollte, und diesmal für immer. Niemand begriff, warum er es so hastig und voller Angst tat, als wollte er diese zum Orient blickende Hafenstadt nie wieder sehen. Er nahm ein Schiff, ohne ein bestimmtes Ziel, und verschwieg, wohin er wollte. Und Spanien genügte ihm nicht.

Er sei bis nach Holland gelangt, erzählte ein Händler, der hier vorbeikam. Aber jemand fragte, ob er an jenem Ort verrückt geworden sei, ob er dort das Geheimnis der Fabrikation von Diamanten entdeckt habe.

Es heißt, der Diamant mache unsterblich und habe außergewöhnliche Kräfte. Es heißt, er könne die Gespenster bezwingen. Und der *Physiologus* fügt hinzu, er sei von einer solchen Härte, daß man ihm nur mit dem warmen Blut eines Ziegenbocks beikommen könne, den man bei Nacht im Orient finde.

Ich sah die Fremde geblendet von der Sonne, dem großen Diamanten. Und ich sah sie den *Rex Arturus* anstarren, der im Mosaik auf einem Ziegenbock reitet. Einem Opfertier.

Diamanten zu schleifen heißt Licht zu erzeugen. Es ist eine göttliche Tätigkeit. Manchmal auch eine gotteslästerliche. Es ist die Entdeckung des Steins der Weisen. Es ist das, was verhüllt werden muß.)

X

Ich schlief zwei Tage und zwei Nächte. Jemand hatte mich in bewußtlosem Zustand nach Hause gebracht und zu Bett gelegt. Ich träumte von der Kathedrale und sah sie lichtdurchflutet. Ich träumte von dem Mosaik und sah es besetzt mit Edelsteinen: mit Rubinen, Smaragden, vor allem aber mit Diamanten. Ich träumte erneut von jener Musik und sah die Orgelpfeifen mich drohend umzingeln, hoch wie Schiffsmasten. Ich träumte von einem Seesturm und träumte ihn so, wie mein Vater, der nie auf See gewesen war, mir von Seestürmen zu erzählen wußte. Es waren die Stürme meines Großvaters, die aus dem Fernen Osten; aber auch die meiner Mutter, die in ihrem Kopf tobten, wenn ihre Stimmen einander verfolgten; sie klängen wie Symphonien, hatte sie meinem Vater einmal erklärt. Stimmen, die abwechselnd oder gemeinsam erklangen und deren Worte am Ende Musik waren, ähnlich den Wellen des Meeres, die an manchen Tagen melodische, harmonisch gestimmte Wellen sind. Als ich von einem Nichts geweckt wurde, von einem Sonnenstrahl auf der Wange, wußte ich, daß mein Körper sich lange genug ausgeruht hatte. Ich zog mich an, so gut es ging (es war am Morgen, ich wußte noch nicht, wie lange ich geschlafen hatte), und trat aus der Tür, direkt auf den Platz vor der Kathedrale. Die Rosette schien mir noch größer als sonst, die kahle Fassade gab mir das Gefühl, vor einer Festung zu stehen. Ein alter Mann, auf einen Stock gestützt, musterte mich von weitem, aus der Straße, die am Seitenportal vorbei zum Meer führt, ansonsten schien die Stadt noch verschlafener als ich.

Ich trat durch das Hauptportal in die Kathedrale, und mir stockte der Atem: Das Mosaik war so, wie ich es immer gesehen hatte, mit der fertiggestellten Restaurierung. Die Luft war staubig und aseptisch, die Luft eines Ortes, wo ernsthaft gearbeitet wird; eines Ortes, wo dafür gesorgt wird, daß auch die kommenden Generationen noch ein großes Kunstwerk bewundern können. Aber ich wußte, daß ich nicht geträumt hatte, und ich kannte sehr wohl meine Momente der Halluzination. Ich wußte es und litt, denn mich packte die Angst, isoliert von allen leben zu müssen, nicht erzählen zu können – außer ganz wenigen –, was für unerklärliche Erfahrungen ich gemacht hatte. Ich näherte mich zwei Männern, die mit mir arbeiteten, und einer sagte zu mir: »Die Krone von König Artus müßte man entfernen. Da war nichts. Sie ist im neunzehnten Jahrhundert von irgendeinem ungeschickten Restaurator hinzugefügt worden. Artus trug keine Krone. Sehen Sie hier die Zeichnung.« Ich war überrascht, ich wußte nicht, daß die Krone im ursprünglichen Mosaik nicht vorhanden gewesen war. Dabei glaubte ich doch jedes Detail dieses Fußbodens zu kennen. Hatte ich das vergessen? Ich dachte zurück an die Nacht in der Kathedrale, an das Mosaik. Ja, es stimmte: König Artus hatte keine Krone getragen, ich hatte ihn barhäuptig auf dem Ziegenbock reiten sehen. Es reichte, ich hatte genug von alledem: von den seltsamen Zufällen und den Schicksalszeichen und den Dämonen. Achmed hatte mir einmal gesagt, in Otranto sprechen alle von Phantomen, aber keiner weiß mehr, wo er sie suchen soll. Ich habe sie nicht gesucht und bin auch nicht deswegen hergekommen, aber ich habe gleich angefangen, überall welche zu sehen. So kam es, daß ich Reißaus nahm, im Geiste, und mich in die Kuren des blonden Arztes flüchtete, überzeugt, das

Fatum ließe sich durch ein Medikament zerstreuen. Aber es hat nichts geholfen, mit der Zeit sah ich nur seinen Blick sich verändern, ganz langsam, als wäre ich im Begriff, alle seine schönen und festen Gewißheiten zu zersetzen. Aber auf eine ganz unspektakuläre Weise: Ich sah keine plötzliche Meinungsänderung, kein Zurückweichen, er widerrief nicht seinen Hippokratischen Eid, er verzichtete nicht auf seine Ampullen und Tropfen, in einem Wort: auf seine bestimmte und präzise Art, die ihm Sicherheit verlieh. Er hatte sich in den Kopf gesetzt, mich zu kurieren, er, der Blonde von Otranto, der aussah, als wäre er nicht von hier, und ich ließ mich von ihm behandeln, ich, die Blonde aus Holland, als wäre ich hier geboren und aufgewachsen. Eines Tages sagte er zu mir, nur wir Ausländer könnten all diese Gespenster sehen, uns einbilden oder träumen. Er sagte es in dieser Weise, ein bißchen vage, ein bißchen gereizt; er sagte es mit einem Blick, der niemanden überzeugt hätte; er sagte es, als ob er sich Sorgen machte, Sorgen um sich selbst, und zum ersten Mal trübte ein Schatten, ein Zweifel seinen Blick. Es war nur ein kurzer Moment, aber es genügte mir: Ich würde diesem Mann nichts mehr erzählen, ich würde seine Ängste respektieren, die ihn während all dieser Jahre gezwungen hatten, in einer Stadt ohne Zwielicht zu leben. Nicht ich würde es sein, die ihm noch einmal in dieser Weise den Blick trüben sollte. Ich wußte nun, daß weder seine Medikamente noch seine Augen mich retten würden. Seine Tropfen brachten mir Schlaf und nahmen mir die Träume; ich verlor alles Bewußtsein, jeder Gedanke erlosch. Sein Blick, der so erschrocken war, daß er sogar fürchtete, seinen Schrecken zu zeigen, lockerte seinen Zugriff und ließ von mir ab, als wäre ich ein davontreibendes Schiff. Am selben Tag war es auch, daß ihn ein kaum merkliches Zittern überkam, als ich ihn nach dem blinden Organisten fragte, der jenes Stück spielte, das meine Mutter mich als Kind hatte hören lassen: ein Zittern, das die Ampulle mit dem Beruhigungsmittel zerbrechen ließ. Sofort sah er mich an, überrascht und länger als je zuvor, aber ich behielt die Augen geschlossen, denn ich wollte nicht, daß er begriff. Ich wußte Bescheid, ich hatte es durch einen Zufall vom Pfarrer der Kathedrale erfahren, der mir eines Tages die restaurationsbedürftige Orgel zeigte und dabei von einem erblindeten Mann erzählte, der einen Mediziner zum Sohn habe und viele Jahre lang Organist der Kathedrale gewesen sei. Der Mann war also der Vater des blondes Arztes. Er habe sein Augenlicht durch eine Krankheit verloren, und jetzt ginge er nur noch selten aus und spiele nicht mehr. »Herr Doktor, ich habe einen blinden Organisten gesehen, er war schwarzgekleidet und spielte ein Präludium von César Franck, kennen Sie diesen Komponisten? Herr Doktor, dieser Organist existierte nicht, die Orgel stand vor dem Portal. Sie war ein Phantom. Alles war ein Phantom: der Organist, das Mosaik, das ich betrachtete, sogar der Ton, den ich hörte, alles. Verstehen Sie?«

Die Ampulle zerbrach, der blonde Arzt sah auf seinen Finger und zog eine mißbilligende Grimasse, vielleicht vor Schmerz, aber er war auch bestürzt. Ich sah es, ich hatte gelernt, es zu erkennen, ich wußte, wann er Ruhe ausstrahlte und wann es ihm nicht gelang, als könne er nicht mehr kommunizieren, als fehle ihm ein Code.

Ich wußte, mit wem ich sprach. Ich wußte, daß der Organist sein Vater war. Ich kannte die Suggestion der Zufälle, während er wie ein erschrockenes Kind über sein eigenes Erschrecken erschrak, als hätte sich unser Verhältnis umgekehrt und er wäre es nun, der mich – ohne es wirklich zu wagen – um Hilfe bat. Das alles dachte ich, aber ich irrte mich, denn es war nicht so; und seine Reaktion war auch kein Erschrecken, sondern bloß Ärger. Der Zweifel machte mir Angst, ich fürchtete, er würde das Ganze für ein Spiel von mir halten, ein zu leichtes. Als wollte ich ihn mit einer persönlichen, privaten Anspielung beeindrucken, ihn von der Wahrheit meiner Worte überzeugen, indem ich auf Themen zurückgriff, die eher zu seinem Privatleben als zu dem der Stadt gehörten. Aber wie konnte ich ihm jene Nacht verschweigen, nach der ich zwei ganze Tage lang geschlafen hatte, und das ohne Schlafmittel?

Die Ampulle war zerbrochen, und er begann zu scherzen: »Das ist mir noch nie passiert!« Er lachte. Dann fügte er hinzu: »Ich hab's wohl verlernt, die Kraft meiner Hände richtig zu dosieren. Dabei habe ich als Kind sogar Orgel gespielt, und mein Vater hatte mir beigebracht, daß man bei der Orgel die Tasten nur leicht drücken darf. Wenn man sie kräftig drückt, wird der Ton deswegen nicht lauter. Habe ich Ihnen nie erzählt, daß mein Vater Organist in der Kathedrale war? Nein, ich glaube, das habe ich Ihnen nie erzählt. An der Orgel hat mich immer frappiert, daß der Ton nicht sofort erklingt. Man drückt eine Taste, und der Ton geht auf die Reise, erreicht die Pfeife, durchläuft sie und kommt am Ende heraus, und dann erst kann man ihn hören. Es dauert länger als nur einen Augenblick, bei schnellen Passagen spielt man die Töne und hört sie erst später. Ich habe oft an diesen mechanischen Prozeß gedacht, wenn ich mit Ihnen sprach. Sie erzählten mir etwas, und ich verstand es erst einen Augenblick später. Die Bedeutung Ihrer Worte erreichte mich erst, nachdem sie durch die Orgelpfeifen meiner Erinnerung gegangen war, nachdem sie von meiner Erfahrung übersetzt worden war. Am Anfang war das noch nicht so. Nein, wirklich nicht.

Am Anfang tat ich brav meine Arbeit, ich war ein Arzt, der hier geboren sein konnte oder auch woanders, das spielte keine Rolle. Aber dann begann sich etwas in mir zu verändern. Und von da an mußte ich Ihre Worte durch einem tieferen, persönlicheren, privaten Code lesen. Ich wollte es nicht, aber so war es. Jedesmal, wenn Sie etwas erzählten, mußte ich mich an etwas erinnern. Zum Beispiel das salentinische Griechisch, ich hatte das salentinische Griechisch gehört, meine Großeltern sprachen es, mein Vater verstand es noch. Ich verstehe es nicht mehr, aber Sie sagten ein paar Sätze, die mir noch als ein vertrauter, sogar beruhigender Ton in Erinnerung waren. Ihr verlorener Blick, ihre hellen Augen zwangen mich anzuerkennen, daß in vielen von uns eine Andersartigkeit steckt, eine in mancher Hinsicht unerklärliche Fremdheit. Aber wie kann ein rational denkender Mensch wie ich so etwas akzeptieren? Und wie hätte ich Sie kurieren können, wenn ich zu dem Schluß gekommen wäre, daß ihr Geist *nicht* verwirrt war, daß ihre Psyche *nicht* durch krankhafte Visionen und Ängste verstört war? Dann, als ich anfing zu begreifen, daß es möglich ist, daß man das Mysterium auch als Mediziner und Psychiater akzeptieren kann – nun ja, da haben Sie mir dieses Mysterium genommen. Wie oft werden Sie sich gefragt haben, ob es richtig war, mir das alles zu sagen, was Sie verwirrte? Und wie oft habe ich das Gefühl gehabt, daß Sie sich fürchteten weiterzumachen, noch weiter zu gehen.«

Vielleicht redete er zuviel. Aber ich machte keinen Versuch, ihn zu stoppen. Er begriff nicht, daß ich ohne ihn keinerlei Stütze mehr haben würde, daß er die einzige mir noch verbliebene Hoffnung war. Er kam mir entgegen, und ich wich zurück, noch erschrockener über seine Worte und noch erschrockener über meine

Entdeckung, wer sein Vater war. Ich wußte ja nicht, was gleich darauf geschehen würde, und heute lächle ich, wenn ich nur an die Art denke, wie er es mir sagte, als wollte er es nicht sagen, als schämte er sich darüber. Er wandte den Blick ab und schloß die Augen, als machte er noch einen letzten Versuch, sich zurückzuhalten. Dann fragte er, ob wir nicht ein bißchen spazierengehen könnten. Das war noch nie vorgekommen. Ich sah ihn erschrocken an, denn jetzt begann ich mich wirklich allein zu fühlen: als eine Patientin, die gezwungen ist, ihren Analytiker zu kurieren, der sich von ihrer Neurose hat anstecken lassen. Ich sagte, ja, wir könnten schon einen Spaziergang machen, und ich fragte mich, was er mir wohl noch erzählen wollte. In diesem Ton eines Mannes, der alles gestehen will, sich aber dafür schämt, weil er jahrelang überzeugt war, daß gewisse Dinge nicht existieren. Ich willigte ein, obwohl ich wußte, daß es nicht klug war. In der Hoffnung, auf den Bastionen vielleicht Achmed zu begegnen; und herauszufinden, ob wenigstens er ihn sehen würde, mein ruhiger und rationaler Arzt, und ob sie gar miteinander sprechen würden. Das alles stellte ich mir vor, während ich etwas schwankend die drei steinernen Stufen hinunterging.

»Ich habe Sie immer hinter einer Scheibe gesehen. Und die Scheibe wurde immer dünner. Immer durchsichtiger. Anfangs war die Scheibe matt wie Milchglas, und ich sah die Gestalten ihrer Erzählungen, ohne Einzelheiten zu erkennen; ich verstand alles nur ungefähr. Dann habe ich klarer gesehen, immer klarer, und schließlich glasklar. Aber die Scheibe ist da, Velli, ich sehe sie, und sie hindert mich daran, weiter zu gehen. Allerdings weiß ich jetzt, daß diese Scheibe so dünn ist, daß sie beim leichtesten Druck meiner Finger zerbrechen würde. Dann würden unsere Welten miteinander in

Berührung kommen, ich würde aufhören, nur zu beobachten, ich würde dorthin eintreten, wo Sie leben, mit allen Ihren Phantomen. Auch jetzt weiß ich, daß eine Scheibe zwischen uns ist, aber ich fürchte mich, auf die andere Seite zu wechseln. Ich hoffe, Sie können mich verstehen. Wohin gehen wir?«

Wir gingen zum Minervahügel, zur Kirche der Märtyrer hinauf, um zu sehen, ob ich wieder einigermaßen gut auf den Beinen war. Und zum ersten Mal fühlte ich mich stark, und er war schwach. Ich konnte zwar nicht mit Ampullen und Tropfen hantieren, aber es hätte mir gefallen. Es hätte mir gefallen, dem blonden Arzt in seinem verwirrten Zustand Erste Hilfe zu leisten, genau an dem Ort, wo die Achthundert geköpft worden waren. Er begriff, daß ich seine Schwäche durchschaut hatte, und er begriff, daß von diesem Moment an nichts mehr so sein würde wie bisher. Für mich nicht, aber vor allem für ihn nicht. Und daß ich nicht mehr zu heilen war, jedenfalls nicht durch ihn. Ich weiß aber nicht, ob er das wirklich verstanden hatte. Ob seine Ängste, seine Wünsche, sein Wille zu gestehen ihm nicht jene Klarsicht getrübt hatten, mit der er mir immer begegnet war. Jene Klarsicht, die einen Teil meines Lebens gehalten und getragen hatte. Jetzt ging ich unter, mit diesem Mann und mit Achmed, mit dem Alten aus Galatina und dem Blinden auf den Bastionen.

Ich sah ihn an. Er war blaß geworden, sichtlich erschöpft von den letzten Stufen, die zur Kirche hinaufführen. Die Sonne stand tief am Horizont und hatte einen großen Teil des Himmels rot gefärbt. Mein Vater sagte immer, Rot und Blau seien nicht irgendwelche beliebigen Farben. Denn sie seien die Farben des Lichts und der Finsternis. »Weißt du, Velli«, sagte er, »die Sonne scheint nur auf der Erde, denn rings um die Erde ist

Luft, so daß die Strahlen der Sonne sich mit der Luft vermischen und Licht erzeugen. Aber draußen, im weiten kosmischen Raum, herrscht absolute Finsternis, totales Schwarz. Also wenn es hier Tag ist, müßtest du, wenn du zur Finsternis hochsiehst, alles schwarz sehen.« Er hielt inne und sah mich prüfend an, ob ich ihm folgte. Dann fügte er mit einem zufriedenen Lächeln hinzu: »Aber du siehst kein Schwarz, du siehst das Blau des Himmels, denn alles ringsum wird von der Sonne erleuchtet. Wir können also sagen, die durch das Licht gesehene Finsternis ist blau. Du mußt verstehen, was die Morgenröte und die Abendröte sind, um das Geheimnis der Farben zu begreifen: Das durch die Dunkelheit, durch die Finsternis gesehene Licht ist rot.«

Dieses Rot, das ich sah, als wir zum Hügel der Minerva hinaufstiegen, hatte mir die Worte meines Vaters ins Gedächtnis gerufen. Wenn ich ein Licht jenseits der Finsternis suchte, wenn ich eine Erklärung für das Dunkel suchte, in dem ich lebte, wußte ich, daß die Farbe in jedem Fall rot sein mußte. »Die Farbe des Blutes, so wie das Blau die Farbe des Sauerstoffs ist. Und das Blut braucht den Sauerstoff.« Mein Vater liebte es, solche Geschichten zu erzählen. Auch wenn er selber nicht an sie glaubte. Aber ich sagte es, ich zeigte meinem erschrockenen Arzt den Himmel, zeigte auf das Rot und erzählte ihm, warum Rot und Blau so wichtig sind, um den Wechsel von Licht und Finsternis zu verstehen. Er sah mich an. Was sollte ich noch hinzufügen? Daß ich nur durch das Rot imstande sein würde, Licht in den dunkelsten Teil meines Lebens zu bringen? Sicher, vielleicht dachte ich das, und ich dachte an jenes Rot, das mein Vater zum Malen benutzte, ein so dunkles Rot, daß es fast schwarz war. Ein dickes, dichtes fast erstickendes Rot; ein urzeitliches Rot, kaum der Finsternis entstiegen, erste Stufe der Erkenntnis. Die leuchtenden Rottöne müssen zerfließen, bis sie alle Dunkelheit besiegt, alle Weissagungen ausgelöscht haben, auch die düstersten. Aber wenn sie dick und dicht sind, werden sie schließlich weinrot, schwarzrot wie Bucchero-Vasen, und dann drücken sie Kriegslust, Draufgängertum und Wut aus. Eine Wut, die bei uns nicht zu spüren war, unsere Stimmung schien jetzt eher müde und schicksalsergeben. Und nach einer Weile nahm der Himmel jene violette Färbung an, die im Italienischen »pfauenhaft« genannt wird: eine Färbung zwischen Rot und Blau, und ich dachte, daß dieses Gemisch, daß diese Farben, die da in- und auseinanderflossen, genau jene waren, die das Licht und die Finsternis brachen. Ich dachte an vieles, und wir gingen schweigend eine halbe Stunde lang in der untergehenden Sonne, bis wir die Kirche erreichten und uns auf die Stufen setzten. Unter uns lag die Stadt, hinter uns das Meer. Der Wind, der von Südosten wehte, trug das Rauschen der Wellen zu uns herauf. Der blonde Arzt hatte die ganze Zeit nichts gesagt, aber ich wußte, daß er mit seiner Erzählung noch nicht fertig war. »Mein Vater erblindete langsam. Eine angeborene Krankheit, eine erbliche, glaube ich. Auch mein Großvater hatte im Alter kaum noch etwas gesehen. Vielleicht werde auch ich im Alter blind sein. Mein Vater konnte schon mit fünfzig nichts mehr sehen. Es wird dir seltsam vorkommen: Er sagte, er werde in Rot gehüllt einschlafen und im Blauen erwachen. Mein Vater ist vor zwei Jahren gestorben, zu Hause in seinem Bett, umgeben von seinen Kindern, meiner Schwester und mir. Er spielte schon lange nicht mehr viel, ich glaube, die Orgel in der Kathedrale ist mittlerweile so gut wie verlassen. Er starb im August, als die Stadt voller Touristen war und kaum Zeit für ihn hatte. Man machte ein rasches Begräbnis, mit wenig Leuten. Mein Vater war sehr alt gewesen, ich bin sein jüngster Sohn, es gab nicht mehr viele hier, die sich noch an ihn erinnerten. Aber weißt du, warum ich dir das erzähle, Velli? Ich erzähle es dir, weil sich dann, als er begraben war, alles änderte und alle anfingen, sich an ihn zu erinnern. Und sie kamen nicht zu mir, um mir ihr Beileid auszusprechen und mir zu sagen, daß sie ihn gemocht hatten oder daß sie seine Musik vermißten. Sie sprachen von ihm nicht als einem alten Mann, den viele gekannt hatten und dessen Tod sie bedauerten. Nein, alle sagten: »Herr Doktor, vorhin ist Ihr Vater hier vorbeigegangen, grad erst vor einer halben Stunde, wir haben ihm über die Straße geholfen.« Anfangs habe ich sie noch verblüfft angesehen: Wer waren sie, was wollten sie, mit was für Leuten hatte ich es zu tun? Mit irgendwelchen Idioten, die nicht wußten, daß mein Vater gestorben war, und das schon vor Monaten? Ich dachte, es würde vorübergehen, nur ein paar Narren könnten mir erzählen, mein Vater haben einen Kaffee am Tresen getrunken oder sei durch die Straßen gegangen. Aber die Geschichte ging weiter, monatelang. Es schien, als ob niemand wußte, daß mein Vater tot war, gestorben in seinem Bett, umgeben von seinen Lieben. Es schien, als hätten es alle vergessen, als glaubten alle, daß er noch lebte, um durch die Stadt zu spazieren, er, der die Welt nur noch als einen roten und einen blauen Fleck gesehen hatte! Ich fing an, mich für verrückt zu halten – mich, nicht sie. Dann kamst du, Velli, kamst in eine Stadt, in der alle von Märtyrern und Gespenstern reden, aber so, als ob es ein harmloses Spiel wäre, das hier schon immer gespielt worden ist. Und ich hörte dich dieses Griechisch reden, das du gar nicht kennen *konntest*, und du erzähltest Geschichten von Dämonen, die mir nicht gefielen. Und schließlich hast auch du angefangen mir zu erzählen, du, die du von auswärts gekommen bist und nichts von diesen Dingen hast wissen können, daß du nicht nur einen Mann gesehen hättest, der behauptet, im August 1480 hier gewesen zu sein, sondern auch einen blinden Alten, den du mir mit den Zügen meines Vaters beschreibst. Und du sagst nicht nur, du hättest ihn auf den Bastionen gesehen, sondern ihn auch sein Lieblingsstück spielen hören, das Opus 18 von César Franck, *Prélude, fugue et variation*. Nein, sieh mich nicht so an, Velli. Jetzt mußt du deinen Weg hier in Otranto allein weitergehen: Meine Medikamente werden dir nicht mehr helfen. Auch meine tröstenden Worte nicht. Ich habe die Hoffnung verloren, in einer Welt zu leben, in einer Dimension, die von den anderen als normal bezeichnet wird. Wir befinden uns in einer Zwischenwelt, wir werden zwar noch vom dünnen Schleier des gesunden Menschenverstandes geschützt, aber ich kann dir nicht sagen, wie lange das so bleiben wird. Zumindest für mich. Lange Zeit hatte ich gehofft, auch ich würde diesem Blinden begegnen, um zu sehen, ob er wirklich die Züge meines Vaters hat. Aber ich hatte nie das Privileg, Erscheinungen zu sehen. Mit dir, Velli, könnte es möglich sein, aber ich weiß gar nicht, ob ich es wirklich wissen will. Meine Behandlung ist zu Ende. Statt dich zu heilen, bin ich selber krank geworden. Oder vielleicht bin ich von jener Krankheit geheilt worden, die man kriegt, wenn man immer meint, auf alles eine Antwort zu haben.«

»Velli, Velli, schau dir den Sonnenuntergang an, schau nur, wie rot er ist! Das kommt hier fast nie vor, der Himmel ist meistens bedeckt. Aber heute könnte man meinen, wir wären im Süden …« Ich höre noch die dünne Stimme, die Stimme jenes immer mit Farbe bekleckerten Mannes, der mir aus seinem Fenster den

Himmel zeigte, jenes Mannes, der niemals gereist war und sich die Welt nur durch die Nuancen der Öl- und Wasserfarben vorstellte. Und diese Nuancen dann mit Pinseln aller Art nachbildete, mit Lösemitteln und Leinwänden, Tafeln, Stoffen. Was hätte er von diesem Süden gesagt, in dem ich mich befand, der aus Erscheinungen und Verflüchtigungen bestand, aus lauter unmöglichen Welten? Welches Licht hätte er erfunden, um dies alles zu erzählen? Eines Tages sagte er mir, daß es ihm nie gelungen sei, van Gogh zu kopieren, es sei ihm nicht möglich gewesen, die Farbe komme bei ihm von innen, sie erzeuge sich selbst, sei ein Teil von ihm, man könne sie nicht nachmachen oder nur ungefähr. Es gebe Lichter und Farben, die man nicht lesen und die man den anderen nicht beschreiben könne, da sie Projektionen unserer selbst seien, unseres Lebens; es gebe Farben, die unmögliche Träume seien, die nicht einmal in der Erinnerung fortdauerten, weil sie so wenig greifbar, so unbewußt, so privat seien. Hätte ich dem blonden, traurigen und wie abwesend blickenden Arzt sagen sollen, daß man auch die Erscheinungen nicht erzählen kann, so wenig wie die Farben? Daß die Kleidung des Organisten von einem Schwarz war, das mich frappierte, und die Blässe seines Gesichts von einem unbeschreiblichen Weiß? Hätte ich ihm sagen sollen, daß ich inzwischen zu begreifen begann, wohin jene zufälligen Fäden führen, die viele immer noch Schicksal nennen?

(Diamant bedeutet im Griechischen: unbezwingbar. Es heißt, die ersten Diamanten seien durch die Feldzüge Alexanders in den Westen gekommen. Sie kamen aus Indien, aus dem Fernen Osten. Plinius beschreibt sechs Sorten. Und sicher sind viele jener Steine, als sie noch unbekannt waren, auf dem Weg nach Rom hier vorbeigekommen.

Der aus Konstantinopel geflohene Jüngling hatte das Glück, sich mit einem Armenier einzuschiffen, der aus Madras kam. Der Mann sagte, er besitze das Geheimnis des Lichts.

Und er zeigte ihm ein Säckchen, das er gut befestigt am Gürtel trug. Er sagte, er werde den Schatz nach Venedig bringen und das Glück werde ihm dabei helfen. Außerdem sagte er, diese Steine gäben nicht genug Licht, weil sie noch nicht geschliffen seien. Bis auf einen, einen sehr großen, der funkelte wie sonst nichts auf der Welt.

Der Mann wollte durch die Adria hinauf nach Venedig fahren. Aber er kam nicht einmal bis Otranto. Er endete im Meer. Und die Reisegefährten sprachen von einem Unglück.

Der aus Konstantinopel geflohene Jüngling ging in Otranto an Land. Mit einem Säckchen am Gürtel. Er sagte nichts von dem Schatz. Aber er hatte beschlossen, die Steine sehr weit fortzubringen.)

XI

Der Zufall ist heilig. Hört mir gut zu, jetzt, da ich frei bin, jetzt, da mich das Meer von Otranto endlich verschlingen und auslöschen kann, so wie das Nordmeer es mit meiner Mutter getan hat.

Der Zufall ist Schicksal. Er ist Fatum. Hier in der Stadt Otranto, in der Märtyrerstadt, wo die Türken achthundert Männer enthaupteten, weiß ich, daß die Opferung und das Martyrium nur existieren, wenn die Opfer durch Zufall ausgewählt worden sind. Ich will, daß ihr mich hört, ich will, daß meine Stimme das Brausen des Meeres übertönt, darum bin ich hierher zurückgekommen, hierher zu diesem Turm, den die Araber als erstes sahen, wenn sie sich dieser Küste näherten. Ich spreche mit lauter Stimme, und ich bin allein. Vielleicht kommt mich wieder jemand holen, wie beim ersten Mal, doch er wird mich nicht verängstigt, nicht zitternd und nicht verwirrt finden. Er wird eine Frau finden, die nicht um Verständnis bittet. Es gibt Worte in salentinischem Griechisch, die lauten: *Mi me mini mai, chiatéramu, mai, mai canéa cerò, déja coma eghèttimo, coma, coma, na spernisi.* Das heißt: Erwarte mich nie, meine Tochter, niemals, weder in Jahren noch in Jahrhunderten, weder im Guten noch im Bösen.

Ich würde gern hier meine Mutter erwarten, ich wünschte, der Zufall brächte sie mir herbei, für einmal vom Meer. Doch das Schicksal will mir den Gefallen nicht tun, es will mir diese Freude nicht machen. Der Zufall wollte, daß Otranto die Stadt war, die sich die Türken zur Landung ausgesucht hatten, der Zufall wollte, daß es achthundert waren, die zum Martyrium auserwählt wurden. Die Opferung der Opfer wird immer vom Zufall bestimmt sein, nie von einem erkennbaren Grund. Hört mir gut zu, ihr Mittagsdämonen, die ihr die Kraft habt, mich niederzustrecken unter dieser Augustsonne, in dieser ersten Stunde des Nachmittags. Wisset, daß ich gelernt habe, mit Würfeln zu spielen, so wie ihr es tut, ich kann es nun auch. Wisset, daß ich gelernt habe: Euer Licht schlägt blindlings zu, es trifft seine Opfer per Zufall. Ja, ich habe mich sogar gefragt, Sakrileg der Sakrilege: Und wenn nun alles ganz anders wäre, eine andere Wahrheit, ohne Götter noch Menschen, noch Vernunft? Ich habe mich gefragt, was ich hier tue, ich habe es die Männer gefragt, die Vernunft besaßen, die meinen Phantomen eine Antwort zu geben vermochten. Da haben diese Männer gesagt, daß es keine Antworten gebe, daß sie keine hätten; sie hätten geglaubt, sie zu haben, aber das sei eine Täuschung gewesen. Und sie selbst hätten angefangen zu fragen, mich zu fragen, welches der wahre Punkt sei, an dem diese Stadt auf einmal stehengeblieben ist wie eine Uhr, wie ausgeschaltet durch ein unerträgliches Ereignis. Unerträglich, weil zufällig, ohne Causa prima. Otranto ist das Martyrium, es ist der Himmel, der sich verdunkelt, das Blut, das durch die Straßen fließt. Hört mir gut zu: Hier hat die gründende Gewalt stattgefunden, die noch heute alles beherrscht. Ich weiß es, man kann es auch im Mosaik lesen: Das Massaker hat diesen Ort geheiligt, diesen Ort mit seinen achthundert Schädeln, die den Hügel herabrollten. Hier in Otranto hat die Gewalt sich offenbart: die blinde und willkürliche Gewalt, die ihr Opfer ohne erkennbaren Grund wählt.

Achmed weiß nichts von diesen Dingen, aber er ist dennoch darüber entsetzt, er kann mir nur von jenem Blick erzählen, von den Augen jener sterbenden Frau.

Im Antlitz Gottes, das man nicht sehen kann, ohne sich zu verbrennen, im Antlitz Gottes ist der Widerschein des Opfers zu lesen, der Reflex der Gewalt und des Zufalls. Ödipus bezeichnete sich als Sohn der *Tyche*, der Fortuna, des Zufalls. Und ich begriff sofort, daß hier in Otranto Zufall und Opfer keine beliebigen Worte sind. Das mit Ödipus hat mir ein junger Forscher gesagt, der einen Sinn im Mosaik suchte und dem wir begegnet waren, ehe ich mit der Restaurierung begann. Für die Wissenschaftler waren es die letzten Tage, an denen sie in der Kathedrale arbeiten konnten, danach würde alles geschlossen und das Mosaik abgenommen sein. Der letzte von ihnen, der sich noch in der Kirche aufhielt, war vielleicht der jüngste von allen, ein Franzose, der mit einem Forschungsstipendium nach Otranto gekommen war. Ich hatte ihn viele Tage lang nicht beachtet; das Hochgefühl, endlich in Otranto zu sein, dieses Mosaik vor mir zu haben, und mit der Arbeit beginnen zu können, hatte mich von allem anderen abgelenkt. Aber eines Nachmittags hörte ich ihn hinter mir, während ich das Mosaik betrachtete.

»Haben Sie sich jemals gefragt, warum die Geschichte von Jonas hier einen so großen Raum einnimmt? Sehen Sie, man könnte meinen, sie sei noch wichtiger als die vom Turmbau zu Babel und von der Sintflut. Das kann kein Zufall sein.«

»Und haben Sie eine Antwort?« fragte ich.

»Ich fange an zu vermuten, auch wenn es verrückt klingt, daß dies ein prophetisches Mosaik ist. Eine Prophezeiung, stellen Sie sich vor, eine verschlüsselte Prophezeiung des Martyriums und Opfers der Achthundert im Jahre 1480. Niedergeschrieben in diesen Mosaiksteinen, dreihundert Jahre vorher. Passen sie auf. Sie kennen die Geschichte, nicht wahr? Jonas wird von

Gott beauftragt, die Stadt Ninive zu warnen, daß sie zerstört werde, wenn sie keine Reue zeige. Aber Jonas versucht sich diesem Auftrag zu entziehen und begibt sich auf ein Schiff, um zu fliehen. Da ließ der Herr einen großen Wind aufs Meer kommen, und es erhob sich ein großes Ungewitter auf dem Meer, daß man meinte, das Schiff würde zerbrechen. Und die Schiffsleute fürchteten sich und schrien, ein jeder betete zu seinem Gott, und sie warfen die Ladung ins Meer, damit das Schiff leichter würde. Und was tat Jonas? Er war in den Laderaum hinuntergestiegen und lag da und schlief. Da trat der Schiffsherr zu ihm und weckte ihn auf, daß auch er seinen Gott anrufe. ›Ob vielleicht dieser Gott an uns denken will, daß wir nicht verderben.‹ Aber nun kommt der entscheidende Punkt. Die Gebete halfen nichts, und da sagten die Schiffsleute zueinander: ›Kommt, wir wollen losen, daß wir erfahren, um wessentwillen es uns so übel geht.‹ Und als sie das Los warfen, fiel es auf Jonas.«

Ich blieb stehen und sah ihn an, ich hörte ihm schweigend zu. Der junge Wissenschaftler sprach weiter und deutete auf die Figuren des Mosaiks, als wären sie ein visueller Kommentar zu dem, was er erzählte.

»Sehen Sie, das Schiff stellt die Gemeinschaft dar und der Sturm die Krise der Opferung. Wissen sie, warum das Los geworfen wird, um den für die Krise Verantwortlichen zu finden? Weil man sich notgedrungen dem Zufall anvertrauen muß. Der Zufall kann sich nicht irren, er ist eins mit der Gottheit. Und nun deutet dieser Zufall auf Jonas. Und Jonas ist gezwungen, die Wahrheit zu sagen. Die Schiffsleute versuchen zuerst noch, ihn auf alle mögliche Weise zu retten. Dann aber packen sie ihn und werfen ihn ins Meer, damit keine Unschuldigen sterben müssen. Und das Meer wird still. Das Los hat das Opfer bestimmt, und dessen Ausstoßung rettet die Gemeinschaft der Schiffsleute. Die sich daraufhin nach Jonas' Opferung zu dem neuen Gott Jahwe bekehren.«

Ich begann zu begreifen, was dieser junge Mann mir da sagte. Und ich bekam Angst. Ich empfand mein Leben als mehr denn je in der Schwebe, mehr denn je der Gewalt des Zufalls und des Unvorhersehbaren ausgeliefert. Und ich lauschte seinen Worten in der Gewißheit, daß sie mich nicht beruhigen würden, auch wenn seine Stimme weich und gewinnend war.

»Sehen Sie, in der modernen Welt scheint der Zufall unvereinbar mit dem Eingreifen einer Gottheit, aber für die Menschen der Antike und des Mittelalters war das nicht so. Für sie hatte der Zufall alle Merkmale des Heiligen: Genau wie dieses kann er den Menschen Gewalt antun und kann sie mit Wohltaten überhäufen. Priester Pantaleone muß das gewußt haben, deshalb nimmt eine kleine Episode der Bibel hier einen so großen Raum ein. Deshalb ist hier auch König Artus dabei, der Ritter des heiligen Grals, des Kelches mit dem Blut Christi, und er reitet hier auf einem Ziegenbock, einem typischen Opfertier. Und deshalb erscheint die Szene mit Kain, der seinen Bruder Abel erschlägt, in keinem anderen Mosaik jener Zeit so realistisch, so gewalttätig.«

Ich wollte ihn nach den Türken fragen, nach den Märtyrern. Nach jenen Türken, die dreihundert Jahre nach Fertigstellung dieses Mosaiks gekommen waren. Konnte ich den Grund jenes Gemetzels verstehen, das es nirgendwo sonst in dieser Weise gegeben hatte? Und den Grund, warum sie hier Frauen, Alte und Kinder gefoltert hatten, um sie zu bekehren? Langsam begann ich mir diese ganze Gewalt zu erklären. Und den Grund, warum sie hier alles zerstört hatten, auch die Fresken an den Wänden der Kathedrale, nicht aber das Mosaik.

Ich hatte jahrelang an den Zufall und an das Schicksal gedacht. Ich empfand mein Leben als eine ununterbrochene Folge von seltsamen Umständen. Dann begann ich zu denken, es sei ein Plan, der alles lenkte, was um mich herum geschah. Es konnte kein Zufall sein, daß meine Mutter verschwunden war, wie vom Nichts verschluckt. Genauso wenig wie jenes lateinische Dokument, das sich zwischen nie geöffneten alten Büchern fand und eine Welt beschrieb, die so ganz anders war als alles, was wir kannten, undenkbar für eine Familie von ruhigen, an das Licht des Nordens gewöhnten Holländern. Wie oft habe ich mich gefragt – und hier jetzt, geschützt im Schatten des Turms, spüre ich zum ersten Mal, daß ich mir diese Fragen stellen kann, ohne blaß zu werden, ohne Bangigkeit zu empfinden und richtige Angst und sogar Schwindelanfälle und ein Gefühl des Erstickens –, wie oft habe ich mich gefragt, was jener Mann in Otranto gemacht hatte, der bis zu uns nach Holland gelangt war, nachdem er bei den Türken Galeerensklave gewesen war. Wer mochte sein Vater gewesen sein, wer hatte ihn aufgezogen? Waren auch sie von den Türken umgebracht worden? War einer meiner Vorfahren unter den achthundert Märtyrern? Ich habe nie eine Antwort gefunden. Ich habe nichts weiter herausgefunden. Aber jetzt, wo ich hier bin, spüre ich, daß meine Wahrheit, daß die Wahrheit des Opfers dieser Stadt nahe ist. Ich weiß, daß der Reigen der Dämonen, der sich vor mir dreht und mich erschreckt, bereit ist, mir die Vergangenheit und die Gegenwart zu zeigen und mir alles zu enthüllen, was ich nie herausfinden konnte. Ich weiß jetzt: wenn es eine wirklich andere Wahrheit gibt, dann werde ich diese Wahrheit erkennen können, sie wird mir enthüllt werden – auch wenn sie sich als schrecklich, als unerträglich erweist, auch wenn sie ein

Licht sein wird, das man nicht ansehen kann, ohne sich zu verbrennen.

Aber zuerst muß ich mich überzeugen, daß das Schicksal, das, was Achmed »die Geschehnisse« nennt und was andere den Spruch der Götter genannt haben, nichts weiter als ein Zufall ist, dem nur wir eine Absicht zuschreiben. Kann ich ertragen, daß die Welt von einem Gott gelenkt wird, der würfelt?

»Das werden Sie ertragen müssen«, sagte mir der junge französische Forscher. »Denn ich glaube, es ist so. Aber auch noch aus einem anderen Grund. Sie haben sich im Ort geirrt. Dies hier ist einer der wenigen Orte der Welt, an dem das Heilige noch in gewisser Weise überlebt. Und Wirklichkeit ist. Ohne daß die Otrantiner sich dessen bewußt sind. Die Otrantiner reden von ihren Toten und spazieren über dieses Mosaik, als ob es ganz selbstverständlich wäre. Aber wenn Sie dort drüben in die Kapelle der Märtyrer gehen, sehen Sie etwas mehr von der Darstellung des Martyriums. Sie sehen diese riesigen Schreine, aus denen fast anmaßend diese Schädel herausschauen, diese Knochen, die den Tod darstellen, aber vor allem das Opfer. Der Zufall hat bewirkt, daß gerade diese Knochen hier liegen. Der Zufall hat bewirkt, daß gerade diese Männer hingerichtet wurden, es war keine Notwendigkeit. Auch bei ihnen hat Gott gewürfelt. Aber die Otrantiner verstecken den Horror nicht, sondern zeigen ihn, stellen ihn aus, als ob er nie vergehen dürfte. Das war auch der Grund, warum die Leichen hier über ein Jahr nicht verwesten, obwohl die Augustsonne ihr Fleisch hätte zerfetzen müssen. Sie blieben unversehrt und tadellos, damit das Opfer, das Gründungsopfer unverändert erhalten blieb. Und sie wurden in die Kathedrale verbracht, damit das alles auch weiter fortbestand. Sehen Sie dort, sehen Sie in diese leeren Augenhöhlen. Hier haben Sie die Niederlage aller modernen Ethnologie. Um das zu begreifen, bin ich hierhergekommen. Sie und ich, wir tun die gleiche Arbeit. Wir halten ein Wunder am Leben, für das es keine Erklärungen gibt. Sie restaurieren ein altes Mosaik. Und ich will gerade an Orten wie diesen begreifen, wie wir heute, nachdem wir das Heilige weiter als jede andere Gesellschaft hinter uns gelassen haben, so weit, daß wir die Gründungsgewalt schon vergessen und gänzlich aus den Augen verlieren, im Begriff sind, sie wiederzufinden. Die Gewalt kommt hier wirklich in spektakulärer Weise zu uns zurück. Sehen Sie, nicht einmal Heraklit, nicht einmal Euripides wagten dieses Tabu zu brechen: Obwohl sie es ahnten, wagten sie nicht, es klar und rational auszusprechen, daß die Gewalt, die zufällige Gewalt, alle menschlichen Gesellschaften gründet.«

Ich betrachtete die drei hohen Schreine. Ich versuchte mir vorzustellen, was für Augen diese Schädel mit den leeren Höhlen gehabt haben mochten, überlegte, wie groß die Menschen gewesen sein mochten, die jetzt wie an die Scheiben gepreßt erschienen. Ich betrachtete auch den weißen Steinblock, der unter dem Altar zu sehen ist. Den Block der Enthauptung. An jenem Tag wußte ich noch nicht, daß der einzige Ausweg aus dem Entsetzen darin liegt, keinen Ausweg zu haben. Und so drehte sich mir der Kopf, und ich beschloß, mich während der ganzen Zeit, die ich in Otranto verbringen würde, wohlweislich zu hüten, dieses Spektakel von Tod und Opfer, das da seit Jahrhunderten ausgestellt wurde, längere Zeit zu betrachten. Dann kehrte ich zum Mosaik zurück und fragte mich, warum König Artus gerade einen Ziegenbock ritt. »Ich weiß es nicht«, sagte der junge Forscher. »Vielleicht weil Artus der Gralskönig ist. Und der Gral enthielt das Blut Christi. Das

Blut des Opfers. Und der Ziegenbock ist das Symbol des Opfers. Aber auch, weil Artus der König ist, der das Reich der Toten besuchen kann.« Er verstummte. Ich sagte nichts weiter.

Ich war erst seit kurzem in Otranto, und ich weiß nicht, warum, aber ich begriff, daß mein junger Forscher der letzte sein sollte, der an diesem Ort so klarsichtig mit mir sprach. Denn von jenem Tag an sollten mich einerseits Dämonen umgeben und andererseits Menschen, die jeden Gedanken an etwas Übernatürliches von sich wiesen. Ich sollte zwischen zwei parallelen Welten leben, die nicht miteinander kommunizierten. Deshalb war der blonde Arzt der einzige, der mir heraushelfen, der mich erlösen konnte aus diesem Gefühlsmanichäismus, dem ich zu erliegen drohte. Er, der Vertreter eines extremen Rationalismus, war gezwungen, den Schlüssel zu jener Tür zu finden, die zu einem Ort führte, den ich nicht mehr würde beschreiben können. Wie diesen Wind heute, der sich mit dem Meer vermischt, bis er nicht mehr von ihm zu unterscheiden ist, was ich noch nirgendwo sonst gesehen habe; und der mich wirklich forttragen könnte, ohne daß ich mich dieses Mal fürchten würde.

War es ein würfelnder Gott, der mir jenen blinden Organisten erscheinen ließ, von dem alle glauben, er sei noch am Leben, weil sie ihn auf den Bastionen hatten spazierengehen sehen? Und war es ein würfelnder Gott, der mich entdecken ließ, daß der Mann, zu dem ich viele Tage lang, sicher monatelang gegangen bin, immer wenn mein Atem schneller wurde und mein Geist in den Strudeln des Schwindelgefühls versank, daß dieser Mann, den ich immer noch den blonden Arzt nenne, der Sohn des Organisten ist? Ich wünschte, dieser von Wind und Meer schon zur Hälfte zerstörte Turm könnte über mir zusammenbrechen, wenn ich nicht die Wahrheit sage. Denn ich muß fürchten, daß niemand mir glauben wird, wenn ich den Mut haben werde, allen diese Geschichten zu erzählen. Aber ich werde den Mut dazu haben, ich werde keine Angst mehr haben, denn ich weiß, daß ich zur anderen Seite hinübergewechselt bin: zur Seite derer, die keine Wetten mehr eingehen müssen. Ich weiß, daß jener würfelnde Gott beschlossen hat, daß ich es sein soll, die erklärt, daß diese Stadt auch in den kommenden Jahrhunderten reglos verharren wird, weil sie das Symbol einer Opferung ist, die keinen Sinn hat, und ich werde es tun, ich werde es aufschreiben und werde es allen erzählen. Obwohl man die Geschichten von Phantomen und Phantasmen niemandem erzählen und nicht aufschreiben soll, sondern für sich behalten, verborgen vor den Scharlatanen.

Der französische Forscher schien mir damals ein leidenschaftlicher junger Mann zu sein, der faszinierende Geschichten zu erzählen wußte, aber ich war nicht wirklich beeindruckt von seinen Worten, ich verstand noch nicht, was er eigentlich sagte. Er erklärte mir, daß das Mosaik für Otranto eine Prophezeiung des Opfers enthielt. Ich begriff nicht, daß er selbst, so wie er da neben mir ging, den Kopf gesenkt, um die Figuren des Mosaiks zu betrachten, hinuntergebeugt, um mir eine Szene oder ein Detail zu zeigen, für mich ein Prophet dessen war, was mir in Otranto widerfahren sollte. Er erzählte mir eine Geschichte, die ich erst jetzt zu verstehen beginne.

Hätte ich gesagt, daß ich jene Mittagsstunde inzwischen kannte, in der die Dämonen beschließen, sich zu zeigen? Hätte ich gesagt, daß ich inzwischen aufgehört hatte, mich im Schatten der Häuser zu verstecken, die hier hohe Torbögen haben und Mauern, die auch unter den Strahlen der Mittagssonne noch Schatten spenden? Wohl ja, aber wem hätte ich es gesagt, wenn nicht ihnen, jenen Dämonen, mit denen ich längst hätte anfangen sollen zu sprechen, statt sie bloß an mir vorüberziehen zu sehen wie die Figuren eines Schattentheaters, in dem ich bisher nur eine Zuschauerin war. Ich hätte gesagt, daß ich mich auf die Suche nach jenem alten Mann machen würde und nach der Ölflasche, die er mir an die Haustür brachte, und daß ich mich nicht im Netz der Erscheinungen verfangen würde. Doch ich wußte schließlich, daß man Gott, wenn er würfelt, nicht auf Regeln festlegen kann. Ich riskierte es, jenen Zufall herauszufordern, auf den sich alles gründet. Konnte ich die Ereignisse ändern, die mir bestimmt waren, sie in eine Richtung lenken, ihnen einen Sinn geben, wenn sie keinen hatten? Konnte ich nach Menschen suchen, über die ich nichts wußte und sogar Zweifel hatte, ob sie überhaupt existierten? Bevor mir der blonde Arzt von seinem Vater erzählte und mir seine Niederlage gestand, hätte ich es nicht gekonnt. Ich hätte ihn gefragt, hätte irgendeine Antwort von ihm haben wollen und ein Medikament, das mir Schlaf bringen würde. Bevor das Mosaik restauriert war, konnte ich mich nur zwischen jenen Steinchen bewegen, die sich vor dem Verfall hatten retten können, auch weil die Otrantiner arm waren und ohne Schuhe in die Kirche gingen, mit bloßen Füßen.

Jetzt, da meine Arbeit sich dem Ende nähert und das Mosaik mir seine Schlüssel übergeben hat und damit einen Teil der Geheimnisse, die es hütet, kann ich mich endlich hinsetzen und meine Würfel werfen: um Teil eines Ritus zu werden, für den ich endlich nicht mehr gezwungen bin, eine Erklärung zu suchen, den Anfang eines Fadenknäuels zu finden.

(Er kam übers Meer, ohne zu wissen, wie lange er unterwegs gewesen war. Granada sollte zwei Jahre später fallen. Zum Ruhme Königin Isabellas und König Ferdinands. Er mußte weiter nach Portugal. Hinter Pontevedra erlitt er Schiffbruch. Und dann abermals bei San Sebastian. Doch zum Glück rettete ihn der Zufall. Und dafür dankte er dem Herrn.

Er dankte ihm auch, weil das Säckchen mit den Steinen noch wohlbehalten an seinem Gürtel hing. Ohne daß etwas davon verlorengegangen wäre. Und so gelangte er schließlich an den Strand mit den Dünen.

Er hatte einen Koffer und wußte schon, wohin er ihn bringen würde. Der Wind wehte heftig. Und an die Kälte sollte er sich nie gewöhnen. Doch in Tarragona hatte man ihm gesagt, daß die edelsten Steine in jene Länder gelangten und dort gekauft werden konnten. Aber man verstehe sie dort nicht zu schleifen und funkeln zu lassen.

Er bildete sich ein, er werde an jenem Ort die Greuel vergessen, die er erlebt hatte. Er dachte, es werde für immer so bleiben. Die Steine machten ihn reich. Und er kaufte weitere.

Er kannte ihr Geheimnis, er hatte gelernt, sie zu schleifen. In dieser Kunst wurde er der Beste von allen. Das Funkeln der Steine schien jedesmal zu blenden. Kein Gott hätte es besser machen können.)

XII

Mein Vater war außerstande, van Gogh zu kopieren. Und er tat so, als ob er darüber traurig wäre, aber nur aus ökonomischen Gründen. Van Gogh zu kopieren war ein gutes Geschäft: Die Touristen kauften gern Bilder, die sie an die im Rijksmuseum Vincent van Gogh erinnerten. Aber er schaffte es nicht. »Siehst du, daß die Farben nicht dieselben sind?« sagte er in verzweifeltem Ton. »Ich krieg's nicht hin, es ist, als ob sie nicht meine wären, sondern seine, nur seine. Ich schaffe es nicht, irgendwas fehlt mir.« Mein Vater war sehr tüchtig, ihm fehlte nichts, er konnte hinreißende Kopien machen, er war ein großer Könner. Er kopierte van Dyck in vollendeter Weise, er konnte die schwierigsten Sachen malen, zum Beispiel Gläser im Schatten, beinahe im Dunkeln, indem er das Schimmern des Kristalls hervortreten ließ, das bißchen davon, das genügte, um ihnen eine Form zu geben. Er hatte auch eine fast originalgroße Kopie der *Nachtwache* angefertigt und damit viel Geld verdient. Auch bei Vermeer war er sehr gut. »Wenn ich Fälscher geworden wäre, würde ich noch sehr viel mehr verdienen«, sagte er gern. Dennoch schaffte mein Vater es nicht, van Gogh zu kopieren. Was fehlte ihm? Ich verstand es nicht, ich wunderte mich, daß mein Vater, der alles konnte, nicht in der Lage war, diese Sonnenblumen zu kopieren, oder dieses Schlafzimmer mit den gelben Scheiben und den blauen Türen.

Ich verstand es nicht, bis ich hierher kam und das Licht hier sah, das nicht allzu verschieden von dem sein kann, welches van Gogh in Arles sah, in der Provence. Mein Vater ist nie gereist, nicht einmal in Holland. Er versuchte sich dieses südliche Licht vorzustellen, aber jedesmal war es, als ob ihm etwas fehlte. Er versuchte jenen Maler zu kopieren, der durch Selbstmord gestorben war. Der sich in vielem von ihm unterschied, aber ihm in einem ähnlich war: im Wissen, daß es das Licht ist, das die Welt regiert. Das Licht formt die Charaktere, macht die Frauen schöner oder auch stumpfer, verändert die Welt, verändert das Gespür für den eigenen Körper und das Verständnis für die Personen, die einen umgeben. Mein Vater wußte das so gut, daß er Maler geworden war, Maler im handwerklichen, im technischen Sinn. Mein Vater war kein Künstler, aber er wußte alles über sie. Er hätte auch an einer angesehenen Akademie lehren können. Er kannte sämtliche Geheimnisse der Farben und ihrer Substanzen, er wußte alles über Pinsel, sowohl über die im sechzehnten Jahrhundert gebräuchlichen wie über die heutigen. Als er meine Mutter kennenlernte, war er noch jung und studierte an einer Kunsthochschule in Amsterdam. Meine Mutter begegnete ihm auf der Straße nach Noordwijk, dann sahen sie sich bei der portugiesischen Synagoge wieder. Sie war reich und allein; sie stammte aus einer Familie, die seit Jahrhunderten das Geschäft des Diamantenschleifens betrieb, aber sie war schon früh Waise geworden. Der Vater war wenige Monate nach ihrer Geburt gestorben, die Mutter zehn Jahre später. Aufgewachsen war sie bei einer Großmutter, die sich in Bankgeschäften verspekuliert und einen Teil des Erbes verloren hatte. Als sie meinen Vater kennenlernte und ihn malen sah, fragte sie ihn sofort, ob er van Gogh kopieren könne. »Ich antwortete ihr, leider nein, ich hätte es schon tausendmal probiert. Nur das eine Bild, das *Die Kartoffelesser* genannt wird, war mir gelungen. Aber da ist kein Licht, da ist alles im Schatten. Nein, deine Mutter wollte etwas anderes, deine Mutter wollte van Goghs Ölbäume. Und sie wollte die Farben.«

Meinem Vater waren sie nie gelungen, er sagte immer, diese Farben kämen von innen, die könne man nicht auf der Palette finden. Manchmal nahm er mich ins Rijksmuseum Vincent van Gogh mit. Wir gingen vormittags hin, denn am Nachmittag, sagte er, nehme van Gogh Tönungen an, die mich traurig machen könnten. Das Licht am Vormittag sei passender. An einigen Bildern ging er rasch vorbei, als ob er sie fürchtete, bei anderen dagegen verweilte er lange und beugte sich vor, um sie aus der Nähe zu sehen. Aber er sagte kein Wort und erklärte mir nichts – er, der vor Bildern sonst stundenlang reden konnte. Ich sah ihn schweigend dastehen, eingeschüchtert von dieser Farbenmasse, diesen Pinselstrichen, die Zeichnung wurden und die Farben so dick machten, daß man meinen konnte, man habe es eher mit einer Skulptur als mit einem Gemälde zu tun. Nur einmal fragte ich ihn, warum er nie van Gogh kopiert hatte, und da antwortete er mit großer Schlichtheit: »Ich schaffe es nicht.«

Ich war sehr verblüfft von dieser Antwort. Für mich war mein Vater der größte Maler der Welt. Er konnte alles, warum also nicht auch diese Bilder mit diesen starken Farben und diesen Gesichtern, die wie entstellt aussehen? Und warum wandte er bei manchen Bildern den Blick ab, als fürchtete er sich vor ihnen? »Ich bin nie im Süden gewesen, Velli, ich habe keine Farben, ich habe keine Bilder zu malen. Ich kann nur kopieren. Und auch nicht alles, denn manche Farben habe ich in dieser Art, in dieser Dichte noch nie gesehen und bin außerstande, sie nachzumachen.« Darauf fragte ich ihn (und das fragte ich oft, zu oft), warum wir dann nicht in den Süden gingen. Und er antwortete immer dasselbe: »Wenn deine

Mutter es will, werden wir gehen. Aber sie will nicht.« Mir war unbegreiflich, warum mein Vater den Wunsch nicht verwirklichte, mir war unbegreiflich, warum meine Mutter den Süden fürchtete, die Farben, die Sonne, mit einem Wort: jenes Licht. Und ich verstand auch nicht, warum mein Vater ihr dabei zur Seite stand. Warum war ich bei diesem Pakt draußen gelassen worden, wieso war ich ausgeschlossen aus diesem Abkommen, das mir absurd vorkam? Als ich größer wurde, begann ich die Geschichte unseres Vorfahren und den Ort Otranto mit den Phantasmagorien meiner Mutter zu verbinden. Dann ging auf einmal alles sehr schnell: Sie begann an den Strand zu fahren, und mein Vater beobachtete sie von weitem, wie er es bei gewissen Bildern van Goghs getan hätte: mit Furcht, mit Respekt, aber auch mit einem gewissen Neid. Mit dem gleichen, den er gegenüber jenem verrückten Maler empfand, den er nicht zu kopieren vermochte. Er empfand van Gogh als einen, der den Farben Leben einzuhauchen verstand. Gauguin war es gewesen, der ihn in den Süden gebracht hatte, um ihn ein anderes Licht sehen zu lassen. Sein Verdienst war es also, wenn dieser holländische Maler dort noch größer geworden war, und vielleicht war es seine Schuld, daß er dann verrückt wurde: unfähig, jene Eruptionen des Lichts, jene Wärme der Formen zu ertragen. Der Körper meines Vaters war der eines Mannes, der zu lange im Norden gelebt hatte, ein Körper, der es gewöhnt ist, sich zu schützen. Der Körper meiner Mutter war ganz anders: Sie bewegte sich immer, als ob sie auf etwas Weichem ginge, sie war biegsam und hatte nichts Rigides an sich. Wer die beiden nebeneinander gehen sah, erkannte schon an ihren Bewegungen, daß sie aus verschiedenen Welten kamen. Mein Vater bedächtig, leise, diskret im Besetzen seines Raums in der Welt;

meine Mutter dagegen stark und entschieden, fähig, mit der gleichen Intensität und der gleichen Verführungskraft zu verschwinden und zu erscheinen. Wenn ich ihr folgte, tat ich es nicht nur aus Neugier, sondern auch, weil jede ihrer Gesten und Bewegungen schön war.

Als ich zur Welt kam, waren meine Eltern noch jung. Und ich war das einzige Kind einer sonderbaren und wenig mütterlichen Frau. Mein Vater verbrachte einen guten Teil seiner Zeit mit mir, und ich saß neben ihm, wenn er malte. Meine Mutter bot ein perfektes Bild, perfekt anzusehen mit ihren strammen Brüsten, die sich kompakt bewegten, wenn sie den Schritt beschleunigte oder zu laufen begann. Ich empfand große Liebe zu einer in die Ferne gerückten Mutter, und als sie verschwunden war, begriff ich, daß ich, wenn ich nicht fortginge, wirklich alles verlieren würde. Otranto, was immer das sein mochte, war meine einzige Möglichkeit, mich vor den Dünen des Strandes, dem Nordwestwind und dem Licht des Nordens zu retten; und es war die »Reise zurück«, von der in ihrer Familie immer gesprochen worden war, ohne daß einer sie jemals gemacht hätte. Denn so reich die Familie meiner Mutter auch war, Seefahrer hatte es in ihr nie gegeben, und man ging nicht auf Reisen, es brachte nichts ein. So kam es, daß ich die einzige war, die sich vorstellte, eines Tages fortzugehen, und die einzige, die dann wirklich studierte, und zwar in Leiden, nicht in Amsterdam. Als ich mich entschloß, Restauratorin zu werden, entschied ich mich für Mosaiken und harte Steine, weil ich meinen Vater nicht darin überbieten wollte, Farben und Leinwände und Fresken herzurichten. Ich wollte nicht von anderen etwas lernen – und womöglich sogar besser –, was meine eigene Traumwelt war und was sich mir jedesmal mit der Stimme meines Vaters verband, der mir ein Bild erklärte, mich auf Einzelheiten hinwies und mir die Maltechnik wie eine bizarre und kuriose Fabel erzählte. Nie hätte ich von anderen eine Unterweisung bekommen können, wie sie mir mein Vater inzwischen fast ununterbrochen erteilte, wenn er mit mir sprach. Wann immer er mir etwas klarmachen wollte, griff er auf die Farben zurück. Eines Tages, als ich traurig nach Hause kam, bedrückt von einer kleinen Liebesgeschichte, die schief gelaufen war, begriff er sofort (es verblüfft mich noch heute, wenn ich daran denke), was geschehen sein mußte: daß ich eine kleine, aber schmerzliche Enttäuschung erlitten hatte, die mich nicht losließ. Damals kam mir die Sache als ein großes Problem vor, heute erinnere ich mich nicht einmal mehr an den Namen des Jungen. Mein Vater nahm mich am Arm, stellte eine schon aufgespannte und vorbereitete Leinwand auf die Staffelei und begann ein helles, sehr lebhaftes, leuchtendes Grün darauf zu streichen. Er verteilte es mit großen Pinselstrichen. Dann sagte er, ohne innezuhalten: »Sieh nur, Velli, wie schön dieses Grün ist. Früher nannte man es *Paolo-Veronese-Grün*. Es besteht aus Kupferarsenit. Wunderbar. Nur hält es nicht lange an. Es ist keine stabile Farbe. Es braucht bloß dem Licht ausgesetzt zu werden, und schon fängt es an zu dunkeln, bis es beinahe schwarz wird. Im Licht erweisen sich die Farben als das, was sie sind, sie sagen dir, ob du dich auf sie verlassen kannst. Du hättest dir dein Grün genauer ansehen sollen, Velli, du hättest es ans Tageslicht halten und der Sonne zeigen sollen. Du hast ihm zu sehr vertraut, hast gedacht, daß sein Glanz bleiben würde, und hast dich getäuscht: Kupferarsenit verträgt kein Licht.«

Meine traurige kleine Liebesgeschichte war für meinen Vater wie diese Substanz mit dem seltsamen Namen geworden: Kupferarsenit. Für meine Mutter dagegen bedeutete das alles wenig. Sie hatte ohnehin nie gedacht, daß ich in einem Land wie jenem leben konnte. Sie sagte immer, ich würde bestimmt nicht zu Hause bleiben, es sei mein Schicksal, daß ich fortgehen müsse, ich würde »zurückkehren«. Als es ihr noch gut ging, erzählte sie mir oft von jener alten Geschichte und dem eigenartigen lateinischen Dokument, und als ich groß genug war, zeigte sie es mir und sagte, zwischen diesen Zeilen sei eine Tür, die geöffnet werden müsse.

Sehr viel später sagte Achmed: »Gott schickte die Türken, damit seine Laune in Erfüllung ging und das Mosaik einen Sinn bekam. An jenem Tag strahlte die Sonne, wie sie es im ganzen Salento nie wieder tat. Es war ein ganz unglaubliches Licht.« Meine Mutter erzählte, daß ihr Vorfahr, der aus dem Mittelmeerraum kam, vielleicht der erste war, der in diesen Breiten die Kunst des Diamantenschleifens beherrschte. Mit ihm begann ein Stammbaum, der bis zu mir reichte, von ihm kam auch ein Reichtum, der dann allmählich wieder verlorenging. Meine Großmutter war steinreich gewesen und endete bettelarm. Eines Tages bei einer spiritistischen Sitzung hatte ein Medium mit verzerrtem Gesicht auf eine Geschichte angespielt, die meine Großmutter betroffen machte, aber auch meine Mutter. Das Geld werde nicht erhalten bleiben, hatte das Medium gesagt, weil das Vermögen der Familie mit einem Diebstahl begonnen habe, vor langer Zeit an einem fernen Ort. Danach habe es eine lange Flucht gegeben, über verschiedene Meere, und auch einen Mord. Und es sei nicht der Reichtum, der die Schicksale der Familie bestimme, das Diamantenschleifen sei für sie kein Beruf, um Geld zu verdienen, sondern eine Herausforderung, die von weither komme, ein Wettkampf mit dem Unmöglichen, mit einem höhnischen Gott, der eines strahlenden Morgens dem Meer den Rücken gekehrt habe. Tatsächlich gibt es ein Bild meines Vaters, auf dem ein Mann sich gebeugt und müde von einer Felsküste abwendet, an der man eine Stadt erkennt. Die Stadt scheint einem Fresko von Simone Martini entnommen, der Mann ist Rembrandt auf dem Selbstbildnis in den Uffizien. Die Stadt ist nur vorgestellt, denn über Otranto hatten wir zu Hause lediglich ein Buch des Touring Club italiano von 1937. Es war ein Bildband über die Regionen Süditaliens. Von Otranto war nur in einer Bildlegende auf Seite 109 die Rede (ich erinnere mich sehr gut, ich nahm den bonbonpapierfarbenen Band oft heraus und schlug die Seite auf, ohne die italienischen Worte damals schon lesen zu können). Da waren drei Schwarzweißphotographien: eine vom Mosaik, eine vom Mittelschiff der Kathedrale und eine Gesamtansicht der Stadt und des Hafens, auf der das Kastell ins Auge stach. Andere Elemente hatte ich nicht, auch mein Vater hatte keine anderen, und so hatte er sich bei jener fernen Stadt am Meer darauf beschränkt, die Mauern einer Befestigungsanlage zu malen, die überall sein konnte. Niemand hatte sich jemals die Mühe gemacht, andere Bücher zu suchen, um mehr zu begreifen. Otranto war für uns ein Ort ohne Bilder, als müsse man sich dort über Generationen vor seinen Zauberkünsten schützen. Das Mosaik sah ich zum ersten Mal in Florenz, in einem Kunstbuch; dort gab es eine aufklappbare vierteilige Doppelseite in Farbe, auf der das ganze Mosaik zu sehen war. Ich erinnere mich noch gut an den Eindruck, an meine Angst, genauer hinzusehen, als müßte ich wer weiß was entdecken. Ich war in Italien, ich wußte, daß ich früher oder später hier ankommen würde, aber ich zog es vor, erst noch eine Weile in Florenz zu bleiben, um zu studieren, ich wollte nicht gleich nach Otranto. Die Zeit sollte mir Recht geben: Ich konnte den Tag der Reise nicht selbst bestimmen, ich konnte nicht einfach einen Zug nehmen und hinfahren. Ich hatte beschlossen, daß ich nach Otranto durch einen schicksalhaften Zufall gelangen würde, nicht durch eigenen Willen. Vielleicht habe ich es herbeigeführt, denn bald wußte ich alles über Mosaike: über die von Ravenna und die von Monreale. Es fehlte nur noch Otranto, und so wurde ich schließlich, zusammen mit anderen, nach Otranto geschickt. Aber als ich zehn war, dachte ich in meinen Phantasien, daß jeder Zug und jedes Boot dorthin führen, und war mir sicher, daß ich, sobald ich groß genug war, selber hinfahren würde. Ich würde an der Normandie vorbei- und um die Bretagne herumfahren und das Baskenland aus der Ferne sehen und kurz in Lissabon haltmachen, nur ein paar Tage, um die Stadt kennenzulernen, und dann würde ich weiterfahren nach Tanger, um mich dort an die engen Gassen zu gewöhnen. Ich dachte mir aus, daß ich lange Briefe an meinen Vater schreiben würde, in denen ich ihm von jenen Farben erzählte, die er nie gesehen hatte. Meine Abenteuer sollten für ihn keine anderen als diese sein: die Abenteuer der Farben. Ich würde ihm schreiben, in wie vielen Nuancen man ein Meer malen konnte und wie sich die Farben der Berge veränderten, wenn man sie am Horizont betrachtete. Ich würde ihm lange Briefe schreiben und schließlich quer durchs Mittelmeer nach Otranto gelangen. Dort würde ich einen Roman schreiben, einen Roman über die Reise, die unser Vorfahr am Ende des fünfzehnten Jahrhunderts gemacht hatte. Ich würde in Otranto nach den Gespenstern suchen, denn ich hatte den Roman *Das Schloß von Otranto* gelesen. Ich würde Photos machen und sie meiner Mutter schicken, die nicht gerne las.

So würde sie sehen können, wie ihr Schloß aussah und die Kathedrale und das Mosaik. Als kleines Mädchen glaubte ich nämlich, das Schloß, das ich auf dem Buchumschlag sah, sei *unser* Schloß gewesen und wir hätten es den Türken erst überlassen, nachdem wir es heroisch verteidigt hatten. Und manchmal, wenn ich hier durch die Straßen gehe und die Blicke derer auffange, die in mir eine Fremde sehen, die von zu weither kommt, um diesen Ort zu verstehen, kehre ich in Gedanken zu jenen grauen Nachmittagen zurück, die ich allein in meinem Zimmer damit verbrachte, mir Belagerungen und Schlachten auszudenken, als ob ich ein Junge wäre. Mein Vater hatte mir ein Kastell aus Gips gebaut, ein etwas sonderbares Kastell, denn es war schneeweiß und hatte keine Zinnen und auch keine Zugbrücke. In der Mitte war ein großer Hof mit kleinen Gebäuden, das Ganze sah eher aus wie ein kleines Dorf mit schmalen Fenstern und flachen Dächern wie Sonnenterrassen. Als ich nach Apulien kam und ein befestigtes Gehöft sah, begriff ich, daß es genauso angelegt war wie das kleine Gipsmodell, das mir mein Vater gemacht hatte. Dies war das Schloß meiner Spiele.

Ich hatte keine Geschwister; meine Mutter hatte nach meiner Geburt eine schwere Depression gehabt, und mein Vater sagte, damals hätte es angefangen, daß sie Stimmen hörte. Dann schien alles vorüber zu sein, ein paar Jahre lang kümmerte sie sich um mich: still und leichtfüßig. Sie arbeitete nur vormittags, in einem Labor. Sie schliff Diamanten – sie hatte darauf bestanden, es zu lernen, obwohl ihre Großmutter dagegen gewesen war, weil sie meinte, das sei keine Arbeit für sie, das Gleißen und Funkeln der Steine werde sie um den Verstand bringen. Aber meine Mutter sagte, sie könne nicht anders, sie *müsse* es einfach tun, es sei das einzige, was ihr eine gewisse Erleichterung verschaffe. Sie arbeitete lange, wirklich sehr lange für eine wie sie, die sonst so abgehoben und ungreifbar war: Jeden Morgen ging sie sehr früh aus dem Haus und kam erst gegen zwei Uhr nachmittags wieder. Ich erwartete sie immer schon an der Tür, um in der Ferne das mattgelbe Licht ihrer Fahrradlampe zu sehen, das durch den Dunst und Nebel drang, der sie völlig einhüllte.

Meine Mutter konnte Diamanten schleifen. Wie Giovanni Leondario, der es als erster in Holland konnte und es von einem Inder in Konstantinopel gelernt hatte, oder von jenem Ludwig van Berquen, der später nach Brügge ging, um seine Kunst vor Karl dem Kühnen, dem Herzog von Burgund, zu demonstrieren. Danach war es der Beruf von dreien seiner Söhne und natürlich seiner Enkel und noch vieler anderer. Dann gab es eine Unterbrechung, mehr als drei Generationen lang wollte niemand mehr jene Kunst erlernen, die Licht erzeugt. Meine Mutter wollte es, und zwar mit einer solchen Entschiedenheit, daß es keinen Widerspruch gab. Zehn Jahre lang verrichtete sie diese wunderbare, delikate und schwierige Arbeit, dann sagte sie eines Tages, daß sie nicht mehr könne. Sie sagte es eines Tages beim Essen, als mein Vater ihr gerade Suppe einschenkte. Wir saßen in der Küche, in unserer kleinen Küche, bevor wir sie vergrößert hatten, indem wir die Wand des kleinen Zimmerchens abrissen. Ich erinnere mich noch genau: Mein Vater stand vor dem Tisch mit der Suppenterrine in der Hand. Ich saß vor meinem Teller, meine Mutter neben mir, einen Ellbogen auf den Tisch gestützt und die Hand im Nacken. Die Gläser wirkten stumpf und glanzlos. In der Mitte des Tisches stand eine Vase mit schwarzen Tulpen, die mein Vater oft auf dem Blumenmarkt kaufte. Meine Mutter massierte sich nervös den

Nacken, dann sagte sie nur: »Ich kann nicht mehr hingehen. Sie haben gesagt, ich darf's nicht mehr machen. Und ich weiß nicht, warum.«

Mein Vater stellte die Suppenterrine vorsichtig ab. Dann sagte er leicht überrascht und mit besorgter Stimme:

»Wer hat dir gesagt, daß du nicht mehr arbeiten darfst?«

»Alle haben es gesagt. Zuletzt hatten sie mir nur noch Rubine und Smaragde gegeben. Ich hatte darum gebeten. Ich wollte die Diamanten nicht mehr sehen, die Welt kam mir hinterher immer so dunkel vor, der Himmel so grau und stumpf, daß es nicht zu ertragen war. Aber sie haben gesagt, ich könne nicht mehr, ich dürfe nicht mehr ...«

Mein Vater setzte sich, aufmerksam jedes Wort registrierend, das meine Mutter sagte. Sie sah ihn nicht an, sie starrte hinaus, durch das Fenster, das auf die Ziegelmauer des Hofes ging. Dann legte sie den Löffel auf den Teller und sagte:

»Heute morgen bin ich nicht hingegangen. Ich bin rausgefahren und habe die Straße zum Leuchtturm von Noordwijk genommen. Dort haben sie mir erklärt, daß es nicht mehr meine Aufgabe ist, daß Velli es sein wird: Velli wird zurückkehren können. Sie wollen nicht, daß ich das Schicksal herausfordere. Ich kann nicht mehr.«

Es war das erste Mal, daß ich sie vom Leuchtturm reden hörte. Aber ich verstand nichts von dem, was sie sagte. Ich wußte nicht, wie ich zurückkehren können sollte. Und schon gar nicht, wohin. Es war das erste Mal, daß die Stadt Otranto, Gegenstand meiner Spiele, aber auch meiner Wünsche, letzter, äußerster Ort meiner Phantasien, eine andere Färbung annahm: immer noch letzter Ort, aber nun eines vorgezeichneten Schicksals, gegen das ich nichts vermochte. Ich kann nicht einmal sagen, ob ein kleines Mädchen, wie ich damals eines war, das alles gedacht haben konnte, oder ob es mir erst jetzt gegeben ist, jene Worte zu verstehen. Jedenfalls war ich von ihnen verwirrt. Auch weil ich sah, wie bleich mein Vater geworden war. An jenem Tag arbeitete er nicht mehr, um bei mir zu bleiben. Er sagte, daß Mama sehr müde sei, so sei es auch nach meiner Geburt gewesen, und es sei besser, wenn sie sich ein bißchen ausruhe von der Arbeit. Er sagte, sie würde jetzt öfter mit mir zusammen sein, wenn sie nicht mehr morgens ins Labor ginge. Aber es hatte keinen Zweck, daß er mir das sagte, ich wußte, daß es nichts half, denn ich sah meine Mutter im Zimmer nebenan auf dem Schaukelstuhl sitzen. Um genau zu sein: ich sah nicht sie, sondern nur ihre Knie, ihre Beine und ihre Füße. Sie saß da reglos und allein im Halbdunkel. Es sah aus wie eines jener dunklen, lichtlosen Bilder, die mein Vater ab und zu malte. Ich mochte diese Bilder nicht, ich mochte diese Beine nicht, die sich nicht bewegten, obwohl der Stuhl doch zum Schaukeln gemacht war. Man hätte meinen können, sie schliefe, aber ich wußte, daß meine Mutter wach war, und ich wollte begreifen, woran sie dachte und warum sie nichts sagte und warum sie da so allein nebenan saß. Der blonde Arzt weiß nicht, daß es Gespenster gibt, die das Leben anderer beherrschen, und daß es Lebende gibt, die zu Gespenstern reduziert sind, unfähig, in der normalen Welt zu leben. Er hat mir erzählt, wie qualvoll es ist, seinen Vater in der Stadt umherwandern zu sehen, einen toten Vater, den alle für lebendig halten. Bei mir war es umgekehrt: Ich beobachtete meine Mutter und war entsetzt über ihre Art zu schauen – reglos, verloren und schmerzerfüllt.

Von jenem Tag habe ich noch in Erinnerung, daß ich

aufstand und anfing, ein Liedchen zu trällern, laut und immer lauter, fast grölend – ich hoffte, daß aus dem Nebenzimmer ein Knarren zu hören wäre, daß jene reglosen Beine zu schaukeln anfingen, daß sich dort irgend etwas zu regen begann, ja daß der Himmel aufriß, um sich von einem Blau zu zeigen, wie ich es bis dahin nur hatte träumen können, weil ich es noch nie gesehen hatte. Aber nichts passierte. Alles blieb reglos, und da begann ich zu weinen.

Sicher ist mir an jenem Tag klargeworden, daß ich nie mehr an einem Ort leben wollte, wo das Licht nur mit Mühe hingelangt und das Meer kalt ist und die Farbe der Resignation hat. Ich wollte fliehen, ich wollte weg. Ob es dann Schicksal oder Zufall war, kann ich erst heute sagen, wo ich hier bin, hier in dieser heiligen Stadt, in der alle Farben satt sind und in der das Licht einem keine Atempause läßt und die Straßen mit Phantomen und Phantasmen füllt.

(Die Stimmen am Leuchtturm von Noordwijk waren wie die am Schlangenturm. Es waren Wirbelwinde, nicht Töne. Sie klangen wie Wispern und Zirpen. Ich konnte sie hören, wenn sie mich zum Leuchtturm der Schlange begleiteten, damit ich im Dunkeln den Geruch des Meeres genoß. Sie schienen Klänge zu sein, Klänge aus Wörtern und Stimmen, die sich miteinander verwoben wie zu einem Gebetsteppich.

Diese Wirbel aus wispernden Wörtern erfaßten sie an einem grauen Tag. An einem windigen Tag. Während die Dünen von Noordwijk noch weißer als sonst zu schimmern schienen.

Sie trugen sie fort wie den letzten Zweig eines Baumes mit endlosen Wurzeln. Unter diesem blauen Himmel hier fand sie sich wieder, an einem grün gischtenden Meer. Doch ihr Schicksal war vorgezeichnet. Wer in die Welt der Stimmen eintritt, wird von ihnen davongetragen und nicht mehr freigelassen.

Ich sah sie den Horizont herausfordern. Ich sah sie durch Otranto wandern wie ein Gespenst. Die Kinder liefen hinter ihr her, um sie zu kriegen. Um ihr einen Kuß auf die Augen zu drücken.

Aber die Stimmen trugen sie noch weiter fort. Für immer. Und sie sind ebenso verwirrend wie die Lichtstrahlen, die in den Wundern der tausend Brechungen eines Diamanten explodieren.)

XIII

Ich war überrascht, ihn nach all der Zeit wiederzusehen. Er stand vor der Kathedrale, auf seinen knorrigen Stock gestützt. Ich erkannte ihn nicht gleich, aber dann winkte er mir zu, und ich erinnerte mich an den Alten aus Galatina. Diesmal sollte er mir nicht entwischen: Ich ging hinüber und bat ihn, mich zur Kirche San Pietro zu begleiten. »Da werdet Ihr langsam gehen müssen, ich bin alt, und meine Beine tun's nicht mehr gut. Habt Ihr das Öl noch, das ich Euch damals brachte?« Er wartete gar nicht auf meine Antwort, beugte den Kopf und sah mich mit einem Ausdruck der Befriedigung an. »Signora, wie habt Ihr Euch in Otranto eingelebt? Gefällt Euch diese Stadt?« Wie hieß er? Und warum war er wiedergekommen? Ich fragte es ihn sofort. »Ihr wißt nicht, warum ich gekommen bin? Ihr habt mich doch herbestellt aus Galatina. Ich habe einen Brief bekommen, in dem stand, daß ich in Otranto erwartet würde: ›Auf dem Platz vor der Kathedrale, wie damals. Die Fremde muß Euch sprechen.‹ Ich kriege seit vielen Jahren keine Post mehr. Auf dem Umschlag stand mein Taufname, der, mit dem ich im Melderegister verzeichnet bin: Antonio. Ihr müßt wissen, nie hat mich jemand Antonio genannt. Und da stand auch mein Nachname. Wir benutzen hier nie den Nachnamen. Wir haben Spitznamen: nach unseren körperlichen Fehlern oder wenn wir besonders klein oder groß sind, wenn wir das Land bestellen oder Ölbäume haben, wenn wir Fuhrwerke fahren oder Viecher führen, Tiere meine ich. Außerdem kann ich gar nicht lesen. Der Postbote sagte mir, daß auf dem Umschlag meine Name stand. In all den Jahren hatte ich diesen Postboten nie gesehen, er muß von auswärts gewesen sein. Ich hab ihm gesagt, er soll den Umschlag öffnen und mir vorlesen, was drin war. Und drin war ein Blatt Papier, auf dem diese Sache mit Otranto stand, daß ich auf dem Platz vor der Kirche erwartet würde. Vor der Kathedrale, wie Ihr sie nennt, Signora. Da ist mir eingefallen, daß ich Euch schon mal gesehen hatte, vor langer Zeit. Und ich hab mir gedacht, daß jetzt alles wieder in Ordnung und der Fußboden wieder wie vorher sein würde. Und daß ich ihn sehen könnte, wenn es Euch nichts ausmacht, Signora. Ihr müßt wissen, das ist eine alte Geschichte, ich habe jetzt ein Haus in Galatina. Aber geboren bin ich hier, hinter der Kirche, aus dem Fenster konnte ich diese Steine sehen. Dann bin ich fortgegangen, ich hatte ein Mädchen von auswärts kennengelernt und wollte es heiraten. Ich war ein junger Bursche, müßt Ihr wissen. Aber ich wollte sowieso fort, weil ich auf einmal Angst vor dem Meer bekommen hatte, von einem Tag auf den andern. Richtige Angst, wißt Ihr, ich konnte es nicht mehr ansehen, ich konnte das Rauschen der Wellen nicht mehr ertragen, ich wollte an einen Ort, wo das Meer nicht zu sehen und nicht zu hören war. Und so kam ich nach Galatina, fand ein Haus und hatte auch Ölbäume. Und ein paar Viecher. Ich konnte mich nicht beklagen. Nur Kinder hatte ich keine, sie wollten nicht kommen, nicht mal eine Tochter. Eine weise Frau im Städtchen, zu der alle gingen, um sie zu fragen, was man tun soll, wenn keine Kinder kommen, ob man etwas machen kann oder ob das Schicksal es böse meint, die hatte etwas gesagt, was man nicht verstehen konnte, weil sie mitten im Reden eingeschlafen war. Und da hatten andere Frauen ihr Wasser ins Gesicht gespritzt, und sie war wieder aufgewacht und hatte weitergeredet. Aber die Augen hatte sie zubehalten. Und sie hatte gesagt, ich sollte keine Angst vor dem Meer haben. Weil heute niemand mehr übers Meer gefahren käme. Und ich sollte zurückgehen und viel beten. So bin ich dann also zurückgekommen, Signora. Und bevor ich in die Kirche ging, habe ich mir immer die Schuhe ausgezogen, die voller Schmutz waren, rot wie der Boden unter meinen Oliven. Alle waren sie da, diese Monster, diese Tiere und der König mit seiner Krone, und auch mein Teufel. Ich erinnerte mich, daß mir als Kind gesagt worden war: ›Wenn du aufs Meer hinausschaust und siehst etwas auftauchen, dreh dich rasch um und laß dich nicht schnappen.‹ Für mich, Signora, für mich ist es dieser Fußboden, der mich gerettet hat. Gerettet, sage ich. Ich fühlte mich wohl, ich ging umher und betrachtete all diese Szenen, und den Baum und die Monate, die Jahreszeiten, die Elefanten. Da war das Meer und das Land. Und da war der König mit der Krone. Und der Bruder, der seinen Bruder erschlägt. Und eines Tages fragte mich der Pfarrer, ob es mir gefiel. Seine Stimme klang wichtig, sie stieg zum Himmel empor, und ich erschrak. Denn ich hatte ihn nicht kommen sehen und hatte nicht erwartet, daß mir da jemand in dieser großen leeren Kirche plötzlich solch eine Frage stellt. Ich wußte nicht, was ich sagen sollte, und da fing er an, mir zu erklären, was dieses ganze Bild mit dem Baum des Lebens bedeutete. Daß wenn ich da ginge und schaute, dann wäre es, wie wenn ich den Heilsweg ginge. Am Ende würden mir meine Sünden vergeben sein. Da sagte ich ihm – das war vor vielen Jahren, ich konnte noch gut sehen, nicht wie heute –, da sagte ich ihm, daß wir keine Kinder hatten und daß eine Frau aus dem Dorf mir gesagt hätte, ich sollte zurückkehren. Der Pfarrer fragte mich, welche Frau das gewesen sei, und ich sagte ihm den Namen und daß sie oft ohnmächtig wurde und bettlägerig war und gepflegt werden mußte. Und daß sie einmal gestürzt war und sich die Hüfte gebrochen hatte. Der Pfarrer meinte, daß die Kinder schon noch kommen würden. Und ich betete zum Herrn, daß er mir wenigstens eine Tochter schenken würde. Aber die Kinder kamen nicht. Und meine beiden Hände reichten nicht aus, um die Arbeit zu machen. So ging ich erneut zu jener Frau, aber diesmal allein. Ohne mein Weib. Und sie sagte mir auf den Kopf zu, daß ich zurückgekehrt war und daß ich keine Angst mehr vor dem Rauschen des Meeres hatte. Aber daß mich das Schicksal wegen einer alten, weit zurückliegenden Schuld ausgesucht habe. Wegen einer Schuld aus der Zeit, als die Türken da waren und einer aus meiner Familie sich seinen Kopf gekauft habe. So sagte sie, Signora: Er hätte sich seinen Kopf gekauft. Mit Gold, versteht Ihr. Und die Türken verschonten ihn und köpften einen anderen. Und er machte sich die Türken zu Freunden, trotz all dem Blut, das an ihnen klebte. Und als dann der Herzog von Kalabrien die Türken verjagte, floh er aus Otranto in eine benachbarte Stadt, ohne jemand zu sagen, daß er sich die Türken gekauft hatte. So sagte die Frau, und dann sagte sie zu mir, ich sollte einen Augenblick warten, wenn ich Geduld hätte, würde sie mir auch sagen, in welche Stadt er geflohen war, und nach einer Weile sagte sie, sie spüre ihn ganz in der Nähe und es müsse genau Galatina gewesen sein. Also derselbe Ort, wohin auch ich geflohen war auf meiner Flucht vor dem Meer.«

Er ging langsam, der Alte. Seine Stimme war eintönig wie ein Singsang, und während wir miteinander redeten, stützte er sich mühsam auf seinen Knotenstock und sah mich verstohlen von der Seite an, als wollte er die

Wirkung seiner Worte prüfen, ohne daß ich es merkte. War das eine wahre Geschichte, die er mir da erzählte? Gab es eine Frau in Galatina, die von jener fernen Vergangenheit erzählen konnte? »Signora, ich wußte, daß Ihr hier wart. Damals, als ich mit der Ölflasche kam. Ich hatte es in der Kirche gehört, sie hatten gesagt, daß eine Fremde gekommen sei, die das Mosaik restaurieren sollte, und daß sie in dem Haus gegenüber dem Museum wohnte. Deswegen hatte ich Euch erwartet, versteht Ihr? Ihr habt doch die Ölflasche nicht zerbrochen, oder?«

Ihr habt doch die Ölflasche nicht zerbrochen: Diese Anspielung auf das Öl, das der Stadt Unglück brachte, auf das Öl, das durch die Straßen lief, während die Türken alles niedermetzelten, habe ich noch gut in Erinnerung. Sie hatte mich verwirrt damals. Auch der Leuchtturm von Otranto funktionierte mit Öl, und die Schlange ringelt sich um den Turm, weil sie es trinken will. Sogar das Wappen der Stadt zeigt eine Schlange, die am Turm hinaufklettert, um das Öl zu trinken. In der Stadt sagen sie, die Schlange symbolisiere den Fluß Idro. Und der Name Otranto komme von daher, von *Hydruntum*. »Das Öl, Signora, das Öl ist ein großer Reichtum. Die Türken zerbrachen die Ölfässer und stürzen sie alle um. Ein vergeudeter Reichtum. Dabei hätte es auch ihnen genützt, dieses Öl. Aber was sie damals machten, in jenen Tagen, schien keiner Vernunft zu gehorchen, es war außerhalb der Gnade Gottes, auch ihres Gottes. Es war die reine Raserei: Gebrüll, Geschrei und Zerstörung.«

Schon wieder erzählte mir einer von jenen Ereignissen, als wäre er selbst dabeigewesen, als lebte Otranto in einer verlangsamten Zeit, in der hundert Jahre soviel sind wie zehn, in der die Jahrhunderte kollabieren wie die Materie der Sterne, in der die Geschichte sichtbar wird: zusammengedrängt wie ein nußgroßer Kern. Ja, das ist Otranto: ein kleiner, hochverdichteter Kern, ein kollabierter Stern, in dem das ganze Universum enthalten ist, ein Ort, wo das Alltagsleben und die Geschichte zusammenfallen, wo die Jahre nicht vergehen und alles sich gegenseitig zu durchdringen scheint, wo es leicht passieren kann, daß einen die Gespenster auf der Straße ansprechen, und wo alle wissen, daß sie an einem besonderen, herausgehobenen Ort sind, einem Ort, wo sich die Zeit um sich selber krümmt, wo die Zeit keine Gerade ist, sondern sich kreisförmig schließt. Man kann nach Otranto kommen und nichts bemerken, weil man nicht hinter den Schein der Dinge zu sehen vermag; aber wenn man in die stehende Zeit dieser Stadt eindringt, begreift man, daß hier und nur hier alles möglich ist.

»Signora, ich muß Euch noch etwas anderes sagen. Ich muß Euch sagen, daß Ihr mir großen Eindruck gemacht habt, als ich Euch das erste Mal sah. Ich muß es Euch sagen, haltet es bitte nicht für eine Unverschämtheit. Viele Jahre lang bin ich hierher gekommen und in die Kirche gegangen, und ich war so sehr daran gewöhnt, daß ich immer die Schuhe auszog, auch wenn sie nicht schmutzig waren. Viele habe ich gekannt, auch Fremde. Otranto ist klein, wißt Ihr. Allen habe ich erzählt, daß ich keine Kinder haben konnte, weil Gott mich für eine Schuld bestrafte, die nicht meine Schuld war, und daß diese Strafe mich verjüngte, wie meine Frau sagte. Ich schiene ein anderer geworden zu sein, geradezu ein Heiliger, sagte sie auch. Aber das hatte nicht viel zu bedeuten. Allerdings fühle ich mich wirklich sehr gut. Aber das ist es nicht, was ich Euch erzählen wollte. Wenn ich mit dem Bus aus Galatina hier ankam, stieg ich immer am Stadtpark aus, draußen vor den Mauern. Ihr kennt ihn doch sicher, nicht wahr? Und eines Tages saß da eine Fremde auf einer Parkbank. Es ist schon viele Jahre her. Sie war schön, und als ich Euch das erste Mal sah, dachte ich, Ihr wäret jene Frau gewesen, so groß war Eure Ähnlichkeit mit ihr, es war eine Ähnlichkeit wie zwischen zwei Wassertropfen. Aber ich konnte es nicht glauben, es war soviel Zeit vergangen seit damals, nur Gott kann machen, daß man nicht altert, daß man immer gleich bleibt. Signora, Ihr seid doch nicht etwa jene Frau, die ich vor so vielen Jahren sah und die man in Otranto *die Fremde* nannte?«

Ich war es nicht. Kein Gott hatte mir ewige Jugend gewährt, kein Gott hatte mir die Macht gegeben, mich Jahr um Jahr in dieser Stadt umherzubewegen, um mal zu erscheinen und mal zu verschwinden. Jene Frau, die mir so ähnlich sah, jene Frau, von der auch Cosimino gesprochen hatte, konnte nur meine Mutter gewesen sein, aber die Logik, alle Logiken der Welt konnten mir nicht erklären, wie das möglich gewesen sein sollte. Ich erinnere mich noch, wie mein Vater und ich auf dem Kommissariat von Noordwijk waren, nachdem wir drei Nächte lang nicht geschlafen hatten. Die Polizei hatte schon fast alle Hoffnungen aufgegeben. Wenn man sie nicht finden würde, dann würde man uns eine Bescheinigung über ihren mutmaßlichen Tod ausstellen, sagten sie. Und da sagte ich, daß Mama nicht tot sei, daß sie vom Meer fortgetragen worden sei. Aber der Mann in der Uniform blickte nicht einmal auf, er studierte nur noch intensiver die Papiere in seiner Hand. Schließlich setzte er sich sogar eine Brille auf, damit er die Angaben besser lesen konnte. Es schien, als wäre der Ausweis meiner Mutter, den sie am Strand gefunden hatten, das einzige, was ihn interessierte – der reale Beweis, daß meine

Mutter tatsächlich existiert hatte und es infolgedessen möglich war, daß sie jetzt nicht mehr existierte. Es gab nichts anderes für ihn, nicht einmal die Worte eines erschrockenen kleinen Mädchens konnten ihn aus seiner resignierten Freundlichkeit aufrütteln.

»Ist das hier im Nachnamen ein *p* oder ein *b*?« fragte er schließlich, nachdem er den Ausweis mehrmals hin- und hergedreht hatte.

»Ein *p* ...« sagte mein Vater mit vor Müdigkeit fast ersterbender Stimme.

Für den Polizeibeamten war das die einzige Unklarheit. Andere Zweifel gab es nicht: Bei einem solchen Seegang konnte niemand überleben. Und was die Leiche betraf: Man würde sie finden, darauf könne man schwören.

Aber niemand fand sie, und der Tod wurde immer mutmaßlicher und immer ungewisser, je mehr Tage vergingen. Als der Alte aus Galatina mir gestand, daß er eine Frau gekannt habe, die genauso ausgesehen habe wie ich, war mir der Blick jenes holländischen Polizeibeamten in den Sinn gekommen, der nach dem Nachnamen meiner Mutter gefragt hatte. Jetzt war ich es, die den Alten verstohlen von der Seite ansah, um herauszufinden, wie zufällig sein Besuch war oder ob ihn womöglich jemand geschickt hatte. Achmed hatte ich schon seit einiger Zeit nicht mehr gesehen, und der blonde Arzt hätte, soviel ich wußte, auch verschwunden sein können, ich war nicht mehr zu ihm gegangen. Jetzt war dieser Alte wieder aufgetaucht, und ich bekam wieder Angst, weil ich das Gefühl hatte, daß es da einen Plan gab: ein planvolles Gespinst von Umständen, Orten, Erinnerungen und Zufällen. Sogar die müde Leichtigkeit meines Vaters, wenn er sich anschickte, seine Farben zu mischen, kam mir wie eine verborgene Botschaft vor, die ich längst hätte entschlüsseln sollen. Und vor allem das große Mosaik, das zu lösende Rätsel, der Ort, wo alle Schlachten und alle zufälligen Übereinstimmungen schon vorausgesehen worden waren, das Orakel aus tausend Steinchen, das ich aufgerufen war, vor der Zerstörung durch den Gang der Geschichte zu bewahren, vor Zerfall und Staub und was weiß nicht noch allem, damit es für alle Zeiten erhalten bleibe. Mit dem Mosaik hatte ich gemacht, was Otranto ohne das Mosaik mit sich selber zu machen vermochte: Das zeitlose Otranto, das Otranto des Martyriums, wollte ein ewig unveränderliches Mosaik.

»Zeigt Ihr mir das neu hergerichtete Werk?« fragte mich der Alte mit der Miene dessen, der sich als wahrer Herr jenes Mosaiks betrachtete und nur aus spielerischer Höflichkeit um die Erlaubnis bat. Er schien gar keine Antwort zu erwarten und keine zu wollen; ob ich ihm das Mosaik zeigte oder nicht, war nicht weiter wichtig. Es gehörte ihm ohnehin, vielleicht auch noch einigen seinesgleichen, und ich war bloß eine Prädestinierte. Aber wozu war ich prädestiniert und warum? Hätte ich ihm sagen sollen, daß jene Frau, die mir so ähnlich war wie ein Wassertropfen dem anderen, sicherlich meine Mutter war? Und wenn ich's gesagt hätte, wäre ich dann ein für allemal in jene gekrümmte Zeit eingetreten, jene Zeit der Ambivalenz, aus der ich nie wieder herausgefunden hätte? Wäre ich hier an den Straßenecken aufgetaucht wie ein Mittagsdämon, ohne zu wissen, ob ich lebendig war oder ein Gespenst? Und warum sollte ich eigentlich dieses höchste aller Privilegien nicht genießen? Was bedeutete jener *Rex Arturus*, der im Mosaik von Otranto auf einem Ziegenbock reitet? Nach dem Volksglauben führte König Artus die Schar der schweifenden Seelen. Und wenn es einen Ort voll schweifender Seelen gibt, dann ist es Otranto. Ja, das war's: Der König der schweifenden Seelen würde auch mich führen müssen, uns alle.

Mit einer erstaunlichen Fähigkeit, meine Gedanken zu lesen, drehte der Alte sich zu mir um und fragte mich wie ein Priester antiker Mysterienkulte:

»Habt Ihr dann die Krone von König Artus aus dem Mosaik entfernt?«

Ich erschrak und antwortete instinktiv: »Woher wissen Sie, daß diese Krone entfernt werden mußte?«

»Signora, wir sind von hier, versteht Ihr? Wenn nicht einmal *wir* diese Dinge wüßten ...«

»Nicht einmal *ich* hatte gewußt, daß König Artus' Krone im neunzehnten Jahrhundert von einem ungeschickten Restaurator hinzugefügt worden war«, sagte ich.

»Der war nicht ungeschickt, der hatte nur einen Befehl ausgeführt.«

Bei diesen Worten hatte er mir einen blitzschnellen Blick zugeworfen, der mich sehr beeindruckte, doch es war nur ein kurzer Moment gewesen, wie wenn eine Tür durch einen Windstoß aufgerissen wird und für den Bruchteil einer Sekunde den Blick in einen unbekannten Raum freigibt, gerade lange genug, um ein Bild auf die Netzhaut zu bannen, das dann rasch wieder verblaßt. Der Alte sah mich gleich wieder so arglos und bieder an wie zuvor.

»Er war nicht ungeschickt, die Krone mußte eingefügt werden, zu wenige glaubten, daß er der König war und daß es ihm zukam, die Scharen zu führen. Ihm und keinem anderen. Aber mehr kann ich Euch nicht sagen.«

Ich bat ihn weiterzusprechen, zuerst freundlich, wie um mir mit ein bißchen Schüchternheit eine Gunst zu erbetteln; dann, angesichts seines kalten, ungerührten, unerträglichen Blickes, verlor ich alle Kontrolle. Aber für diesmal wußte ich, daß Kontrolle auch darin bestehen kann, die richtigen Fragen zu stellen. Für diesmal fühlte ich mich nicht unwohl, wurde nicht ohnmächtig, verlangte nach keiner Pflege, erwachte nicht am nächsten Morgen frustriert, zerstört von einer Realität, die ich nicht verstand. Ich wußte, daß es *meine* Aufgabe war, jene beiden dünnen Fäden zusammenzuführen, die den Zufall mit dem Schicksal in Kontakt bringen und die Erkenntnis unmöglicher Welten herbeiführen. Ich hatte in Otranto gelebt, ohne zu wissen, wer ich war; ich hatte mich ans Meer gesetzt und einfach gewartet, daß alles passierte, wie eine Märtyrerin in einer grausamen Märtyrergeschichte. Ich hatte auf die Türken gewartet und auf die Phantome der Türken, ich hatte gewartet, daß mich seelen- und friedlose Menschen umtanzten, als wär's eine Darstellung des Hexensabbats. Aber jetzt mußte ich diesen Schleier zerreißen, auch um den Preis, daran zugrundezugehen, auch um den Preis, in eine Welt einzutreten, aus der ich als erste fliehen wollte. Wie konnte ein ungebildeter alter Mann aus Galatina wissen, daß die Krone von König Artus im ursprünglichen Mosaik nicht vorhanden gewesen war? Und was hatte er gemeint, als er davon sprach, daß »zu wenige glaubten«?

»Signora, Ihr wollt so viele Dinge wissen. Und ich habe sie Euch gesagt. Aber ich wußte, daß Ihr mir nicht glauben würdet. Daß sie Euch angst machen würden. Am Tage, wenn die Sonne glüht, seht Ihr Personen, die es nicht gibt. Und in der Nacht träumt Ihr dann von diesen Personen. Als Ihr das erste Mal in diese Stadt kamt, dachte jemand, ihr wärt zurückgekehrt. Und darum dachte er, daß man Euch nichts zu erklären brauche, da Ihr schon alles wüßtet. Warum, Signora, fragt Ihr mich Dinge, die Ihr schon wißt? Und warum machen Euch diese Dinge angst? Was soll ich Euch sagen, ich, ein vom Unglück verfolgter alter Mann? Daß meine Frau nie verstanden hatte, warum wir keine Kinder bekamen? Und ich ihr nicht erklären konnte, daß der Grund dafür in einer alten Geschichte lag? Denn hier, genau hier in Otranto, in diesen Mauern, hat immer alles mit einer alten Geschichte zu tun, wirklich alles. Auch Ihr. Und ich glaube nicht, daß Ihr das nicht wißt. Alle wissen es.«

Was sollte ich ihn noch weiter fragen? Sollte ich fragen, ob die Frau, die er damals ziellos und verloren um die Mauern hatte wandern sehen, wirklich meine Mutter gewesen war? Das brauchte ich nicht. Denn inzwischen wußte ich es, ich war mir sicher, und es war müßig, mich zu fragen, wohin sie gegangen sein mochte: Ich wußte, daß sie hier gewesen war, und ich machte mich darauf gefaßt, daß ich sie eines Tages vor mir sehen würde, eines heißen Tages, wenn die Sonne am glühendsten brannte, in der Mittagsstunde.

»Alle wissen es, Signora. Hier ist die Zeit stehengeblieben. Am 12. August ist sie stehengeblieben. Es war ein Wunder, versteht Ihr? Jenes Gemetzel hat alles verändert. Auch die Steine der Häuser sind nicht mehr dieselben. Auch sie erinnern sich an alles. Ihr werdet sagen, ich sei ein Narr, die Steine könnten sich nicht erinnern. Aber hier können sie es. Diese Stadt ist wie jene zu Füßen des Vulkans, die unter dem flüssigen Feuer begraben wurde, und hinterher fand man alles so, wie es gewesen war. Hier war's das Meer, das die Katastrophe brachte. Wißt Ihr, daß an klaren Tagen, wenn man die Berge Albaniens sieht, in der Ferne manchmal Schreie zu hören sind? Die Leute hier sagen, es seien die Kinder, die da schreien, denn die Kinder sind von den

Türken als erste umgebracht worden. Es war leichter, sie waren schwächer, und die Männer und Frauen von Otranto wurden beim Anblick jener rasenden wilden Bestien so sehr von Furcht und Entsetzen gepackt, daß sie keine Kraft mehr hatten, sich zu wehren. Also, wenn wir drüben auf der anderen Seite des Meeres die Küste sehen, von der sie aufgebrochen waren, hören wir's leise schreien, und wenn die Küste drüben verschwindet, wird's wieder still. Auch ich habe diese Schreie eines Tages gehört, und deswegen hatte ich Angst vor dem Meer.«

Das waren seine letzten Worte. Ohne weitere Fragen abzuwarten, drehte er sich um und ging langsam davon. Ich folgte ihm nicht. Doch bevor er hinter einer Ecke verschwand, zuckte er plötzlich zusammen und blieb stehen. Er verharrte ein paar Sekunden reglos, und ich wollte ihm schon zu Hilfe eilen, weil ich dachte, ihm sei nicht gut. Aber es war nur ein Augenblick: Er drehte langsam den Kopf zurück, um zu sehen, was hinter ihm geschah. Dann setzte er sich wieder in Bewegung, aber nun mit einer Behendigkeit, die ich ihm niemals zugetraut hätte. Dann wurde es still, und alles ringsum schien zu verstummen, auch der Wind. Es war eine Stille, wie sie an keinem anderen Ort der Welt denkbar gewesen wäre. Und zum ersten Mal setzte ich mich und wartete ohne Angst, mit einer inneren Kraft, die ich mir nicht hätte träumen lassen.

(Wo sollte ich jetzt die Fremde erwarten? Jetzt, da die Wogen aller Meere sie erreicht hatten. Und die Stimmen sie weit fortgeführt hatten. Und das Licht ihr eine unbekannte Landschaft gezeigt hatte. Jetzt konnte sie durch Otranto wandeln wie wir. Sie war eine von uns geworden. Und ihr Gang wirkte leichter, weniger zögernd, still.

Und jetzt, da ich die Fremde erwarten werde an jenem Ort, den sie noch nicht kennt, spüre ich, wie sich der Himmel verdunkelt. Und wie die Seelen aus der Stadt fliehen.

Ich sah die Seelen auf der Mole wandeln. Ich sah sie im Kreis auf den Mauern wandeln. Ich bat sie, Milde walten zu lassen und sich nicht alle auf einmal zu zeigen. Sie antworteten mit einer Frage: Welches Los der Fremden beschieden sei. Was wir mit ihr machen würden. Was sie zu erwarten hätte.

Es gibt keine Antwort auf diese Frage. Kein Licht kann dieses Geheimnis erhellen. Kein Dämon wird den Ritter mit der Krone aufhalten können.

Ich sah ihn dahinsprengen auf seinem Roß, mitten hindurch zwischen den Lebenden, die gleichmütig ihres Weges gingen. Seine Krone schimmerte in der Sonne. Nur die Fremde schien ihn zu sehen und sprang zur Seite, um nicht niedergeritten zu werden.)

XIV

Nicht alle Geister geben sich zu erkennen. Aber diesmal war ich sicher, mit einem Phantom gesprochen zu haben. Ich merkte es an der Art, wie er mich streifte: Dieser Körper schien leer zu sein, weich, als wäre ich an ein Kissen gestoßen. Nicht alle Geister sprechen, nicht alle haben eine Stimme. Die Geister meiner Mutter bestanden »aus Stimmen, nicht aus Wörtern«, wie sie einmal sagte. Vielleicht zeigten sie sich ja endlich, als sie hier angekommen war. Oder vielleicht war meine Mutter nur ein Phantom, in Holland verschwunden, verschluckt von jenem kalten und grauen Nordmeer, um dann hier in Otranto wieder aufzutauchen und sich allen zu zeigen. Vielleicht träumte ich und hatte mein Kinderzimmer in Amsterdam nie verlassen, das Zimmer mit dem Fenster zum Gehweg, von dem aus man das Geländer vor der Gracht sah. Ich konnte glauben, mir eine Stadt, in der ich nie gewesen bin, nur eingebildet zu haben. Ich habe es sogar geträumt: Mir träumte, daß ich in den Zug nach Otranto steigen wollte und es dann doch nicht tat. Sondern statt dessen ein paar Gleise weiter drüben den Zug nach Hamburg nahm. Aber das war nur eine Art mich zu wehren. Wer war dieser Alte? War er der Geist jenes Mannes, der sich mit Gold »seinen Kopf gekauft« hatte?

Mir sind Zweifel gekommen, Zweifel, ob ich in Otranto war, Zweifel, ob ich mit Menschen aus Fleisch und Blut gesprochen habe. Ich zweifle sogar daran, daß ich lebe, daß ich eine Restauratorin bin, daß ich eine Holländerin bin und daß ich das Mosaik in der Kathedrale restauriert habe. Vorgestern bin ich den kurzen

Weg von meiner Wohnung zum Kiosk gegangen, draußen vor den Mauern. Ich bin vor die Zeitungsfrau getreten und habe sie aufmerksam angesehen: War sie auch ein Phantom, würde sie mit mir über Märtyrer sprechen? Wußte auch sie etwas? Ich verlangte irgendeine Zeitung, und mein Blick fiel auf die ausgestellten Stadtführer von Otranto und die Bildbände über das Mosaik; ein besonders großer Band hatte den Titel *Das Rätsel von Otranto*. Mir ging durch den Kopf, daß mein Rätsel sich nun bald lösen würde. Aber daß ich eines inzwischen wußte: Ich konnte nichts dazu beitragen, nur abwarten, bis alles vorüber sein würde. Ich erwartete keinen Sinn, keine Erklärung, ich suchte nicht nach Antworten und nach Klarheit. Ich würde meine Dämonen bitten, nicht mein ganzes Leben umzustürzen; und natürlich nicht von mir zu verlangen, daß ich ihnen folgte. Aber das waren unwillkürliche Gedanken, die keinem Willen gehorchten.

Die Frau im Kiosk gab mir die Zeitung und sah mich an; nach so langer Zeit begrüßten wir uns kaum noch. Dann sah sie, daß mein Blick auf die Bücher gerichtet war, die nebeneinander auf einem niedrigen Tisch lagen. »*Sie* müßten doch alles über dieses Mosaik wissen«, sagte sie. »Heute gibt's eine Messe mit dem Erzbischof, gerade jetzt in der Kathedrale, zur Wiedereröffnung des Mosaiks. Steht in der Zeitung.«

Die Messe, ich hatte die Messe vergessen! Ich ließ die Zeitung liegen und rannte los. Wie konnte ich die vergessen haben, wie konnte es sein, daß ich nichts gemerkt hatte, als ich aus dem Haus getreten war? Die Messe mit dem Erzbischof. Während mir diese wenigen Gedanken noch durch den Kopf gingen, war ich schon am Seitenportal angelangt. Aber ich ging nicht hinein, ich wollte durchs Hauptportal eintreten. Der Platz vor der Kathedrale war völlig leer und verlassen, als ob nirgendwo etwas passierte. Ich trat ein, und drinnen war niemand. Sollte die Zeitungsfrau sich geirrt haben? Ich sah zwei alte Frauen beten. Die eine kniete vor dem Altar, die andere stand und hatte den Kopf bedeckt, und ich streifte sie leicht, als ich an ihr vorbei zur Kapelle der Märtyrer ging. Ich war mir sicher, daß es der richtige Tag war, aber inzwischen fragte ich mich nicht mehr, was eigentlich im Gange war, inzwischen wußte ich, daß ich den Ereignissen ihren Lauf lassen mußte, ohne zu versuchen, sie im voraus zu erraten. Ich setzte mich auf eine Bank, blickte auf meine Füße und sah, daß sie die Sprossenleiter am Turm zu Babel berührten. Ich mußte unwillkürlich lächeln; ich dachte an meine Verwirrungen und an jene seltsame Sprache, die ich manchmal sprechen kann, ohne sie je gelernt zu haben. Ich machte mir klar, daß die Arbeit am Mosaik beendet war. Mehr noch: ich machte mir bewußt, daß ich nie wirklich begriffen hatte, woran ich eigentlich arbeitete. Für mich stellte dieses Mosaik die ewige Wiederkehr dar, es war zeitlos. Es war kein Denkmal, das bewahrt werden mußte, es war eine Geschichte, die aufgefrischt werden mußte.

Ich sah mich um, nichts passierte. Ich war in die Kathedrale zurückgekehrt, aber es wäre besser gewesen, wenn ich es nicht getan hätte. Abermals gab es eine seltsame Asymmetrie zwischen dem, was in meinem Innern geschah, und allem anderen. Ich hatte keine Fixpunkte, keine Gewißheiten: Lebte ich in einer Stadt voller Gespenster, oder war ich schon soweit, daß ich überhaupt nichts mehr verstand, nicht einmal mehr die Worte einer Zeitungsfrau?

Ich ging zum Kiosk zurück, aber jetzt war er zu. In diesem Moment kam der Fischer Cosimino vorbei.

»Morgen gibt's eine große Messe für das Mosaik, nicht wahr?« sagte er.

Es war, wie wenn der Himmel plötzlich aufreißt und ein unerwartet heftiger Sturm alle Wolken verjagt. Morgen, Cosimino hatte *morgen* gesagt! Morgen, das war's: Die Kathedrale war leer, niemand war verschwunden. Ich bekam Lust, ans Meer zu gehen, zu baden, mich nicht mehr vor der Sonne zu verstecken. Ich fragte Cosimino, ob er mich im Boot nach Porto Badisco fahren könne. Er sah mich überrascht an. Seit langem hatte er mich dazu gedrängt und immer wieder gefragt, und nie hatte ich mich entschließen können. Ich hatte mich davor gefürchtet, das Land aus derselben Perspektive zu sehen, wie es die Türken gesehen haben mußten: vom Meer aus. Bis zu diesem Moment war ich in Otranto nie aufs Meer hinausgefahren, als liege darin eine Gefahr. Als hätte ich Angst davor. Auch gebadet hatte ich immer nur kurz, selbst wenn es so heiß war, daß man es kaum aushalten konnte. Irgend etwas hatte mich stets gehindert, irgend etwas war zwischen mir und diesem Meer gewesen, was ich nicht begreifen konnte: eine Mischung aus Schrecken und Verehrung. Aber jetzt würde ich es tun, jetzt würde ich Cosimino sagen, er solle anhalten, wo es am blauesten war, und ich würde ins Wasser springen. Und würde lange schwimmen. Ich war sicher, ich würde es tun.

Wir trafen uns eine halbe Stunde später am Hafen. Er hatte ein kleines Boot mit einem Strohdach, das vor der Sonne schützte. Es hieß »Minerva« und war nicht gerade das Neueste. Ich war durch die Porta Alfonsina hinausgetreten. Die Sonne stand im Zenit, und ich hatte das Gefühl, daß mich jemand beobachtete, aber jetzt war ich entschlossen, nicht mehr auf irgendwelche Einflüsterungen zu achten.

»Wo soll ich Sie hinbringen, Signora? Fahren wir die Küste runter? Sollen wir nahe am Ufer bleiben, damit Sie alles sehen können?«

Während er diese Fragen stellte, ließ er den Motor an und steuerte aus dem Hafen hinaus. Zum ersten Mal sah ich Otranto vom Meer aus und schaute zu den Mauern auf den Felsen hinauf. Ich erblickte die Gestalt eines alten Mannes, begleitet von einer Frau, die von unten kaum zu sehen war. Aber ihn erkannte ich gleich: Es war der Organist, er war genau an die Stelle zurückgekehrt, wo ich ihn das erste Mal gesehen hatte. Ich machte Cosimino darauf aufmerksam und fragte ihn, ob er den Mann schon einmal gesehen hätte. Und er antwortete mir, was ich befürchtete: »Das ist der Organist der Kathedrale, Signora. Er spielte sehr schön, wissen Sie, und früher hat er uns auch sehen können. Er hat einen Sohn, vielleicht kennen Sie ihn, es ist der Irrenarzt.«

Während er diese Worte sagte, sah ich den Mann immer kleiner werden, bis er aus unserer Sicht entschwand. Dieser Tag hatte wirklich sehr seltsam begonnen, und jetzt war ich in ein außergewöhnliches Licht getaucht. Es kam von allen Seiten, vom Himmel und vom Meer. Ich dachte an die Gestalt auf der Mauer; es schien, als wäre sie extra gekommen, um uns zu verabschieden, um unserer Ausfahrt beizuwohnen, als erfüllte sie damit eine Pflicht. Ich überlegte, ob darin eine Botschaft lag oder eine Prophezeiung, auch wenn dieser Mann für Cosimino einfach nur der Organist der Kathedrale war. Ach, wenn er's doch wäre, dachte ich mir, ich wäre froh, wenn es sich so verhielte. Zu viele Dinge, zu viele Ereignisse waren geschehen, eins nach dem anderen, und ich fühlte mich innerlich so erschüttert, daß ich mir wünschte, endlich herauszukommen aus diesem visionären Zustand, in dem ich inzwischen permanent zu leben schien.

Cosimino achtete nicht auf meine Gedanken, er hatte den Hafen verlassen und steuerte jetzt nach Süden. Bald würde ich den Schlangenturm sehen, aber diesmal vom Meer aus. Vor einiger Zeit hätte ich diesen Anblick mehr als alles andere gefürchtet. Jetzt war ich ganz ruhig, und als ich den Turm in der Ferne erblickte, fiel mir ein, daß ich auch zu Hause in Holland nie aufs Meer hinausgefahren war. Nie hatte ich ein Schiff oder auch nur ein Boot genommen. Ich war nur auf den Kanälen gefahren und hatte nie das Gefühl erlebt, auf dem offenen Meer zu sein. Dies war das erste Mal in meinem Leben, daß ich auf dem Meer draußen war, obwohl Cosimino sich mit seinem kleinen Boot nicht sehr weit von der Küste entfernte. Endlich konnte ich diese Küste betrachten und Cosimino all das Zeug reden lassen, das er den Touristen erzählen muß, wenn er sie im Boot die Küste entlang fährt. Aber er sah mich argwöhnisch an und fragte, was ich hören wolle: die wahren Dinge oder die, die er allen erzählte? Er fragte mich das mit einem gewissen Zögern, als wollte er herausfinden, ob er mir trauen konnte. Ich sagte, natürlich sei ich daran interessiert, die Wahrheit zu hören, aber ich wüßte auch gerne, was er den Touristen erzählt.

»Na ja, die üblichen Dinge, Signora. Äneas, Porto Badisco, der Turm, die Geschichte von der Schlange im Turm. Und wie man fischt, und warum die Höhlen so genannt werden …«

»Und die wahren Dinge, welche sind das?« fragte ich.

»Die wahren? Nicht so viele. Wissen Sie, wie diese Bucht genannt wird? Die Bucht von Orte. Und Orte heißt soviel wie auftauchen, geboren werden. Hier sieht man die Sonne aus dem Meer auftauchen.«

Das war alles? Während ich mir diese Frage stellte, wurde mir klar, daß Cosimino einen Rückzieher gemacht hatte. Anscheinend traute er mir nicht. Aber ich wollte ihn auch nicht weiter fragen. Es gab nichts, was ich in diesem Moment von ihm wissen wollte. Ich betrachtete die Küste, vor allem aber das Schimmern des Lichts, das vom Meer kam und mich schließlich zu blenden begann. Es war blau und weiß, dann auch gelb, dann wurde es grün. Die Farbe existierte als Zeit, als Bewegung. Ich konnte nicht sagen, welche Farbe ich sah, an ein und derselben Stelle überraschten mich wechselnde Lichterspiele. Ich dachte an meinen Vater und überlegte, welche Farbe er benutzt hätte, um dieses Meer zu malen, das sich immerzu änderte, mit Nuancen, die sich nicht vermischten, sondern in einem Reigen unvorhergesehener Farben abwechselten. Es schien geradezu, als ob die Farbtöne miteinander wetteiferten, und ich konnte den Blick nicht abwenden. Aber Cosimino zog meine Aufmerksamkeit auf sich:

»Ich sage den Touristen immer, daß diese Sonne im Wasser glitzert wie Diamanten. Sie sagen dann meistens, das stimmt. Vielleicht, um mir einen Gefallen zu tun.«

»Meine Mutter konnte Diamanten schleifen«, ließ ich mir entschlüpfen, ohne zu überlegen, was ich da sagte. Ich sagte es und erschrak; dabei gab es gar keinen Grund. Warum sollte es ein Geheimnis sein, daß meine Mutter Diamanten schleifen konnte? Warum sollte ich es Cosimino verschweigen? Trotzdem bekam ich Angst, als hätte ich etwas verraten, was unbedingt verborgen bleiben mußte. Ich sprach nicht gern über meine Mutter. Lange Zeit hatte ich mit meinem Vater über sie gesprochen, aber ich wußte, daß das keine Gespräche waren, sondern eine Art, uns zu wehren. Wir beide konnten uns Dinge sagen, die andere nicht verstanden hätten. Wir fürchteten, verletzt zu werden von den Worten und den Schlußfolgerungen der Leute, die von meiner Mutter dachten, daß sie mit irgendwem durchgebrannt wäre, mit einem Ausländer, der ein paar Tage vorher durch Noordwijk gekommen war. Oder daß sie tot wäre, im Meer ertrunken. Über meine Mutter sprachen wir nie mit jemandem in der Stadt, und niemand fragte uns nach ihr. Auch nicht die Nachbarn, nicht einmal die, die wir jeden Tag im Viertel sahen. Als ich wegging, hatte ich keine Angst mehr, daß mich jemand nach ihr fragen würde. Ich konnte sie für mich behalten und mir vorstellen, was ich wollte. Jetzt, in Otranto, wo die Zeichen ihres Schicksals immer drängender wurden, immer deutlicher, war mir dieser Satz entschlüpft, gegenüber einem Fischer, der ihn keineswegs überhört hatte.

»Das muß schwierig sein«, sagte er. Und ich begriff, daß ich jetzt nicht einfach das Thema wechseln konnte. Daß ich mein Erschrecken zu deutlich gezeigt hatte. »Eure Mutter kann wirklich Diamanten schleifen?« fragte er mit jener altertümlichen Anrede, die man hier so oft hört.

»Ja, sicher, aber jetzt macht sie das nicht mehr.«

»Eure Mutter lebt in Holland, nicht wahr, Signora? Gibt es dort auch so ein Meer wie hier?«

»Wir haben kein Meer.«

Ich wußte nicht mehr, was ich sagte. Ich begriff, daß diese Antwort verrückt war. Aber ich konnte sie nicht zurückhalten. Ich sah aufs Wasser, ich sah auf den Grund. Ich sah auf Cosiminos runzliges, ausgedörrtes, dunkles Gesicht. Ein Mann, der kaum lesen und schreiben konnte, der kein Latein verstand und vielleicht noch nie ein Buch aufgeschlagen hatte. Und doch hatte er etwas Besonderes, etwas, das ich auch schon bei anderen hier gefunden hatte. Eine Weisheit, die sich auf anderen, mir unbekannten Wegen gebildet hatte. Es war dasselbe Gefühl, das mich erfaßte, wenn ich das Mosaik betrachtete, und ich begriff, daß es den Demütigen und Bescheidenen galt, die sehr viel mehr wußten, als man dachte. Bei uns, wo ich geboren und aufgewachsen bin, gibt es die Gebildeten und diejenigen, die nichts wissen, die nicht studiert haben, die kein Gesetz und kein Wissen haben, das ihnen erlaubt, die sie umgebende Wirklichkeit zu verstehen. Hier gibt es einen Zwischenweg, einen abenteuerlichen. Es ist der des Mosaiks: grobe Formen, die Figuren ohne die Anmut und Eleganz derjenigen in Monreale und Ravenna, aber trotzdem dieses Spiel von Spiegelungen, von Verweisen, von Möglichkeiten. Wenn ich diese Menschen betrachte, wenn ich meine Begegnungen hier in Otranto überdenke, muß ich sagen, daß der Priester Pantaleone Recht hatte, ein solches Mosaik in einer Stadt wie dieser zu schaffen.

»Signora, kennen Sie die Seeigel von Palascìa? Hier gibt es viele. Und sie sind gut, man nennt sie die Seeigel des Erzpriesters. Aber ich weiß nicht, warum.«

Otranto ist ein Ort ohne Antworten, auch die gewöhnlichsten Dinge wie ein Seeigel verlieren sich in Bedeutungen, die niemand mehr versteht. Cosimino zeigte mir weiter südlich eine kleine Insel; ich sehe sie noch vor mir, ich kann nicht erkennen, wie groß sie ist, vielleicht ist es auch nur eine Klippe. Ich sehe viele Vögel fliegen und etwas wie ein Bauwerk. Ich drehe mich zu Cosimino, der mich nicht ansieht; er macht sich gerade an einem Kanister zu schaffen, ohne das Ruder loszulassen. Ich möchte begreifen, wo ich bin.

»Das ist die Insel von Sant'Emiliano. Haben Sie die noch nie gesehen?«

Nein, die hatte ich noch nie gesehen. Die Vögel sind

Möwen, es sind sehr viele. Und während das Boot näher heranfährt, erkenne ich, daß da ein Turm steht. Cosimino stellt den Motor ab. Jetzt hört man die heiseren Schreie der Möwen, auf einmal schaudert es mich, als wäre es plötzlich Winter geworden. Das Wetter hat sich verschlechtert, der Nordwind läßt das Meer dunkel werden und hat viele Wolken mitgebracht, in kürzester Zeit ist die Sonne, die eben noch die Wellenkämme wie Diamanten glitzern ließ, so gut wie verschwunden, sie kommt nur noch ab und zu durch. Die Möwen heben sich als weiße Punkte am Perlgrau des Horizonts ab. Eine seltsame Stille breitet sich aus, eine Stille, die aus der Landschaft zu kommen scheint: Um nichts in der Welt würde ich auf jener kleinen Insel an Land gehen wollen. Keinerlei Vegetation ist zu sehen, nur Steine, Felsen und wenig anderes.

»Der Turm ist aus dem sechzehnten Jahrhundert, Signora. Da soll eine Kirche gewesen sein, heißt es, aber sie ist zerstört worden. Das waren sie, die Türken.«

Manchmal scheint es, als hätten die Türken hier alles gemacht: alle getötet und alles zerstört. Auch Cosimino änderte seinen Tonfall, wenn er von den Türken sprach. Er senkte die Stimme, als wollte er ein Geheimnis verraten. Die Türken waren an allem schuld, auch an den kahlen Landschaften, an den kalten Winterwinden, an den zerfallenen Türmen und zerstörten Kirchen. Die Türken hatten alles kurz und klein geschlagen, auch die Fresken der Kathedrale hatten sie auf dem Gewissen. Alles außer dem Mosaik. Das war intakt geblieben. Ich wußte nicht, ob die kleine Kirche an jenem Ort, wo die Schreie der Möwen aus einer Welt zu kommen schienen, die nicht mehr existiert, von den Türken zerstört worden war, aber das spielte keine Rolle. Jetzt verstand ich, was der junge französische Forscher gemeint hatte, als er sagte, daß jenes von einem würfelnden Gott gesandte Martyrium diese Stadt zu einem der heiligsten Orte der Welt gemacht hat. Ich drehte mich um und sah hinter mir, daß auch mein Turm verschwand, sich auflöste in einer Landschaft, die sich langsam von mir entfernte.

»Das ist Porto Badisco. Soll ich Euch die Geschichte von Porto Badisco erzählen? Ich kenne sie gut. Alle, die ich im Boot hierher bringe, wollen, daß ich sie erzähle. Aber wenn sie sie schon kennen, bleibe ich still und bringe sie in die Bucht. Und dann steigen sie aus und haben keine Angst und fühlen sich sicher. Wie Äneas, auch er ist hier ausgestiegen, hier, nicht in Sant'Emiliano. Sant'Emiliano muß auch ihm Angst gemacht haben, obwohl er ein Held war.«

Achmed hatte mir gesagt, die Reise hierher sei wie eine Reise in die Vergangenheit. Wenn man es bedenkt: Dieser Ort ist so etwas wie die Wiege der abendländischen Kultur, hier ist Äneas an Land gegangen. Der Stammvater der *gens Iulia*. Von Äneas zum Römischen Reich und zum Heiligen Römischen Reich und weiter bis heute. In dieser kleinen Bucht hatte alles begonnen, heißt es. Aber das ist die falscheste aller Legenden, und die einfachste. Wie das Mosaik, das angeblich nichts anderes bedeutet als den Weg des Heils, der Erlösung von der Erbsünde. Nicht ich sage, daß es die falscheste aller Legenden ist: Achmed sagt das, der Oberpriester dieser heiligen Stätte. Er hat gesagt, ich solle, »wenn ich da bei Gelegenheit mal vorbeikäme«, auf die Feigenbäume achten. Und solle bedenken, daß die Feigen dem Dionysos heilig waren. Und daß der Dionysoskult durch Alexander den Großen bis nach Indien gebracht worden war. Diese Bäume kamen aus Griechenland. Wie Äneas. Und Porto Badisco hat zwei Lesarten, wie das

Mosaik, wie alles, was einem hier widerfährt: zwei parallele und gegensätzliche Lesarten. Äneas und Dionysos.

»Signora, wißt Ihr, wie die *Äneis* von diesem Ort spricht? Dort heißt es: ›Stärker werden die ersehnten Brisen, und der Hafen von Badisco rückt näher und weitet sich, und auf einer Anhöhe wird Minervas Tempel sichtbar.‹ So hat es der Dichter Vergil gesagt.«

Wieder dieser Minervatempel, wieder die Brisen. Ich stieg aus dem Boot, die Sonne hatte mich verbrannt, eine Sonne, die einem auch dann noch die Haut versengt, wenn sie von Wolken verschleiert ist. Ich dachte nur an die Stille, die mich umgab, und an diese wilden, steil zum Meer abfallenden Klippen. Ich dachte daran, daß ich es nicht getan hatte, daß ich nicht ins Wasser gesprungen war, weil ich wohl noch nicht reif dazu war und mich eine Angst daran hinderte, an einem Ort zu schwimmen, den ich als bedrohlich geträumt hatte. Ich wollte die Augen schließen und an nichts mehr denken, bis Cosimino mich rufen würde, weil es Zeit zur Rückkehr war. Ich beschloß, nicht mehr zur Küste zu blicken, mich zur anderen Seite zu drehen, zum offenen Meer. Ich beschloß, der Furcht vor dem Unbekannten zu trotzen, der Angst, einen unerträglichen Horizont zu betrachten. Jawohl, ich würde es tun, ich würde meinen Blick in die Ferne richten, so weit wie möglich. Und auf einmal würde ich dann die Berge Albaniens sehen, die, aus denen die Türken des Achmed Pascha gekommen waren. Und bei der Rückkehr nach Otranto würde ich die Bastionen vom Meer aus sehen und würde sicher sein, daß mich dort jemand erwartete.

(Möge das Licht es sein, das mir eine Antwort gibt. Das Licht, das ich auf dem Meer sah, wie es das Holz der Schiffe entzündete, die den Hafen bedrohten. Das Licht, das gleißend auf den weißen Mauern der Stadt lag. Das Licht, das einen zwingt, die Augen zu schließen, und das einen blind machen kann. Das Licht, das die Formen verwirrt, indem es sie beleuchtet, und das eben dadurch ihre wahre Natur enthüllt.

Möge es also das Licht sein. Das mittägliche, das die Wellen innehalten und den Wind verstummen läßt, die Straßen entzündet und die Kräfte verbrennt. Das alles anhält. Reglos macht. Die Ängste offenbart.

Möge das Licht ihr sagen, was geschehen wird, sofern denn je etwas geschehen kann. Das Licht mit allen seinen Dämonen. Das Licht, das den Mittag erzeugt. Wenn seine Kraft übermäßig wird und es, wie die Legenden wollen, mit einem einzigen Sonnenstrahl die Jungfrauen schwängern kann.

Doch in der Mittagsstunde mündet der höchste Triumph der bejahenden Kräfte in Verzicht, ihre Lebendigkeit endet in Schlaf und ihre Fülle in Schwäche.

Möge die Fremde wissen, daß es das Mittagslicht sein wird, das den Urteilsspruch fällt. Wenn der Wille zum Leben nachläßt, sich zurückzieht, in der Gleichgültigkeit versickert wie Wasser im Sand.)

XV

Meine Mutter sagte, in dem Laboratorium, wo sie arbeitete, sei das Licht von einem Tisch zum anderen geflitzt, als wär's ein ungreifbarer Pfeil. Es genügte, daß einer der Diamanten das Licht einer Lampe brach oder mit irgendeinem Lichtreflex in Berührung kam, und schon wurde er zu Schießpulver, zu einer stummen Detonation. Das Licht der Diamanten ist ein Licht, das keine Schatten verursacht, es ist fein wie tausend Nadeln und so blendend, daß es noch lange Zeit starre dunkle Punkte auf der Netzhaut hinterläßt, die weiß werden, wenn man die Augen schließt, aber nicht verschwinden.

Meine Mutter erzählte, wenn sie nach Hause kam, schloß sie die Augen, um jene kleinen weißen Kreise zu sehen, die auf ihrer Netzhaut eingebrannt waren. Ich bin nie an dem Ort gewesen, wo sie gearbeitet hatte, und manchmal dachte ich, es sei gar nicht wahr, daß sie Diamanten schleifen konnte, sie hätte bloß in einem Laboratorium gearbeitet. Der erste Zweifel war mir gekommen, als ein paar Wochen nach ihrem Verschwinden ein Brief aus dem nahen Gemeindepsychiatrischen Zentrum eintraf, in dem angefragt wurde, warum sie nicht mehr jeden Morgen dort erschiene. Mein Vater sagte, das müsse ein Mißverständnis sein, es handle sich um eine alte Geschichte, die hätten da sicher etwas verwechselt. Er wollte mich ein weiteres Mal vor einer Wahrheit schützen, die mich nicht interessierte. Doch in jener Nacht konnte ich den Gedanken nicht abweisen, daß vielleicht alles falsch war und Mama gar nicht diese magische Arbeit machte, die ich mir immer vorgestellt hatte. Es war jedoch nur ein momentaner Zweifel, danach wurde der Gedanke an Mama im Laboratorium wieder zur Wahrheit: zur Wahrheit eines Traumes, gewiß, aber was ändert das? Er war eine jener Wahrheiten, aus denen Romane bestehen, und Romane sind bekanntlich wahrer als irgendwelche Realitäten. Im Roman des Lebens meiner Mutter gab es dieses kleine Laboratorium, in das sie jeden Morgen zur Arbeit ging und in dem die wunderbarsten Edelsteine aller Art geschliffen wurden. Mein Vater erzählte, daß Mutter sich nur mit Diamanten ausgekannt habe, aber das seien nicht die einzigen Edelsteine gewesen, die aus den Minen der ganzen Welt dort eintrafen. Mal sei das Licht der Rubine rosig gewesen, wenn sie aus Böhmen kamen, oder dunkelrot, wenn sie aus Kalifornien kamen. Und die Smaragde aus dem Ural hätten das lebhafteste, schönste Grün gehabt. Und die Aquamarine aus Siam seien hellblau gewesen und die Lapislazuli azurblau mit goldener Sprenkelung. Und niemals habe ein Stein einem anderen Stein völlig geglichen. Meine Mutter hatte meinem Vater von diesen Farben erzählt. Das jedenfalls sagte er mir, als ich ihn fragte, warum Mama immer so wenig sprach. Er sagte, sie habe ihm von den Farben der Steine erzählt und von einem Mann, der mit ihr arbeitete und sie alle unterscheiden konnte. Er habe einen Stein ohne den Schatten eines Zweifels von einem anderen unterscheiden können, auch wenn die beiden Steine für alle anderen völlig gleich aussahen, und das habe er mit bloßem Auge gekonnt, ohne irgendwelche Instrumente zu brauchen. Das sei eine große Kunst, sagte mein Vater, genau wie die Kunst, die Ölfarben so lange zu mischen, bis sie sich in das verwandeln, was man will. Nur die Diamanten entzögen sich jeder Definition: Dieses weiße, blendende Licht sei geradezu ein Sakrileg. Es sei das reinste Licht, das man kenne, und darum müsse man es verehren. Einen reinen Diamanten habe auch der erwähnte Arbeitskollege meiner Mutter nicht von einem anderen unterscheiden können, denn in der absoluten Reinheit gibt es keine Abstufungen, sagte mein Vater. Und jenes Leuchten, jene Reflexe könne man nicht imitieren, in keiner Weise. Es sei denn, man wollte sie mit gewissen Reflexen der Sonnenstrahlen an fernen Orten vergleichen, an Orten viel weiter im Süden, wo der Himmel sich zurückzuziehen scheint, wenn die Sonne im Zenit steht.

Das Laboratorium meiner Mutter war klein. Sie arbeiteten dort nur zu wenigen, sagte sie. Und ich stellte mir vor, daß sie in jenem Raum mit den niedrigen Fenstern, die auf eine Gracht hinausblickten, mit dem Licht Pingpong spielten, indem sie es hin- und herflitzen ließen, um überraschende Effekte zu erzielen, die nirgendwo anders möglich gewesen wären. Ich stellte mir die Steine wie jene kleinen Spiegel vor, mit denen die Kinder das Sonnenlicht auf die Mauern werfen und die Passanten blenden. Ich dachte an das Diamantpulver, das man brauchte, um die Diamanten zu schleifen, ich dachte an die Klinge, die an der Stelle angesetzt wird, wo der Diamant gespalten werden soll, und an den Hammerschlag, der sehr präzise sein muß, weil sonst alles in tausend Stücke zerbricht. Mein Vater sagte, Diamanten zu spalten sei eine schwierige Kunst, man müsse die schwächsten Punkte des Steins kennen; jeder Diamant habe unterschiedliche Härten in seinem Innern, und die müsse man erspüren. Mich faszinierte die Tatsache, daß ein Diamant nur mit einem anderen Diamanten oder mit seinem eigenen Pulver geschliffen werden kann. Und wenn der ungeschliffene Stein aus einer Mine in Australien kommt, ist er noch schwerer zu behandeln, denn die australischen Diamanten sind die unbezwingbarsten von allen, die härtesten, und schleifen kann man sie nur mit anderen australischen Diamanten.

Meine Mutter kam nach Hause und sagte, in den Straßenabschnitten, die sie am besten kenne, könne sie mit geschlossenen Augen radeln, um sich auszuruhen, doch sie habe noch lange das Geräusch der Schleifscheibe im Ohr, mit der die Steine geschliffen werden. Und sie erzählte, die anderen Edelsteine hätten keinen besonderen Ton, wohl aber die Diamanten: Man könne sie an dem Kreischen erkennen, das die Schleifscheibe bei ihnen mache.

Eines Nachts hatte meine Mutter einen Traum. Er war so präzise und detailliert, daß mein Vater ihn in einem kleinen Heft aufschrieb, als sie sich entschloß, ihn ihm zu erzählen. In diesem Traum war ihr Giovanni Leondario erschienen. Er hatte zu ihr gesagt, sie solle sich setzen und zuhören, er habe ihr eine Geschichte zu erzählen. Die Geschichte handelte von einem indischen Kind, das in der Nähe der Stadt, die heute Golconda heißt, etwas Besonderes in der Erde gefunden hatte, einen wunderbaren Stein, der glänzte wie nichts in der Welt. Der Stein wurde als heilig angesehen und weit in den Süden gebracht, in den Tempel von Srirangam, wo er der örtlichen Brahma-Statue auf die Stirn gesetzt wurde. Doch wenige Jahre später, kurz bevor Leondario als Gefangener der Türken nach Konstantinopel kam, war es einem Armenier gelungen, den Diamanten zu stehlen und nach Madras zu bringen. Von dort begab er sich auf eine lange Reise, zuerst übers Meer, dann durch die Berge, bis er in Konstantinopel Pause machte. Sein Ziel war jedoch Venedig. Außer jenem Wunder an Leuchtkraft besaß er noch kleinere Edelsteine, die geschliffen werden mußten, aber der große brauchte weder gespalten noch geschliffen zu werden. Das sagte er dem Giovanni Leondario, den er auf dem Schiff kennengelernt hatte, und als es dämmerte, rutschte der Armenier aus und fiel ins Meer. Die Feuer der Stadt Otranto waren schon zu sehen. Das Säckchen mit den Edelsteinen blieb an Bord zurück, zusammen mit einem kleinen Koffer und ein paar Kleidungsstücken. Leondario schaute nicht in das Säckchen, er hatte gelernt, jene Steine zu schleifen, und fürchtete, das Funkeln des Diamanten würde die Aufmerksamkeit auf sich ziehen; denn die schönsten Diamanten funkeln auch in der Nacht, wenn gar kein Licht da zu sein scheint. Erst nachdem er in Otranto an Land gegangen war, sah er sich, geschützt vor den Blicken anderer, den großen Stein an: einen zweihundertfünfzigkarätigen Diamanten. Er hatte die Form einer großen rechteckigen Tafel. In Holland angekommen, wurde er nicht verkauft, sondern wie ein Schatz von unermeßlichem Wert gehütet. Dann aber verschwand er im Nichts: verkauft, gestohlen, niemand hat ihn seitdem mehr gesehen. Im Traum zeigte sich Leondario untröstlich: auch er wisse nicht, wo jener Diamant geblieben sei, der wegen seines blauen Fluoreszierens auch »Meer des Lichts« genannt worden sei.

Damals hätte ich mir nicht vorstellen können, daß mir jenes blaue Fluoreszieren wieder in den Sinn kommen würde, als ich mit Cosimino nach Porto Badisco fuhr. Meer des Lichts. Auf persisch *Darya-i-Nur*. Alles schien Sinn zu bekommen an jenem Tag, an dem ich beschlossen hatte, in das kleine Boot mit dem Strohdach einzusteigen. Auch begriff ich dieses Mal, daß das Licht in Otranto ein vulkanisches Magma war, ein Lavastrom, der glühend herabfloß und die Blicke raubte. Ein Licht, das ein Ort war, in den man eintauchen konnte, um mit einem anderen Blick wieder an die Oberfläche zu kommen. Ich begriff, daß dieses vulkanische Magma einen Kontrapunkt hatte, eine Kehrseite, dargestellt von Mamas Laboratorium, das ich nie gesehen hatte, aber von dem ich mir vorstellte, daß dort das Licht in jene einzelnen Leuchtpunkte oder leuchtenden Nadeln zerlegt wurde, die den Betrachter zu überraschen vermögen, weil sie so stechend und dennoch frei von jeder Emotion sind. In meiner Vorstellung sah ich einen Ort, wo die Tische dunkel waren, dunkel die Wände, dunkel die Maschinen, die man zur Arbeit brauchte, und wo die Atmosphäre des ganzen Raumes einen gleichbleibend bräunlichen Farbton hatte, der schließlich alles, die Welt, die Gedanken, die Gesten einheitlich färbte. Ich sah, als wär's ein großes Gemälde von Rembrandt, die Arbeiter und die Experten jenes Laboratoriums, das ich mir nur vorstellen konnte, weil ich es nie gesehen hatte, festgehalten im Moment ihres morgendlichen Arbeitsbeginns wie in einer Momentaufnahme: einer war gerade auf dem Weg zu seinem Arbeitstisch, einer hielt ein intarsienverziertes Kästchen aus Holz in der Hand, in dem sich die Edelsteine befanden, einer drehte den Kopf zum Maler herum, als wäre er überrascht, Gegenstand eines Gemäldes geworden zu sein. Sie trugen die Kleidung der Epoche, und im Hintergrund sah man undeutlich einen hohen Raum mit Gewölbedecke und mit Instrumenten, die ich mir kompliziert vorstellte, die jedoch in dem Gemälde nur angedeutet waren. Meine Mutter befand sich auf diesem Bild in der zweiten Reihe rechts, sie stand mit gelöstem Haar, den Blick nach unten gerichtet, direkt unter einem hohen Fenster. Es war ein überwiegend dunkles Bild mit wenigen hellen Flecken, nur vorn in der Mitte erkannte man den Inhaber oder Meister der Edelsteinschleiferei, in helle Farben gekleidet und mit einem großen Hut.

Ich beschrieb das Bild meinem Vater, und er sah mich nachdenklich an. »Du beschreibst mir eine von dir erfundene Variante der *Nachtwache*, eine Familienvariante.« Wenige Tage später sah ich das Bild, das ich mir vorgestellt hatte. Mein Vater hatte es so gemalt, wie ich es beschrieben hatte, mit denselben Farben und denselben Gesichtern. Es gab eine Kommunikation zwischen mir und ihm, die einem eigenartigen Code gehorchte, den wir beide besaßen: Es war, als suchte mein Vater alles zu verstehen, was ich sagte, jedes Wort und jedes Traumbild, auch die unbedeutendsten, auch die nur angedeuteten, und dann verwandelte er diese Dinge in Figuren und Farben. Jetzt war es eine häusliche Variante der *Nachtwache*, mit meinem Vater in einer Ecke des Bildes, der allem den Rücken kehrt, mit unserer Katze, die unter einem Tisch kauert, und einem Herrn mit einem großen Koffer und einem breiten Gürtel, an dem ein ledernes Säckchen hängt. Aber der Herr auf meinem Bild, auf dem, das ich mir vorgestellt hatte, war nicht da. Ich fragte meinen Vater, wer das sein sollte, und er antwortete mir: »Das ist der Mann, mit dem alles anfängt. Schau ihn dir gut an, Velli, es ist der Mann, von dem deine Mutter immer geträumt hat. Der Mann, der aus Otranto kam.«

Aber vielleicht war das alles nur ein Spiel mit Verweisen, eine Legende, die mein Vater als ein geschickter und schweigsamer Schauspieler uns alle glauben gemacht hatte? Mich sicher, aber vor allem meine Mutter? In all diesen Jahren habe ich immer wieder an die Träume und Ängste gedacht, die ich damals hatte, und ich kann nicht mehr sagen, ob ich mir bestimmte Personen der Vergangenheit meiner Familie selber ausgedacht hatte, oder ob mein Vater sie mich in seinen Bildern hatte sehen lassen, in den Kopien, die er malte, oder auch in Büchern mit

Abbildungen berühmter Gemälde. Das erste Mal war mir dieser Gedanke in London gekommen. Als ich in der National Gallery einen Schwächeanfall hatte, dachten die Wächter, es sei die emotionale Erregung angesichts jener Bilder gewesen. Aber es war etwas anderes: Es waren die Gesichter der auf den Bildern dargestellten Personen. Ich kam mir vor wie in einem privaten Traum, diese Gesichter hatten alle etwas Vertrautes. Als mein Vater mir die *Nachtwachen*-Variante mit der Werkstatt meiner Mutter zeigte und ich den Mann mit dem Säckchen am Gürtel erblickte, begriff ich nicht gleich, daß er das Gesicht eines Rembrandt-Porträts in der National Gallery hatte. Und in London erlitt ich dann meinen Schwächeanfall genau vor diesem Bild. Hinterher wurde mir klar, warum ich mich so oft erregte, wenn ich vor einem berühmten Bild stand: Das waren lauter Phantome, die von einem Bild zum anderen wanderten, in mein Leben eintraten und es wieder verließen, Phantome, mit denen ich aufgewachsen war, eine Welt, mit der ich seit meiner Kindheit gespielt hatte. Was für andere kleine Mädchen die Puppen, waren für mich jene Ölgemälde, deren Farben aus der Nähe betrachtet wie Berg- und Hügelketten aussahen. Und wenn ich ganz nah heranging, stieg mir der Geruch von getrocknetem Öl in die Nase; ein Geruch ähnlich dem, der hier zur Zeit der Olivenernte in der Luft liegt.

Kann man sich eine Welt vorstellen, in der die Realität in einem Gemälde endet? Und in der die Gemälde der Realität suggerieren, wie man die Dinge ändern muß, um sie anziehender zu machen? Mein blonder Arzt sagte, das sei der Anfang eines Prozesses, der zum Wahnsinn führe, wenn man nicht mehr zwischen Phantasie und Wirklichkeit unterscheiden könne. Erst nachdem ich jenes Bild gesehen hatte, jene umgemodelte

Nachtwache, erst danach begann ich mir das Laboratorium vorzustellen, in das meine Mutter jeden Morgen zur Arbeit ging, und ich stellte es mir genau mit jenen Personen, jenen Geräten und jenem Licht vor. Dabei waren sie überhaupt nicht ähnlich: Die Räumlichkeiten waren ganz sicher verschieden, die Blicke waren nicht so intensiv, die Alltagsroutine trat an die Stelle jener Szene, in der alle überrascht waren, von einem Maler genau im Moment ihres Arbeitsbeginns festgehalten worden zu sein. Nur meine Mutter hätte sagen können, was tatsächlich stimmte an jenem Bild, das mein Vater sehr groß hatte haben wollen, größer als alles, was er bis dahin gemalt hatte. Ich erinnere mich, daß sie es auch wirklich sagte: Sie sah meinen Vater mit einem Lächeln an und erklärte uns, daß ihr Laboratorium weiße Wände hatte und daß die Fenster mit soliden Eisengittern geschützt waren, damit niemand einbrechen konnte. Und daß jene Eisengitter an sonnigen Tagen ein schräges Netz auf den unregelmäßigen Plattenboden warfen. Aber das waren nur angedeutete graue Zonen mit unscharfen Rändern, als ob das Licht nicht gewußt hätte, wie es den Schatten Raum lassen sollte. Kurz, der gemalte Raum auf dem großen Bild hatte nichts mit dem Arbeitsplatz meiner Mutter zu tun. Aber das war mir egal, ich war froh, daß ich die gemalte Szene betrachten konnte: sie und keine andere war für mich jetzt die Realität. Es war nicht mehr wichtig, ob meine Mutter wirklich Diamanten schleifen konnte oder nicht und daß sie jeden Morgen in ein Laboratorium ging, wo viele andere Leute waren, die mit ihr arbeiteten. Wichtig war nur, daß in einer Ecke meines Gedächtnisses, meiner visuellen Einbildungskraft jenes Bild einen Platz gefunden hatte, mit genau jenen Farbtönen, die zu denen unseres Lebens paßten. Eines Lebens im Wartezustand, eines Lebens, das sich leicht in sich selber einwickelte und verhedderte, wie ein langer Schal, der beim Einwickeln gar nicht mehr aufzuhören scheint. Viele Jahre später, auf jenem Meer von Licht, das mir jeden Willen nahm, sah ich etwas, das mich an jenen Schal erinnerte: Cosimino nannte es *augliara*, ein Fischernetz, das sich in der gleichen Weise zwischen den Händen eines Fischers einwickelte, als wir von Porto Badisco zurückkamen und es nicht die richtige Zeit zum Fischen mit Netzen war. Auch ich habe alles wieder eingewickelt: meine Erinnerungen, gewiß, aber vor allem die Zeit, welche sie enthielt. Sie hat sich verheddert, ich habe sie durcheinandergebracht, auseinandergenommen und wieder zusammengesetzt, und so ist es zu Ende gegangen: mit einer unförmigen Masse von Empfindungen, Stoffen und Farbtönen. Und ich denke, dies ist mein Leben gewesen. In den letzten Monaten hier in Otranto habe ich oft meine Fingernägel betrachtet, die sehr kurz und ein bißchen rissig sind. Jeden Tag hatten sie eine etwas andere Farbe, je nachdem, an welchem Bereich des Mosaiks ich gerade gearbeitet hatte und welche Farbe dort dominierte. Doch nach vielen Tagen waren die Farben nicht mehr zu unterscheiden gewesen, und es genügte nicht mehr, die Nägel gut zu bürsten, denn es blieb in jedem Fall eine leichte Tönung, die immer undefinierbarer und immer blasser wurde. Auch mein Gedächtnis wurde wie meine Nägel: Es behielt unabwaschbare und unerkennbare Farbtöne, die sich nicht mehr entziffern ließen.

Wo also war mein Leben? In der Leichtigkeit meines Vaters, in seiner Welt aus Fabeln, Farben und Bildern? In seiner ständigen, nie Müdigkeit zeigenden Vermittlung zwischen einer geheimnisvollen oder auch bloß verrückten Mutter und einem Kind, das nicht verstehen konnte, vor allem aber nicht verstehen sollte. Wie oft hatte ich Zweifel gehabt über jenen Ort, zu dem meine Mutter ging, um edle Steine zu bearbeiten. Was, wenn alles nur eine Phantasie meiner Mutter gewesen wäre? Aber dann kam er, leicht und klein, und begann Gips auf eine Holztafel zu streichen. Das war der Anfang, und ich setzte mich hinter ihn, in der richtigen Entfernung, um alle seine Bewegungen gut verfolgen zu können. Er kam, und der fragliche Ort wurde ein Gemälde auf einer kleinen Tafel oder auf einer großen Leinwand. Ein Spiel, rekonstruiert mit anderen Regeln: beruhigenden. Und für mich hatte die Welt sich bereitwillig dort wieder zusammengefügt, angeleitet von einem Zauberstab, der einem jener farbverschmierten und wie versteinerten Pinsel glich. Einem jener Malerpinsel mit ihren in krausen Formen erstarrten Borsten, die aussahen wie Püppchen mit Haaren in den buntesten Farben. Was konnte mir von all dem bleiben? Ein Vater, der die Welt durch Helldunkelkontraste sieht und Fabeln erzählt, in denen die Farben sich mischen, um gute Ritter und böse Drachen zu werden, Fabeln, in denen die Welt zur permanenten Vision wird, auch zur unendlichen Zeichnung, in der ein abwesendes, zu keiner eigenen Kreation fähiges Leben wiederzufinden ist. Und auf der anderen Seite jene Frau, die hier in Otranto gut bekannt gewesen sein mußte. Auch Cosimino sagte, als ich ihm von meiner Mutter erzählte, meine Beschreibung erinnere ihn an jene *signura lèta*. Und *signura lèta* heißt im Salentinischen soviel wie Phantom.

Ich komme aus einer Familie von Visionären. Nur daß die Visionen meiner Mutter echt waren. Ich bin sogar einmal zu einem Priester gegangen, einem Exorzisten. Das war in Florenz, kurz bevor ich nach Otranto fuhr. Er empfing mich und hörte mich an. Dann begann er mit der Frage, ob ich Otranto schon kenne. Und sagte, das dortige Mosaik sei ein Monument der Christenheit und in mich sei die Hoffnung gelegt, daß es zu neuem Leben erwache. Otranto sei eine Stadt, in der das Opfer für Christus einen seiner höchsten und dramatischsten Momente erreicht habe. Und so hielt er mir eine lange Predigt. Dann plötzlich, als wäre er über etwas erschrocken, murmelte er ein paar unverständliche Worte und stellte mir weitere Fragen. Und ich versuchte zu antworten, aber ich war verwirrt: Ich gestand ihm meine Verzweiflung darüber, daß ich keinen Code mehr hatte, keine Regel, um mich in der Welt zurechtzufinden, und daß ich sie vielleicht nie gehabt hatte. Ich sagte ihm alles, was ich über meine Mutter und meinen Vater zu wissen glaubte, aus Erzählungen und Legenden. Doch er schnitt mir das Wort ab und begann gegen alle jene zu wettern, die an die Existenz der »wilden Horde von Hellequin« glaubten, einer schrecklichen Heerschar von kopflosen Reitern, die immer von Süden nach Norden ritten. Und die niemand aufhalten konnte. Ich ließ ihn allein weiterreden, während er aufgeregt durch den Kreuzgang von San Marco stapfte.

Auf dem Rückweg dachte ich daran, daß jene Reiter, jene wilde Horde, wie sie der Priester genannt hatte, kopflos waren: kopflos wie die Märtyrer von Otranto. Ich wußte noch nicht, daß Hellequin kein anderer als König Artus war: derjenige, der eine Verbindung zwischen der Welt der Lebenden und der Toten herstellt. Und daß Hellequin auch Herlechinus genannt wird, »Harlekin«: jene Maske in tausend Farben, die mein Vater für mich gemalt hatte, als wär's der Geiger von Chagall. Ein Bild, das bei uns zu Hause im Eingangsflur hing – und somit das letzte Bild war, das ich von jenem Hause hatte, bevor ich es für immer verließ.

(Ich weiß, daß sie mit dem Fischer fortgefahren ist, übers Meer nach Süden. Ich weiß, daß sie vorher noch in der Kirche war, als ob sie etwas suchte. Jedesmal, wenn sie an mir vorbeikam, wünschte ich mir, daß die Welt stehenbliebe. Und so war es gewesen. Jetzt bleibt mir nicht mehr viel zu erwarten. Sie wird mich tausend Dinge fragen, ohne zu begreifen, daß sie allein die Antworten hat.

Ich habe nichts mehr von jenem Sohn gehört, der sich hinter dem Reich von Granada verlor. Ich habe nichts weiter gehört. Auch die Türken verließen die Stadt, und der Niedergang zog sich lange hin, über Jahrhunderte.

Nun läuft sie vor der Angst davon, will nichts mehr sehen und läßt sich von der Vernunft leiten, die alles maskiert. Sie verwandelt sie in Phantasie. So glaubt sie ihr zu entkommen. Aber *phantasía* kommt von *phainein*, und das heißt »zeigen«. Sie wird nicht entfliehen können, sie wird sich sagen hören müssen, was sie vielleicht schon weiß.

Ihr Schicksal wird ihr gezeigt werden, man wird ihr sagen, warum sie, die Fremde, von allen erwartet wurde. Nur so kann der heilige Hügel der Minerva sich vom Blut reinwaschen.

Ich habe den Türken Achmed gesehen und den Alten. Und den jungen Blonden. Und ein unruhiger Schatten wartete im Tal der Erinnerungen. Ich weiß, was das bedeutet: Es bedeutet, daß keine Zeit mehr ist.)

XVI

Ich leide an Gedächtnisausfall. Jetzt weiß ich es, jetzt beginne ich zu verstehen. Wo ist meine Zeit? Meine Zeit, die sich krümmt, jenseits des Himmels, den ich von meiner Terrasse aus sehe. Und die sich schließt. Warum sehe ich Achmed seit einiger Zeit nicht mehr? Und wo ist mein Arzt, der es nie gewagt hätte, mich noch mehr zu fragen, und der am Ende erschrockener schien als ich selbst? Wo ist der Alte, der nicht den Mut hatte, mir die ganze Wahrheit zu sagen, mir zu erzählen, wie jener Ahne von ihm, der sich von den Türken freigekauft hatte, nicht fähig oder nicht willens war, auch seinen Sohn freizukaufen? So daß sein Sohn unter den achthundert Märtyrern war, ein Seliger für die Heilige Römische Kirche, aber ein Unseliger für jenen Alten, der aus Galatina kam.

Ich leide an Gedächtnisausfall: Ich kann mich nicht mehr erinnern, wie viele Zimmer unser Haus hatte. Jedesmal verzähle ich mich um eins, und dann fange ich von vorne an, und dabei bewege ich mich wie in einem Film langsam durch die Räume und den Flur: fünf, sechs, sieben mit der Küche, dann das Atelier meines Vaters und dann das Zimmerchen mit dem ausgekehlten Fenster, von dem aus man über vier hohe Stufen in den Hof gelangte – und die letzte Stufe hatte eine zerbrochene Ecke mit einer scharfen Kante. Und wenn ich im Halbschlaf meinen rechten Arm berühre und die leicht erhöhte Narbe fühle, fange ich an, von jenem Tag zu träumen, als mein Vater mich in die Klinik brachte, und wie ich blutete. Ich war mehr über meinen Ungehorsam erschrocken als über den Schmerz. Mein Vater hatte mir streng verboten, in der Nähe jener Treppe Purzelbäume zu schlagen, und ich hatte nicht gehorcht. Ich erinnere mich, daß die Verletzung weniger weh tat als der ernste Blick meines Vaters, der mich auf seinen Armen trug und rannte, und es war das einzige Mal, daß ich dachte: »Ich habe ihn enttäuscht!« Nie wieder ist mir das passiert. Nicht mal an dem Tag, als ich ihm sagte, daß ich für lange Zeit fortgehen und vielleicht nie wiederkommen würde. Mit was für einem Gemälde hätte er diese Geschichte erzählt, mit was für Farben? Was hätte er gewählt? Gar nichts hat er gewählt, jedenfalls glaube ich das. Er ließ mich einfach gehen, auch mich, und er träumte weiter von einem Licht, das er nie gesehen hatte (und das ich jetzt vor mir habe), von Gesichtern, die er sich nicht vorstellen konnte, von Welten, die ihm für immer fremd bleiben würden. Ich begriff etwas von seiner nun erloschenen Leidenschaft für eine Frau, die an den Rand der Welt sah, über jede Vernunft hinaus, und von seiner Art, jeden Schmerz in ein Geflecht von trotzdem leuchtenden Farben zu verwandeln – das Leben durch eine perspektivische Wirkung zu denken, die nichts anderes ist als eine Täuschung der Augen. An jenem Tag malte er nicht meinen blutigen Arm, er war nicht imstande, meinen Schmerz und meine Furcht in einem Bild zu sublimieren, die Angst eines kleinen Mädchens durch Phantasie zu besiegen. Er trug mich stumm in die Klinik, um die Wunde mit drei, vier Fäden nähen zu lassen. Als ihn für einmal das Leben hinterrücks überrascht hatte, wenn auch nur mit einer winzigen Kleinigkeit, war er nicht in der Lage gewesen, es auf seine Bühne aus Leinwand zu übertragen. Genauso war es auch bei meiner Mutter gewesen, die er fast nie gemalt hatte, und auch bei dem Leuchtturm von Noordwijk und beim Kastell von Otranto, das in unserem Touristenführer abgebildet war. Wie hätte er dieses Licht hier ertragen, wenn er hierher gekommen wäre oder gar noch weiter nach Süden? Nein, er hätte aufgehört zu malen, er hätte sich nichts mehr vorstellen können, er wäre verloren gewesen in diesem Meer von Licht, es hätte ihn regelrecht vernichtet. Er war imstande, mir die Welt der Farben beizubringen, aber ich begriff, daß hinter dieser Bemühung ein einziger Imperativ stand: alles zu tun, daß ich so bald wie möglich fortlief. Man hat mir gesagt, daß er alle seine Bilder verkauft hat, bevor er gestorben ist. Alle, die er besaß, und alle, die er nach meinem Fortgang gemalt hatte. Er wußte, daß ich nicht zurückkommen würde. Und mir ist der Zweifel geblieben, ob nicht auf einem jener Bilder womöglich mein Gesicht zu erkennen ist, mein Körper, meine typische Art, mich auszudrücken, die er am besten kannte. Oder gar ich als kleines Mädchen, erschrocken über den Tadel und auch über die Wunde. Und ich dachte daran, daß ich damals beschloß, es sollte das letzte Mal sein, daß ich getadelt wurde, das letzte Mal, daß ich ungehorsam war. Von da an lernte ich, auf mich achtzugeben, auf ihn und auch auf meine Mutter. Jeder Mann, mit dem ich geschlafen habe, hat mich am Ende gefragt, wie ich zu dieser Narbe gekommen sei. Und keiner, der mich das gefragt hat, ahnte, daß man in diesem kleinen Detail perspektivisch (jawohl, dies ist eine echte Perspektive der Phantasie) jenen kleinen Riß sehen konnte, jenen Krisenpunkt, der mich schließlich hierher bringen sollte, jenes symbolische Zentrum des Schmerzes, des Schmerzes eines ganzen Lebens. Jedesmal, wenn mir diese beiläufige kleine Frage gestellt wurde, dachte ich an meine Lichter und an meine Farben, an meine Zimmer und an meine Resignation. Erst als ich hier angelangt war, in diesem wahren Licht, erst nachdem ich mich entschlossen hatte, diesen Weg zurück zu gehen, hat diese kleine Narbe an meinem Arm, die für alle anderen nichts bedeutet, auch für mich angefangen, nur noch wenig zu bedeuten. Und an jenem Tag, als Achmed mir mit den Lippen über den Arm fuhr und an jener Stelle zögernd innehielt, begriff ich, daß er es nicht mehr nötig hatte, mir eine Frage zu stellen. Und tatsächlich fragte er nichts. Ich werde sagen, es sei ein Zufall gewesen, ich werde sagen, es hatte nichts für ihn zu bedeuten, und ich werde mich hüten, erkennen zu lassen, daß ich mir eingebildet hatte, er könnte begreifen.

Manchmal denke ich, daß alles schon einmal gesehen, schon einmal dagewesen ist, und dann bekomme ich Lust, nach den Bildern meines Vaters zu suchen, um in ihnen Achmeds Gesicht zu finden und die Gesichter des Alten aus Galatina, des blonden Arztes und seines Vaters, des Organisten. Aber das ist ein Traum, seine Bilder sind nicht mehr aufzufinden, vielleicht ist das eine oder andere in einem Museum gelandet, unter dem Namen eines berühmteren Malers, und man wird es nie erfahren, denn er konnte alles imitieren, auch unser Leben, vorausgesetzt, man gab ihm das Privileg, auf seinen Anteil des Lebens zu verzichten. Ein Privileg, das ihm immer gegeben wurde, als Preis für ein Talent, das keinerlei Ruhm erstrebte.

Wem hätte ich diese Dinge hier in Otranto erzählen können? Wer hätte mich verstanden? Und was, wenn ich in einem Traum gewesen wäre? Dann hätte ich beim Aufwachen den Geruch von Terpentin und Öl riechen müssen, dann hätte ich jenes vertraute Rascheln hören müssen, das entstand, wenn die Borsten der Pinsel mit einem groben Tuch gerieben wurden, um sie weicher und lockerer zu machen. Aber ich hatte genug von all diesen Suggestionen; den Suggestionen einer Frau, die zu einem Leben gezwungen war, das sich andernfalls immer gleich vollzogen hätte, in der Alltäglichkeit immer gleicher langsamer, träger und diskreter Gesten, in Häusern mit weichen, beruhigenden und ein bißchen stumpfen Farben.

In Otranto sind die Häuser weiß. Ihr Weiß ist von größerer Intensität und Dichte als jede flämische Farbe, und es wird geradezu malträtiert von der Sonne, die alles zeigt: Löcher, Risse im Putz, krumme Mauern; es ist ein so dichtes Weiß, daß mir der Wunsch kommt, es zu verdünnen, ihm jene Lösemittel beizumischen, die mein Vater benutzte, um die Farbpasten flüssiger zu machen. Aber wie war es möglich, daß ich manchmal am frühen Morgen, wenn ich gerade aufgewacht war, den Geruch jener Lösemittel in der Stadt roch, als hätte ihn der Wind hereingetragen? Wie konnte genau dieser selbe Geruch hierher nach Otranto gelangen? Kam er vielleicht aus einem Atelier, aus dem Haus eines Malers? Gleichviel: Was zählte, war der Plan meines Schicksals, nichts anderes; und jenes Spiel der Gerüche, zusätzlich zu dem der Lichter.

Hätte der blonde Arzt mir gesagt, daß es eingebildete Gerüche waren, olfaktorische Halluzinationen? Nein, der blonde Arzt hätte mich erschrocken angesehen, verängstigt, verloren in einer Welt, in die er irrtümlich eingetreten war und aus der er nicht mehr herausfand.

Am folgenden Tag, am Tag danach, war dann die große Messe mit den hohen Würdenträgern. Es war ein Samstag: vom nächsten Montag an sollte die Kathedrale wieder ausschließlich ihrer Bestimmung als Gotteshaus dienen, ohne Staub und Lastwagen, ohne aus- und eingehende Männer in Arbeitskleidung, ohne das lärmende Durcheinander auf dem Vorplatz, das man so oft hatte beobachten können. Es war eine feierliche Messe, ein Hochamt, gehalten vom Erzbischof von Otranto, mit allen Autoritäten in der ersten Reihe und den Bürgern der Stadt, die in so großer Zahl gekommen waren, daß sie die Kirche bis zum letzten Platz füllten. Zum ersten Mal in der ganzen Zeit sah ich das wahre Otranto. Mit den Leuten, die es bewohnten, mit dem Bürgermeister, den städtischen Dezernenten und noch vielen anderen, denen ich manchmal begegnet war, ohne mehr als einen kurzen Gruß mit ihnen zu wechseln. Ich sah die Menge, und ich sah sie zum ersten Mal in dieser Stadt, die von seltenen Passanten lebt. Dann, als ich mich auf eine Bank gesetzt hatte, um die Zeremonie zu verfolgen, blickte ich auf das Mosaik und verlor mich im Geruch des Weihrauchs. Ich hörte die Worte und Formeln und sah mein Mosaik bedeckt von Schmutzflecken aller Art, hinterlassen von schwarzen und braunen Schuhen und von Damenstiefeln. Und die Stellen, die die Menge freiließ, schienen ihren Sinn zu verlieren: Hier trat jemand mit spitzem Absatz auf die Szene des Monats Februar, dort schien jemand einen Greifen zu zertreten, und eine alte Dame stellte ihren Stock genau auf das Maul eines geflügelten Ungeheuers, als wollte sie es töten wie Sankt Georg den Drachen. Noch nie hatte ich eine solche Menge gesehen, die das Mosaik einfach wegwischte, ohne es überhaupt angesehen zu haben. Und mir ging durch den Sinn, daß dieser Fußboden früher mit nackten Füßen betreten worden war, zögernd und ehrfurchtsvoll und mit gebeugten Rücken, um besser sehen zu können. Während es jetzt nur wenige waren, die versuchten, zwischen die Bänke zu blicken und auf den Gang in der Mitte, der die beiden Hälften der Menge teilte und den Streifen des Mosaiks mit dem Baum des Lebens freiließ. Es schien, als wären die von Priester

Pantaleone geschaffenen Szenen verloren gegangen und als würden die Zweige des Baumes nun schließlich von genau dieser Menge dargestellt: von diesen betenden und die Worte der Liturgie wiederholenden Menschen. Die allesamt ahnungslos und zerstreut waren, allesamt unfähig, irgend etwas zu entziffern, zu lesen und zu verstehen.

Doch wer waren sie? Ich konnte nicht glauben, daß mir eine ganze Stadt entgangen sein sollte. Ich fragte mich immer wieder, wer diese Leute sein mochten, und versuchte zu begreifen, wo diejenigen geblieben waren, die mit mir gesprochen hatten in all der Zeit – während sie mich auf meinen Spaziergängen begleiteten, während sie mich stützten, wenn mir die Kräfte schwanden und ich mich schwach fühlte. Wo waren meine Phantome, wo war der Alte mit dem Knotenstock? Und wo vor allem war Achmed? Die Stimme des Erzbischofs ließ mich aufhorchen, und im selben Augenblick bemerkte ich, daß er Latein sprach. Es war keine italienische Messe. Der Erzbischof las den *Introitus*. Ich sah mich um: Niemand schien sich zu wundern. Ich wandte mich an eine Frau, die neben mir saß, und sagte: »Das ist ja Latein!« Aber sie zuckte nur mit den Achseln und erwiderte nichts. »Man darf die Messe nicht mehr lateinisch lesen«, sagte ich laut. Aber es half nichts, niemand wollte mir antworten. Inzwischen hatte sich der Weihrauch mit dem Licht vermischt und schien die Kirche in etwas anderes verwandelt zu haben, alles war zerdehnt, die Formen verschwammen ineinander, die Säulen schienen sich zu biegen, und der Erzbischof schien aus einer anderen Welt zu kommen, als schwebte er über allem. Ich betrachtete die dunkel gekleidete Menge. *Te igitur*. Und dann: *Memento*. Und weiter: *Communicantes*. Ich stützte mich auf die Bank, reckte mich hoch und schaute in alle Richtungen. Ich war klar im Kopf, luzide und hochmütig, ich würde nicht in diese Falle tappen. Ich würde siegreich aus dieser Prüfung hervorgehen, ich durfte kein erneutes Aussetzen der Realität, des Lebens, meines ganzen Daseins zulassen. Ich hatte das Mosaik restauriert, und der Erzbischof zelebrierte eine Messe, um das Ereignis zu feiern, und die ganze Stadt nahm daran teil. Tja, aber welche Stadt? Diejenige all dieser dunkel gekleideten Herrschaften? Ich sah genauer hin: schwarz gekleidet waren sie und rührten sich nicht. Ich fragte mich, wie es möglich war, daß sie sich nicht bewegten, nicht mal ein bißchen, wie es sein konnte, daß sie alle so starr vor sich hinblickten, als wären sie Automaten. Da hatte ich einen Gedanken: die Geschichte vom Sandmann, von E. T. A. Hoffmann, die meine Mutter mir erzählt hatte, als ich ein Kind war! Ich hatte mich gefürchtet, aber nicht den Mut gehabt, es zu sagen. Und so biß ich ins Laken und sagte nichts. Und meine Mutter las vor. Sie las wie der Erzbischof: mit der gleichen Art, die Sätze vorzutragen. O mein Gott, wie ist das möglich? Laßt mich raus aus diesem Traum, ich bin nie in Otranto gewesen, ich habe nie das Licht hier gesehen, nicht einmal das Mosaik. Ich habe keine Türken gekannt, und mein Vater konnte nicht malen. Ich beschwöre euch (hätte ich geschrien, wenn ich gekonnt hätte), laßt mich nicht die Geschichte vom Sandmann hören! Das habe ich auch dem blonden Arzt gesagt, eines Abends, als ich ganz erschöpft bei ihm ankam und meine Beine mich kaum noch trugen und ich mich vor der Dunkelheit fürchtete. Denn die Geschichte ging mir immerzu durch den Kopf. Er hatte nie Hoffmann gelesen und wußte nicht, wovon ich sprach. »Velli, was ist passiert?« sagte er. »Nathanael ist ein empfindsamer Knabe, der in einer düsteren Kindheit aufwächst, weil die Gouvernante ihm die Geschichte von einem Sandmann erzählt, der den Kindern Sand in die Augen streut, bis diese Augen *blutig zum Kopf herausspringen.*« Mein Gott, auch der blonde Arzt fing an zu begreifen, er sagte, ich solle weitersprechen, weitererzählen. »Die Geschichte ist kompliziert. Auch jetzt ist sie kompliziert. Ich unterbrach meine Mutter und bat sie, mir das genauer zu erklären. Der Sandmann ist Nathanael zufolge kein anderer als ein Freund seines Vaters, der alchimistische Experimente macht: ein gewisser Coppelius. Der taucht noch öfter in der Geschichte auf. Und es gibt darin auch einen Zauberer, der eine Puppe erfindet, Olimpia, die sich wie ein Automat bewegt. Als Kind fürchtete ich, Olimpia zu sein, ein Automat, verstehen Sie, Herr Doktor?« Der blonde Arzt sah mich an und bemühte sich zu verstehen. Und ich sah jetzt die Leute an, die da reglos in der Kirche saßen, und da war der Hohepriester, und da war der Weihrauch. *Per quem haec omnia.* »Was wäre, wenn Sie, Herr Doktor, sich in mich verlieben würden, so wie Nathanael sich als Erwachsener in Olimpia verliebte, ohne zu wissen, daß sie ein Automat war? Ja, denn er verliebt sich in sie und verliert den Verstand. Doch als er meint, sich von diesem schrecklichen Wesen befreit zu haben, von dieser Automatenfrau, und als er zu seiner alten Verlobten zurückgekehrt ist, da geschieht die Tragödie. Er steht auf einem Turm und betrachtet von oben die Stadt; und da trifft sein Blick auf den von Coppelius, der ihn behext und zwingt, sich vom Turm zu stürzen. Lesen Sie die Erzählung, Herr Doktor, tun Sie es. Ich habe einen der Türme des Kastells erleuchtet gesehen. Und da habe ich wieder Angst bekommen, ich hätte am liebsten ins Laken gebissen. Aber es hat nichts geholfen.«

Agnus Dei. Ich erzählte dem blonden Arzt die Geschichte in einem einzigen Atemzug. Es war das erste Mal. Ich wußte gar nicht, daß ich sie noch so gut in Erinnerung hatte. Jahrelang hatte ich sie in mir begraben. Und jetzt hörte ich in der Art, wie der Erzbischof las, den Tonfall meiner Mutter, den sie beim Vorlesen hatte. Und ich sah eine Menge, die aus lauter Automaten wie Olimpia zu bestehen schien. Ich drehte mich um und vernahm Orgelklänge. Die Orgel stand rechts neben dem Altar. Ein Mann, den ich nicht gut erkennen konnte, hatte zu spielen begonnen: César Franck, *Prélude, fugue et variation*. Ich wollte näher hin, stand auf und drängte mich durch die Menge. Niemand kümmerte sich um mich. Die Kommunion hatte angefangen, die Austeilung der Hostie. Jetzt sah ich den Organisten besser: Er war es. Und da war auch die Frau, die ihn immer begleitete. Ich sah genauer hin und entdeckte auch den blonden Arzt. Und dann, nebeneinander sitzend, den Alten aus Galatina, Achmed und jenen seltsamen Mönch, der unter meinem Fenster vorbeigegangen war, ohne sich umzudrehen. Ich sah Personen, die den Bildern meines Vaters entstiegen schienen. Ich rieb mir die Augen und sah erneut hin. Das Licht, das durch die große Rosette hereinfiel, zerstreute sich weiter wie tanzender Staub durch die ganze Kirche und hinderte mich zu begreifen. Der blonde Arzt kam näher und nahm mich sanft am Arm.

»Jetzt, wo die Arbeit am Mosaik beendet ist, erwarten sie dich«, sagte er. Ich wagte nichts zu fragen. Ich sah den Erzbischof, der die Hostie erhob; ich sah den Organisten, der den Ton etwas kräftiger werden ließ, er war bei der *Variation* angelangt, ich hörte die Stimme, die den liturgischen Text rezitierte, und ich begriff, daß ich nicht mehr fliehen konnte, daß ich ihnen würde folgen müssen, ihm und den anderen, auch wenn ich nicht wußte, wer sie waren. Ich setzte mich wieder und sah auf meine Füße: Jetzt befand ich mich in der Hölle. Unter mir war der Abschnitt des Mosaiks mit Satan. Sie waren alle hier, zusammen mit den Höllengestalten des Mosaiks, mit jenen Monstern, die andere Monster fraßen. Ich las die Beischriften: *Infernus Satanas*, *Abra*, *Ysac*, *Cervus*, *Iacob*. Jetzt wußte ich, daß keine Zeit mehr war. Der blonde Arzt deutete auf ein Gemälde direkt hinter mir: es stellte das Martyrium dar. Mit einer langen lateinischen Inschrift, die ich nicht entziffern konnte. Ich hatte dieses Gemälde noch nie gesehen. Dabei kannte ich doch die Kathedrale sehr gut. Ich drehte mich um und sah ein weiteres Gemälde, das ich nicht kannte. Ein Mann, offenbar ein Prälat, wurde von den Türken enthauptet, und da war auch das Wunder der Verkündigung. Auch dieses Gemälde hatte eine lateinische Inschrift, die mich beeindruckte: »Als die Mauern Otrantos schließlich gefallen waren, drangen die Barbaren in den heiligen Tempel ein, profanierten ihn mit ruchloser Zerstörung, begingen mehrere Morde, und einer von ihnen, ein Äthiopier, trennte dem Bischof Stephanus, der gerade andächtig seinem Volk die Kommunion verabreichte, den Kopf vom Rumpfe. Wegen dieser ruchlosen Missetat verschwand ein Bildnis der Jungfrau Maria und Mutter Gottes, das im Tempel hing, durch ein himmlisches Wunder.«

Der blonde Arzt zeigte mir noch ein drittes Gemälde, weiter entfernt. Wegen der dichten Menge konnte ich nicht erkennen, was es darstellte. Woher kamen diese Gemälde? Waren es diejenigen, die Alfons von Aragon im Jahre 1482 bestellt hatte, nachdem Otranto befreit worden war? Niemand weiß, wo jene Bilder geblieben sind. Es überraschte mich nicht im geringsten, daß sie jetzt wieder aufgetaucht waren. Ich bemühte mich, einen klaren Kopf zu behalten, ich hätte die Bilder gerne berührt, um herauszufinden, ob sie optische Täuschungen waren oder wirklich existierten. Aber das war leider nicht möglich, sie hingen zu hoch oben. Der blonde Arzt führte mich langsam aus der Kirche.

»Es heißt, daß diese Gemälde manchmal auftauchen. Das ist auch schon früher geschehen. Als hätte das Licht ein eigenes Gedächtnis, eine Erinnerung an das, was es einmal beleuchtet hatte, und könnte den visuellen Eindruck jener Bilder hervorrufen. In Wirklichkeit existieren sie nicht, sie sind wie wunderbare Regenbögen, unerklärliche Fata Morganen. Es heißt sogar, daß in der Nacht des 12. August 1880, vierhundert Jahre nach dem Massaker, einige Stunden lang auch das durch ein himmlisches Wunder verschwundene Bild der Mutter Gottes wieder zu sehen gewesen war, aber das sind Legenden.«

Ich fand mich am Ausgang wieder, als der Erzbischof gerade *Ite missa est* sagte. Jemand drückte mir die Hand. Andere grüßten mich freundlich. Der kleine Platz füllte sich mit Leuten, normalen Leuten, die ich mehr oder weniger kannte. Alles schien vorüber zu sein, wieder einmal hatte die Kathedrale der Santa Annunziata eines ihrer Wunder vollbracht. Wir standen auf dem Platz. Viele fragten mich, ob es nicht schwierig gewesen sei, eine so große und komplizierte Arbeit zu machen. Der Kurator flüsterte mir ins Ohr, ich solle nicht vergessen, daß es hinterher ein Essen geben werde. Ich sah zum offenen Portal und versuchte, jenen sonderbaren Moment erhöhter Empfänglichkeit zu begreifen. Ich wollte sie alle, die ich dort drinnen gesehen hatte, herauskommen sehen. Und so kam es, daß ich sie beobachtete: den Mönch, den Alten aus Galatina, der mir einen Gruß zuwinkte. Und den Organisten in Begleitung der Frau.

Ich sah ihn zögernd auf die Stufen des Seitenportals treten und setzte schon an, um hinzulaufen. Da spürte ich einen Druck am Arm, einen festen Druck, der brannte. Mir schoß durch den Kopf, daß er genau so brannte wie damals jene Wunde. Ich fuhr herum, um zu sehen, wer es war, der mich da zurückhielt. Und sah, daß es immer noch er war, der blonde Arzt, dem ich mich die ganze Zeit über anvertraut hatte.

»Nicht jetzt«, sagte er.

Alles ringsum schien stillzustehen. Nichts war mehr zu spüren von der entspannten Atmosphäre voll wechselseitiger Grüße und Händedrücke, die eben noch geherrscht hatte. Aber es war nur ein Augenblick. Kaum war der Organist mit seiner Begleitung hinter der Apsis der Kirche verschwunden, begann sich alles wieder zu bewegen, wie in einem mechanischen Puppentheater, das für einen Augenblick ins Stocken geraten war. Ich drehte mich zu dem blonden Arzt, ich hatte noch jene beiden Wörter im Ohr: *Nicht jetzt.* Aber es war, als ob auch diese beiden Wörter verschwunden wären, davongeflogen, um irgendwo in der Ferne gegen eine Mauer zu prallen und zurückzuspringen wie ein närrischer Ball. Was sollte das heißen: Nicht jetzt? Und außerdem (aber das war nun eine Art von rhetorischem Spiel, gegen das ich mich nicht mehr wehren konnte): Hatte er das wirklich gesagt? Oder war es eine Stimme *von innen* gewesen, eine ferne Stimme, die mich und viele andere überrascht hatte und dann wieder verklungen war: ausgesandt von einem höhnischen Dämon, der sich nicht zeigen wollte?

Ich sah mich abermals um. Alles kam mir jetzt ganz natürlich vor. So ging ich zurück in die Kirche; ich wollte noch einmal die Gemälde über das Martyrium sehen, die mir gezeigt worden waren. Ich ging ins linke

Seitenschiff, blickte nach oben und sah, daß alles dunkel war. Das Licht drang nicht bis hierher, es beleuchtete jetzt den Altar und einen Teil des rechten Seitenschiffs. Vielleicht stimmte es ja, daß das Licht ein Gedächtnis hat, daß es sich auch an das erinnern kann, was nicht mehr da ist, und daß es uns dieses nicht mehr Vorhandene zeigen kann. Wir nennen alles Halluzination, was aus der Tiefe unseres Geistes kommt und dabei den Eindruck erweckt, als wäre es außer uns. Wir glauben, daß unsere Phantome, diejenigen, die wir in uns haben, sich durch ein Wunder zeigen können, ein Wunder, das unsere Gedanken und unsere Ängste nach außen projiziert. Doch an jenem Tag geschah etwas Entgegengesetztes, es war das Licht, Urbild und Oberhaupt aller Dämonen, das meinen Augen die Illusion des nicht mehr Vorhandenen vorgaukelte. Eine perfekte Illusion.

Und wenn es auch bei allen Personen, die ich gesehen habe, so war? Und bei allen Geschichten, die mir erzählt worden sind? Das wäre die einzig mögliche Erleichterung gewesen, die einzige, die ich hätte ertragen können: zu glauben, daß ein Gott, der aus Licht besteht, jedes Geheimnis so perfekt zu erklären vermochte. Aber ich wußte, daß es nicht so gewesen sein konnte, ich wußte, daß die Dämonen niemals beruhigend sind. Darum schaute ich auf den Boden, und für einen Augenblick sah ich einen Blätterwirbel. Der Wind war lauwarm, frisch, erfüllt von Stimmen der Vergangenheit, vom Gemurmel alter Geranien, von Seufzern und von Enttäuschungen, die noch vor den hartnäckigsten Sehnsüchten kamen. Ich dachte daran, daß keine Zeit mehr war, für niemanden. Daß ich dort ankommen würde, wo der Zufall mich würde ankommen lassen wollen, und ich wünschte mir nur, daß es nicht schrecklich sein würde, daß es nicht Offenbarung sein würde und auch nicht *Apokalypse*, Enthüllung verborgener Dinge. Ich hoffte, es würde nur Schicksal sein, Geschehnis. Es würde nur etwas sein, was es gibt, aber was man nicht verstehen kann, so daß ich trotz allem würde weiterleben können, ohne Gefahr zu laufen, das Antlitz Gottes hinter all jenen Schleiern aus Licht zu sehen. Das hätte ich mir erbeten, wenn ich gekonnt hätte, und damit es möglich würde, hätte ich mich ins Meer gestürzt wie Jonas, damit die gewöhnlichen Leute, die mich in der Kirche umgaben, nicht ihre Menschlichkeit verloren, nicht zu einem Heer von Automaten würden. Ich spürte einen Wind voller Stimmen aus der Vergangenheit, der mir um die Schultern wehte und mir die Arme streichelte; so wie es Achmed getan hatte, als er meine Narbe streifte, ohne ein Wort zu sagen. Und ich begriff, daß ich mich ins Meer stürzen mußte, damit der Wind nicht die Häuser dieser Stadt für immer einebnete.

(Es gibt keinen Grund, daß der Wind weiter weht. Wenn ich gekonnt hätte, hätte ich ihn kalt wehen lassen. Um ihr einen Schauder über den Rücken zu jagen. Über jenen wunderbaren Rücken, auf dem ich die Wirbel hätte zählen und einen nach dem andern berühren können. Bis zum Ende, bis ich den Verstand verlor und die Sinne.

Ich habe sie bei der Kathedrale gesehen. Es war nicht das erste Mal. Sie blickte in die Straße, die zum Meer führt. Es war ein wichtiger Tag, glaube ich. Sie kam aus der Messe.

Sie konnte nicht wissen, was sie erwartete. Sie konnte nicht verstehen, welches Schicksal ihr bestimmt war. Aber im Buch des Schicksals sind nie alle Seiten gleich. Und es scheint, als ob nichts Verständliches darin geschrieben steht. Der Wind blättert die Seiten aufs Geratewohl um.

Ich sah sie hinunterblicken zum Meer. Reglos stand sie auf jenem Platz, den sie nicht mehr wiedererkannte. Sie hatte Angst vor dem Wind: vor jenem Wind voller Stimmen aus der Vergangenheit.

Ich weiß, welche Stimmen zu ihr gelangen, ich kenne sie. Fragt mich, wie sie damals aussah und wie sie heute aussieht, wenn sie auf den Bastionen wandelt. Aber fragt mich nicht, warum sie zurückgekehrt ist.)

XVII

Wißt ihr, wie einem das Herz pocht, wenn man sich bückt, um in den niedrigen engen Korridor des Hypogäums bei Torre Pinta einzutreten? Im Zentrum des Tals der Erinnerungen, nur ein paar Kilometer vor der Stadt, aber an einem Ort, der von allen anderen isoliert zu sein scheint. Das Herz macht sich unversehens bemerkbar, schlägt schneller, läßt die Pulsadern so heftig pulsieren, daß sie hervortreten. Und es pocht: dumpf wie eine große Trommel in einem Kellergewölbe; und der Körper entflammt, jeder Muskel, jeder Nerv wird lebendig, mehr als man es je für möglich gehalten hätte. Man weiß, daß an diesem Ort etwas Seltsames geschieht, das ich nicht zu beschreiben vermag. Man kommt hierher, und kaum sieht man die kleine Eingangstür des Hypogäums, spürt man eine starke Energie in sich eindringen, von der man gar nicht wußte, daß man sie hat; kaum aber entfernt man sich wieder und steigt die kleine Treppe hinauf, die von dem Gehöft zum Eingang des Hypogäums führt, wird alles wieder normal. Nur im Innern hat man dieses sonderbare Gefühl.

Niemand weiß, was ein Hypogäum ist und wozu dieser eigenartige Bau mit einer Totenkammer, Sitzbänken, einer kreisförmigen Struktur und Nischen gedient hat. Der Volksglaube will, daß die Nischen zur Aufnahme von Urnen gedacht waren. Andere sagen, daß aus den Tälern ringsum, aus den tausend Höhlen, die es hier gibt, die zum Sterben bereiten Alten sich langsam und mühsam hierherschleppten, sich auf diese langen steinernen Bänke setzten und auf den Tod warteten, um sich dann einäschern zu lassen. Niemand kann sagen, ob das wahr ist. Aber ich konnte nur hierhin gehen, an diesen Ort, der ins Tal der Erinnerungen blickt, um auf die erhofften Antworten zu warten. Wenn ich noch eine Frage hatte an jenes große Buch, in dem alles geschrieben steht, dann war dies der richtige Augenblick. Wie ich hierher gelangt bin, will ich nicht sagen. Ich bin in Begleitung gekommen, denn es begann schon zu dunkeln; ich bin hier alleingelassen worden, vor dem Eingang sitzend, um auf die Nacht zu warten und darüber nachzudenken, was mir widerfahren ist. Ich habe die Nacht mit pochendem Herzen verbracht und an mein ganzes Leben zurückgedacht. Ich habe geduldig und ohne Furcht gewartet, daß es wieder hell wurde, daß es tagte, und habe die wenigen Sterne, die zu sehen waren, zu unterscheiden versucht. Der Morgen war dicht mit Wolken verhangen, aber dann klarte es auf und die Sonne kam heraus.

Ich habe auf die Mittagsstunde gewartet, ich habe der Sonne zugesehen bei ihrem Aufstieg in den Zenit, ich habe gesehen, wie alles ringsum in Licht entflammte, als wollte ein Dämon sich offenbaren; denn alles, was offenbar wird, ist Licht. Ich habe gesehen, wie die Farben sich veränderten, während die Strahlen der Sonne jenen Wolkenfilter durchbrachen, der sie gezwungen hatte, sich zu verhüllen und zu verbergen. Ich habe verstanden, was Achmed mir sagen wollte, als er vom Meer des Abgrunds sprach und von der Finsternis, die uns hindert, das Licht zu sehen. »Das Meer des Abgrunds ist diese niedere Welt mit ihren tödlichen Gefahren, ihren Zerstreuungen, ihren blindmachenden Verwirrungen.« Ich habe zugesehen, wie die Wolken sich rasch entfernten, und habe an jene Worte gedacht: »Die Wolken sind die falschen Ansichten, die verdorbenen Phantastereien, die zu unerreichbaren Vorhängen werden. Man muß dahinter schauen, um das Licht entdecken zu können.« Jetzt begann sich alles zu öffnen, Frucht einer meisterlichen, vollkommenen Ordnung. Der Himmel teilte sich, als wären's die Wasser des Roten Meeres, und in der Mitte, genau über meinem Kopf, bildete sich ein blauer Streifen, glänzend wie Lapislazuli und mit goldfarbenen Reflexen. Auch das Tal schien erleuchtet von einer Quelle, die ihm Leben gab, wenn nicht überhaupt Dasein. Ich hatte die Nacht damit verbracht, mich zu fragen, was geschehen würde, jetzt wußte ich es. Ich blieb reglos und stumm angesichts eines Himmels, der sich bewegte wie ein zur Schlacht bereites antikes Heer. Mit seinen Wolken, die sich jagten wie auf einer großen Bühne und die verschwanden, um anderswo wieder aufzutauchen und erneut zu verschwinden. Bis schließlich, nach all jenem Hin und Her, das Blau mit den goldenen Reflexen alle Spuren von Grau ausgelöscht hatte und nur die kleinsten Wolken übrigließ, die von einem Maler hingetuscht schienen mit ihren lustigen Formen und ihrem dichten Weiß, das aussah wie Schnee am Himmel, Schnee, der das Licht von den Gletschern zu reflektieren vermag und zu glänzen scheint.

War dies die Vision, die mir gewährt wurde? Ich schaute von neuem umher, alles änderte sich fortwährend. Die Farben waren nicht mehr dieselben, und sogar die Luft schien anders geworden zu sein, und sie schien das Licht auch dorthin zu verteilen, wohin es nicht von sich aus gelangen konnte, als würde es von jenem Wind getragen, der die Wolken vertrieben hatte und der am Himmel jenen Feuerball wieder entzündet hatte, den man nicht länger anschauen konnte als nur einen winzigen Augenblick. Ich wünschte mir eine Sonnenfinsternis, eine totale, um die Oberfläche der Sonne betrachten zu können, die jene riesigen Flammen ins All hinauswarf; während die Erde in einen jähen Schatten eintauchen würde und ihre Farben jene Tönungen annehmen würden, die ich gut kannte, denn es waren die Tönungen eines zurückgehaltenen Lichts, eines inneren, würde ich sagen. Als könne man in jener Malerei, mit der mein Vater sich ein Leben lang gemessen hatte, die Leinwände aufschneiden, um sie zu öffnen und aus ihrem Innern das ganze Licht herauszulassen, das sonst nicht zu sehen war, weil es im Innern komprimiert und gewaltsam zurückgehalten wurde. Das Licht würde herausströmen wie etwas, das uns überfällt und betäubt. Und meine Sonnenfinsternis hätte in jenem Moment wieder Ordnung geschaffen an einem Himmel, den ich nicht zu lesen vermochte, Ordnung in die Farben gebracht, die ich nicht beschreiben konnte, Ordnung in eine starke, glutheiße Sonne und in einen Gott, der mich dazu gebracht hätte, zu sehen, was hinter jenem Meer von Licht war. Aber natürlich war das nur ein Wunsch: der Wunsch, jenes Gleißen ertragen zu können, das mich blendete und mich hinderte, die Augen offen zu halten. So schloß ich sie denn und sah tanzende Sterne, die sich von einer Seite zur anderen bewegten und in mir kreisten, als wäre ich selber die Kraft, die das Licht erzeugte und – Sakrileg – die Welt mit Leben erfüllte. Konnte das sein? Konnte es sein, sage ich, daß dies alles nicht da war? Daß sogar ich mich woanders befand und in einer sakrilegischen (diesmal wirklich) Genesis erschuf, was es nicht gibt und niemals geben wird, indem ich mich bemühte, eine Welt von Lichtern und von Schicksalen darzustellen, von Geschichten, die auf Reisen gehen mit derselben Festigkeit und Beständigkeit wie die Wolken, die ich über den Himmel jagen sah, als wären's die Legionen Alexanders des Großen, des Alexanders im Mosaik; oder schlimmer noch: die

Horden der kopflosen Ritter von Hellequin, die um die Mittagsstunde – *circa meridiem* – wild dahergaloppierten, begleitet von Wagen und Falken und Hunden, und die auf keine Frage antworteten und sich in Luft auflösten, wenn man versuchte, ihnen mit Waffengewalt entgegenzutreten. Jetzt, da ich das gesehen hatte, was in der Kirche nicht mehr vorhanden war, jetzt, da ich von denselben Stimmen begleitet wurde, die meine Mutter an jenes kalte Meer getrieben hatten und von dort weiter bis an diesen Ort hier – was sollte ich jetzt noch verlangen? Daß mir eine Erklärung gegeben werde? Eine Erklärung über die Ordnung der Wolken, die Ordnung des Windes, die Vernunft des Wetters, das sich ändert, der Reden und Stimmen, die sich in der Luft verlieren, um für immer durch die Leere des Alls zu schweifen?

So machte ich mir Mut, und obwohl meine Beine schwer wie alle Säulen der Kathedrale waren und mein Rücken steif wie der einer Marmorstatue, stand ich auf und begann langsam umherzugehen an einem Ort, der jedes Geräusch und jeden Laut zu verschlucken scheint, so daß ich mich schon fragte, ob ich unversehens taub geworden war. Ich ging mehrmals ins Hypogäum hinein. Nach einer Weile sah ich, daß die Sonne im Zenit stand und senkrecht in die runde Kammer schien, die kein Dach hat, sondern zum Himmel offen ist. Ich starrte intensiv auf die Stelle, wo das Licht einfiel, und wußte, daß ich *sie* sehen würde. Ich wußte es so gut, daß ich nicht einmal sagen kann, ob ich sie wirklich gesehen habe. War sie da? Oder habe ich sie durch meinen intensiven Blick, gleichsam als eine Verkörperung meines Willens, dorthin projiziert, nach den Wolken und dem kobaltblauen Himmel, der Luft und jenem Licht, das Bäume und Steine aus ihren Halterungen gehoben und mich überfallen und fast zerdrückt hatte? Ich weiß es nicht, aber laßt mich sagen, daß sie es war, laßt mir diese Erleichterung, laßt mir die Illusion, daß die ewige Wiederkehr sich uns am Ende offenbart und uns die Möglichkeit läßt, das Rad von neuem in Gang zu setzen, für eine weitere Umdrehung, eine sehr lange, und ohne einen Sinn, der uns verständlich wäre. Sie war es, und sie hatte das gleiche Haar. Sie war barfuß und trug die gleichen Kleider wie an jenem Tag, als sie zum Leuchtturm ging und nicht wiederkehrte. Und sie hatte eine Narbe, die ihren Hals umgab wie eine Perlenkette. Sie sah mich stumm an, und ich wußte, daß ich ihren Blick würde aushalten müssen, ohne mich ihr zu nähern. Doch mein Rücken war plötzlich zu Eis gefroren, und ich konnte mich nicht mehr bewegen, mich auch nicht umdrehen, und das hätte ich gerne getan; denn auch hinter mir spürte ich eine Präsenz. Ich kann nicht sagen, wieviel Zeit verging, wie viele Minuten ich reglos blieb, unfähig, irgend etwas zu tun, auch nur einen Finger zu rühren. Vielleicht war es eine Ewigkeit, das dachte ich jedenfalls, aber ich hörte noch immer den Wind, den Wind, der den Himmel freigefegt hatte, damit das Licht der Sonne senkrecht in diese oben offene Kuppel einfallen konnte.

Ich kannte die Geschichte, ich hatte sie immer gekannt. Vielleicht hatte ich sie selbst erfunden, so wie der Priester Pantaleone sein Mosaik erfunden hatte, das die Geschichte des Heiligen und der Gewalt und des Martyriums von Otranto erzählt, ohne zu wissen, daß sie sich drei Jahrhunderte später erfüllen sollte. Es genügte zu sagen, daß ich von Otranto wußte und daß ich von einem Ahnen wußte, der aus Otranto nach Holland gekommen war. Und daß ich von den Diamanten wußte und sogar davon, daß er getötet hatte, um sie in die Hand zu bekommen. Ich wußte viele Dinge, die alle in einem Buch standen, das ich nicht kannte, weil ich es nie gelesen hatte. Es war, als wäre ich selber die Person eines Buches, in welchem die Seiten einander jagen und durcheinandergeraten, zumindest dem Anschein nach. Wer war es, der mir aus jenem Buch diese Prophezeiungen vorgelesen hatte, diese Legenden oder vielleicht sogar diese Wahrheiten? Ein blinder Seher wie Teiresias oder wie mein Organist? Oder war ich es selber, die einen Faden spann und ihn zu einer Geschichte verknüpfte, um sie dann wieder aufzudröseln und von Mal zu Mal zu verändern? Natürlich erzählte mich niemand. Die Dämonen erzählen nicht, und wer sie sieht, verliert den Verstand. Doch ich hatte begriffen, daß jene Frau, die meiner Mutter so ähnlich sah und die dort auf einmal in der Mitte der runden Kammer des Hypogäums stand, tatsächlich *sie* war, aber daß sie zugleich auch jene andere war, die vor langer Zeit auf dem kleinen Platz vor der Kirche San Pietro durch einen einzigen Schwerthieb getötet worden war. Jene Unglückliche, von der mir Achmed erzählt hatte, die Frau mit dem verlorenen Blick und dem ungläubigen Gesichtsausdruck. Als ich mich endlich umdrehen konnte, so weit jedenfalls, wie es der Schrecken, der wahre Schrecken erlaubte, begriff ich, daß ich nicht mit ihr allein war, sondern daß da noch ein Mann war: der Blinde, der in der Kirche die Orgel gespielt hatte und der auf den Bastionen umging; der Mann, von dem der blonde Arzt gesagt hatte, er sei das Gespenst seines Vaters. Es schien, als könne er sehen, er blickte ins Leere, zu einem Himmel, der für ihn die Farbe der Dunkelheit haben mußte. War er der Vater von Giovanni Leondario? Sicher, jetzt weiß ich es, er war der Geliebte jener von Achmed getöteten Frau, die ihm einen Sohn geboren hatte, und dieser Sohn war von den Türken als Gefangener nach Konstantinopel gebracht und schließlich freigelassen worden, nachdem er die Geheimnisse des Lichts entdeckt hatte beim Schleifen eines wunderbaren Diamanten, der aus Indien stammte und auf abenteuerlichen Wegen von einem Armenier hergebracht worden war. Alles schien einen Sinn zu bekommen. Oder war es nur meine Phantasie? War es nur der Wille, Ordnung zu schaffen an einem Ort, der das Chaos des Lichts versprach, das Chaos der Partikel, die alles erleuchten und verwirren, verhüllen und offenbaren? Es war Achmed, der ihm das Augenlicht geraubt hatte, ohne zu wissen, daß er am selben Tage bereits die Mutter seines Sohnes getötet hatte. Es geschah in der Nacht, als der Mann schlief. Gott hatte ihm das Dunkel als Schicksal gegeben und hatte seinem Sohn ein Licht geschenkt, das von weither kam, von der Stirn eines indischen Gottes. Jener Gott, der mit Würfeln spielt und immer gewinnt, hatte zugelassen, daß ihn der Zufall an einen Ort führte, wo das Licht geträumt wird. Ich sah meine Mutter an, die ein Leben lang von jenem Licht geträumt hatte, ich sah ihr in die Augen, in jene Augen, die mich nicht sehen konnten, nicht einmal, als sie noch lebte. Ich trat einen Schritt vor, um mich ihr zu nähern, aber wie bei einem Wunder, wie bei einer Luftspiegelung, über die ich keinerlei Macht hatte, verblaßten ihre Konturen. Ich trat einen Schritt zurück und noch einen, da erschien ihr Bild wieder klar und deutlich und noch erschreckender. Jetzt begann sie mich anzusehen, drehte den Kopf zu mir und schien mich zu sehen, ihre Augen sahen mich ausdruckslos an. Dann wurden diese ausdruckslosen Augen für einen Moment lebendig und richteten sich auf einen Punkt in der Höhe, gerade lang genug, um mich abzulenken. Im selben Moment verschwand sie, und ich hörte ein Getrappel von Pferdehufen, es waren sehr viele, und ich begriff, daß sie näherkamen, ich begriff, daß etwas im Gange war. Waren es die kopflosen Reiter? War es die wilde Horde von Hellequin, die herangaloppierte? Wie konnte ich antworten, was hätte ich sagen können? Ich sah nichts, die Sonne blendete mich, das Tal schien von Licht überflutet, vor meinen Augen tanzten Schatten, vielleicht Hervorbringungen einer Hitze, die mir Übelkeit verursachte, vielleicht auch etwas anderes. Der blinde Organist war nicht mehr da, auch die Frau war nicht mehr da, von der ich jetzt nicht mehr wußte, wer sie war, ob meine Mutter oder die im Jahre 1480 in Otranto getötete Frau. Ich war wieder allein an jenem einsamen Ort, weit draußen vor der Stadt. Und ich erinnerte mich an das erste Mal, daß ich Achmed gesehen und Angst bekommen hatte. Damals hatte er mich nach dem Mosaik gefragt und mir von der Kapelle der Märtyrer erzählt und von jenem Stein, dem Stein der Enthauptung, der in einer Krypta aufbewahrt wurde, seit man ihn vom Minervahügel fortgeholt hatte. Achmed zufolge wissen nur wenige, daß der wahre Stein nicht derjenige ist, den man in der Kathedrale sehen kann. »Es gibt Leute, die sagen, daß er falsch sei, daß der richtige irgendwo versteckt sei. Wie kann man einen solchen Stein öffentlich ausstellen? Man kann ihn nicht vor aller Augen zeigen, er trägt Spuren des Opfers. Mit dem Opfer fängt alles an, zu ihm kehrt es zurück, und alles schließt sich.«

Manche glauben, der richtige Stein sei hier unten vergraben, hier im Hypogäum. Und mir schien sogar, als sähe ich Achmed erscheinen, als sähe ich ihn zögernd näherkommen. Wenn es stimmte, wenn er es war und nicht nur eine Vision, eine Phantasie, dann sahen wir uns an, und ich dachte, jetzt könnte sich wiederholen, was bereits vor fünfhundert Jahren geschehen war. Ich würde seine Klinge in der Sonne aufblitzen sehen, würde sie ein Funkeln aussenden sehen, das sich in der Ferne verlor, als wär's ein Stein, der einen Hang hinunterrollte und in einem Dickicht verschwand. Ich würde mein Blut herausspritzen sehen und würde jenem Mann in die Augen blicken. Vielleicht wiederholt sich die Geste seit Jahrhunderten: immer gleich. Seit Jahrhunderten ist Achmed dazu verdammt, mich zu suchen, und vor mir meine Mutter zu suchen, und danach wer weiß welche andere Frau und in welcher Welt. Ich hörte noch immer Pferde herangaloppieren, ich drehte mich um und ging wieder ins Hypogäum. Niemand war da. Alles war vorbei, Achmed war nur ein Schatten, er hatte kein Schwert, jene Frau war verschwunden, und auch der blinde Organist war nicht mehr da. Keine Spur war von ihnen geblieben. Damals an jenem fernen Tag hatte Achmed mir einen Platz unter einem Baum angeboten, hatte dann auf die Sonne gezeigt und gesagt: »Es heißt, daß die Götter nur Mittags sterben können. Deswegen ist Mittag die Stunde der Erdbeben. Die Natur wird erschüttert, die Elemente geraten in Aufruhr, wenn ein Gott gestorben ist.« So dachte ich an die Mittagsstunde, an die Stunde der Erdbeben, an die Stunde, in welcher die Kräfte des Universums die Erde erzittern lassen und Feuer aus den Schlünden der Vulkane hervorbrechen lassen; und wenn die Erde bebt, verdunkelt sich oft der Himmel, als wär's eine Sonnenfinsternis, jene Sonnenfinsternis, die ich mir gewünscht hatte. Auch bei Jesus war es so gewesen, bei seinem Tod hatte sich der Himmel verfinstert und die Erde gebebt, und das war zwischen der sechsten und der neunten Stunde geschehen, also von Mittag bis drei Uhr nachmittags.

Und ich dachte ans Meer, das man von diesen Klippen aus sehen kann, und an sein Licht: an jenes Licht, das mein Vater mich gelehrt hatte, wie ein Buch zu lesen. Ich stand auf, ich wußte jetzt, daß die Phantome verschwinden würden, alle – jetzt, da sie mir jene Welt gezeigt hatten und da sie vor mir hatten ablaufen lassen, was mein Leben gewesen war, als wär's ein Geheimnis gewesen, dessen Siegel sie ein für allemal aufgebrochen hatten. Und ich dachte auch an jene Götter, die zur Gewalt und zum Opfer verurteilt waren, an sie und an die Märtyrer von Otranto. Und natürlich dachte ich auch an meinen Vater, und jetzt wußte ich, daß ich ihm endlich den Brief schreiben würde, den ich ihm versprochen hatte. Jenen Brief über die Farben, die Farben von hier, die er nie hatte verstehen, sich nie hatte vorstellen können. Jene Farben, die sich nicht kopieren ließen, weil sie aus einem Ort kamen, der sich nicht übersetzen ließ. Und natürlich dachte ich auch an den blonden Arzt, der sich in Luft aufgelöst hatte, als ich versuchte, mich an ihn zu klammern, bevor ich fiel. Gerade als ich angefangen hatte zu glauben, die Welt bestehe aus Logik und Klarheit, und alles ließe sich kurieren. Ich betrachtete seine zerrauften Haare und seine aufmerksame Miene, wenn ich zu ihm ging, um ihn zu sprechen. Was sollte ich jetzt noch erwarten? Daß der Himmel sich verfinsterte? Daß die Sonne sich wunderbar-schrecklicherweise entschlösse, am Mittag unterzugehen? Nirgendwo stand geschrieben, daß das Opfer der Märtyrer sich wiederholen könnte. Ich war allein im Hypogäum, und ich konnte nach Otranto zurückgehen. Die Sonne war im Begriff, hinter dem Tal zu versinken. Ich dachte noch einmal an das Schicksal, an die Angst; und an jene alte Sprache: *I chiatera mu 'rte 's ìpuno spassièonta mes stin strata: lamentevti ghià tin mànatti pu en efani ghià macata.* Jenes einst hier gesprochene Griechisch, das ich nicht beherrschte, aber nachsprechen konnte, ohne es zu verstehen: »Das Mädchen ist mir im Traum begegnet, während ich auf der Straße ging: Sie beklagte sich über ihre Mutter, die sich um keinen Preis sehen lassen wollte.«

Jetzt hatte ich sie gesehen, und wir hatten uns angesehen, wenn auch nur für einen Moment. Und sicher hätte ich gesagt, daß ich jene Mittagsstunde nun kannte, in der die Dämonen beschließen, sich zu zeigen.

(Da die Fremde nun weiß, daß die Lichter eine Ordnung haben, möchte ich, daß sie auch weiß, daß diese Ordnung nicht eine endlose Reihe ist, sondern zu einer Ersten Quelle zurückgeht, die das Licht an sich und für sich ist, die kein Licht von anderswoher empfängt und aus der alle Lichter gemäß ihrer Ordnung hervorgehen.

Sie soll nun wissen, welches das Licht ist, das am meisten Recht hat und würdig ist, so genannt zu werden: jenes, das für sich selbst scheint und dabei alles erleuchtet, was von ihm selbst verschieden ist.

Jetzt ist die betreffende Wahrheit klar. Sie hat verstanden, daß der Name »Licht« vor allem dem höchsten Licht gebührt, über welchem kein anderes mehr ist und aus welchem Licht auf alle anderen Dinge fällt.

Ja, ich behaupte sogar ohne Zögern: für andere Dinge, die nicht jenes Erste Licht sind, ist der Name »Licht« bloß eine Übertragung, denn kein anderes Ding hat eigenes Licht.

Dies ist es, was mir in den Sinn gekommen ist, um dir Antwort auf deine Fragen zu geben, Fremde, auch wenn dein Wunsch mich nicht überrascht hat. Auch wenn es beschwerlich und schwierig ist, in das tiefe Meer der göttlichen Gedanken einzutauchen.)

XVIII

Der blonde Arzt tut weiter brav jeden Tag seine Arbeit; über seinen Vater spricht er nicht mehr mit mir. Von Achmed weiß ich nichts mehr, vielleicht ist er abgereist, in der Stadt habe ich ihn nicht mehr gesehen. Und auch der Alte ist nicht mehr aus Galatina gekommen, aber manchmal habe ich das Gefühl, daß mich alle beobachten, ich glaube sogar, daß ich verfolgt werde. Aber vielleicht stimmt das nicht.

Ich bin hiergeblieben, auch wenn ich die Wohnung gewechselt habe: Jetzt blicken meine Fenster zum Meer hinaus, von den Bastionen. Ich gehe gern nachts spazieren, wenn niemand da ist. Die Leute nennen mich »die Signora von den Bastionen«, und eines Tages werden sie vergessen haben, wie ich hier angekommen bin und was ich mit dem Mosaik zu tun hatte. Das jetzt alle seit geraumer Zeit sehen können. Ab und zu gehe ich in die Kathedrale und sehe es mir an. Ich möchte sagen, man kann es wie ein Buch lesen. Ein Buch mit sieben Siegeln für all die Touristen, die zerstreut über die Figuren gehen, aber gewiß nicht für mich.

In die Kathedrale gehe ich auch, um zu beten. Und wenn das Wetter schön ist, gehe ich bis zum Turm, zum Schlangenturm auf der Klippe, und bleibe dort, um das Meer zu betrachten, bis die Sonne untergeht, bis ich meinen Schatten vor mir lang werden und hinter der Klippe verschwinden sehe.

Dann gehe ich nach Hause und schreibe lange Briefe an meinen Vater. Ich beschreibe ihm alle Farbreflexe, die ich auf der Oberfläche des Meeres gesehen habe. Und ich erfinde neue Wörter für Farben, die noch niemand jemals gesehen hat, weil sie nicht existieren. Ich schreibe ihm auf niederländisch, auf italienisch, auf englisch und manchmal auch auf deutsch. Ich benutze Vokabeln aus allen Sprachen, ich suche überall in der Welt nach Wörtern, die erklären, was ich mir vorstelle und was ich sehe. Und auf den Umschlag schreibe ich jedesmal seinen Namen, unsere Adresse und in die linke Ecke diagonal ein Wort: Velli. Dann klebe ich eine Briefmarke drauf, irgendeine, die vielleicht nicht genügt, um den Brief bis nach Holland zu befördern, und leider weiß ich, daß ich keine Antwort bekommen werde. Es gibt Zeiten, da schicke ich ihm jeden Tag einen Brief. Wer weiß, wo sie landen, wer weiß, ob nicht jemand, im Postamt, wo die Briefe aufbewahrt werden, säuberlich einer auf dem anderen, ob da nicht irgendein Angestellter neugierig angefangen hat, sie zu öffnen und zu lesen und sich in sie zu vertiefen: hoffend und wartend, daß neue kommen, neue Briefe aus Otranto, über die Farben des Meeres und dieses Licht. Aber vor allem über die Stimmen der Vergangenheit, die ich habe hören können und jetzt nicht mehr höre. Jetzt bin ich taub für jenes Schicksal, für jenes Raunen und Wispern der Dämonen, die dafür gesorgt haben, daß die Zeit hier für immer stillsteht. Nur bei Nacht fühle ich mich frei, wenn die Lichter meine Augen nicht mehr quälen, als wären sie goldene Nadeln. Nur bei Nacht spaziere ich über die Bastionen, als wäre ich ein schwereloses Gespenst, wende mich an die seltenen und furchtsamen Passanten, die sich noch ansprechen lassen, und beschwöre sie: Befreit mich von den Ketten des Tages, vom Licht des Mittags. Nur so werde ich frei sein, euch im Traum zu erscheinen.